1993
女子高生とホームレス

伊藤秀雄

Hideo Ito

文芸社

目次

一　鎌鼬《かまいたち》

禍々《まがまが》しい言葉が脳裡をよぎる。三十六年間の人生で、そのような怪奇現象に遭遇したことはなかったが、鋭利な刃物で切られたような裂け目を目にしたとき、とっさに浮かんだのが、鎌鼬、だった。毛布に包《くる》まった体を囲繞《いにょう》する闇、視線の先に傷口はあった。血が滴《したた》る代わりに蒼《あお》い光が漏れていた。どれほど時間が経ったことだろう？　腕時計の蛍光色が、深夜の二時を示していた。もうと言うべきか、まだと言うべきか、闇に寝転がり、鎌鼬による傷口を凝視するうちに二時間以上が経過していた。

知り合いとなった牧師に調達してもらったダンボール箱を組み合わせ、ガムテープで止めながら、人独り寝られるだけのスペースを作り上げた。中の床面に残ったダンボールの板をすべて積み重ね、さらに借り受けた毛布を敷いて寝床とするのだが、毛布の温もりではなく、コンクリートから滲《し》みてくる冷気ばかりが伝わってきた。下着の上から何枚もの簡易カイロを貼り付けているのだが、気安めでしかなかった。別れ際に牧師から、どうにも寒くて眠れそうになかったら、体に新聞紙を巻いて、その上から上着を着ると、多少は温かくなるよ、との助言と共に、新聞紙の束が入った紙袋を貰った。早速やってみたのだが、寝返りをうつたびに、巻き付けた新聞紙のガサガサという雑音が耳に付いて、眠るどころではなかった。それでも、しばらく我慢してじっと横になっていたら、睡魔が襲ってくるかもしれない、と思ったのだが、目は冴《さ》え冴《ざ》えとしてくるばかりだった。チープなダンボール製の棺桶に横たわり、寒さと痛みと恐怖に耐えながら、ひたすら安らかな眠りに就くことを待望する生ける屍《しかばね》——それがこのときの私の偽らざる自己認識であった。

　師走の刺すような寒気も耐えがたかったが、床のコンクリートに当たる腰骨や背骨、横向きになったときの肩の辺りの痛みが、時間とともに辛さを増していった。しかし、それ以上に耐えがたかったのが、近付いてくる足音の恐怖であった。遠くから響いてくる足音を耳にすると、横たわったまま、思わず全身に力が入る。何かされるのではないか⁉　相手は悪戯《いたずら》半分の気持ちかもしれないが、やることは悪戯の域を超えていた。工事現場によくある鉄製の虎柵をダンボールハウスの上に投げ込んでくる。ダンボールにライターで火をつける。花火を打ち込んでくる。ひどい場合は、鉄パイプでメッタ打ちにしてくることもある。どんどん近付いてくる足音に脅《おび》え、何事もなく脇を擦《す》り抜け、遠ざかっていったときの安堵感。到底寝てなどいられなかった。とりわけ、近付いてきた足音が近くでぴたりと止まったときに味わう恐怖感は、言葉では言い表せないほどだ。妙な気配がしたら、すぐにでもダンボールハウスから飛び出せるように、片肘《かたひじ》を突いて上体を起こし身構える。

暗闇の棺桶の中で、マックスの緊張感を強《し》いられながら、社会から放擲《ほうてき》された死者は蘇《よみがえ》るのだった。再び足音が響き、遠ざかっていくのが分かると、深い疲労感でぐったりと横たわる。足音がするたびに、これを繰り返すのだ。

束の間の静寂と安寧が訪れた。たとえ眠れなくても、身の危険に脅えることなく、こうして目を瞑《つぶ》って横になっているだけでも、多少なりとも疲れをとる効能はあるだろう……と思った矢先に、頭の上のほうで、ウィーン、ジャジャーッ、ウィンウィーン、ジャーッ！、という耳障りなノイズが響き、複数の歓声が被さってきた。バーカ、バーカ、下手糞！　うるせーっ！　そこへまた下卑た笑い声が重なった。今度は何の騒ぎだ⁉　と上体を起こし、防寒、防風、遮光、雨除けの役割を果たす屋根代わりのダンボールを、顔を覗かせる分だけ開け、ノイズのする方向に目を凝《こ》らした。たちまちにして鎌鼬の裂け目は傷口を広げ、身震いするような冷気と常夜灯の青白い光が一気に光量を増して射し込んできた。十メートル以上先に立つ常夜灯の点る一画《いっかく》、ガソリンスタンド前の路上で、少年らしき人影が数人、嬌声を上げながら、ラジコンカーに興じていた。この冬最強といわれる大寒波が近付きつつある寒空の下、夜中の二時すぎに、中学生とおぼしき少年達が集まって、ラジコンカーで遊んでいる。

（早く家に帰って寝ろ、この糞ガキ共！）と内心で毒突きながらも、一方でどういう家庭環境なんだろうか？　と訝《いぶか》しんだ。親は深夜勤務で留守なのか、それとも、子供のことなど全く無関心で、夜中に子供が何をしていようが我関せず、酒でもかっくらって高鼾《いびき》をかいているのか。いずれにしても子供の成育環境としては碌《ろく》なものではない。ラジコンカーのたてる喧《やかま》しい騒音、少年達の甲高《かんだか》い哄笑、人気《ひとけ》のない駅前のビル群の間《はざま》だけに辺り一帯に反響し、耳に付いて離れない。神経が苛立ってくる。しかし、だからといってダンボールハウスからのこのこと起き出して、傍若無人の少年達に注意しようものなら、逆切れされて、どんな目に遭わされるか分かったものではない。中学生といえども相手はグループで、こんな深夜に群れて遊び惚《ほう》けているような連中だ。ナイフやチェーンといった武器を隠し持っていても不思議ではない。苛立ちながら、ここはぐっと我慢するのが賢明だろう。そっと屋根代わりのダンボールを閉め、再び暗闇の中に身を潜《ひそ》ませた。いつまで続くか分からない騒音の中で耐え忍ぶのも癪《しゃく》にさわるが致し方ない。

暗闇の中で息を殺しながら考えた。あの少年達の関心は、今はラジコンカーに向かっているが、それが何時《いつ》何時《なんどき》、ホームレス狩りに変わるか分からない。玩具よりも人間のほうが面白い……いや、ホームレスは人間じゃない。人間の屑《くず》だ。社会の厄介者であり、ごみみたいなものだ。社会から〝ごみ〟を片付け、綺麗にすることは悪いことじゃない……そう考えたならば、ホームレス狩りを実行に移す上での心のハードルは極端に低くなる。面白半分の遊びの延長で充分にやれてしまう。たとえそれで相手が死んでしまっても、相手は人間じゃないんだから、人殺しという罪の意識にさいなまれることはない。今、自分の身を包んでいる闇よりも、そうしたホームレス狩りを遊び感覚でやれてしまう少年達の、もっと広く一般市民の心の隅に巣食っている差別、偏見の闇はいっそう濃い……。

そんな思いを巡らしているうちに、いつしかラジコンカーの騒音は消えていた。だが、そのことに気付いたときの私の気持ちは安堵感ではなく、総毛立つような恐怖心で満ちていた。私の周囲を取り囲む人の気配を感じていた。くっくっくっ、と押し殺したような笑い声もはっきりと聞こえた。まさか⁉　やっちまおうぜ、という潜めた声が聞こえたような気がした。嘘だろ⁉　次の瞬間、ジャリッと靴がコンクリートを踏みにじる音がしたのと同時に、屋根代わりのダンボールが一斉に全開になった。冷気、常夜灯の青白い光が容赦なく射し込み、そして四方から私を見下ろす人の顔が見えた。常夜灯の光が真上から注いでいるために、表情は影になり、識別はできない。しかし、どの顔にも薄ら笑いが浮かんでいた。残忍極まりない人の心を失った笑い顔だった。とっさの出来事に身動きがとれない。それでも、さっきまでラジコンカーに興じていた少年達であることは直感的に分かった。手に手に鈍く光る鉄パイプを握っていた。少年達はニヤニヤ笑いながら、鉄パイプを握り締めた両手を大きく振りかぶった。体が思うように動かず、逃げることさえできない。体を丸め、両手で顔を覆うのが精一杯だった。そのとき、目の片隅で、少年達とは明らかに違う一つの顔が混じっているのを捉えた。見間違えようのない、それは私自身の顔だった。表情がない。鉄仮面のようだった。その手にも鉄パイプが握られていた。しかも、その鉄パイプの先端からは粘り気のあるドス黒い血が、ポタリ、ポタリと滴り落ち、真下の歩道に血溜まりを作っていた。少年達の振りかぶった鉄パイプが振り下ろされるのと同時に、私は絶叫していた。それは言葉の上では否定していたものの、心の奥底で駆逐しきれずに渦巻いていた歪んだ本音の声だった。

やめろ！　違う、違う、私はホームレスなんかじゃない！　一般市民だ！

＊

「ヒデオ、大丈夫？　目を覚まして」

「怖い夢を見たんだよ。夢、夢だから。安心して」

まだ目の焦点は合わなかったが、鉄パイプを手にした少年達の代わりに、見慣れた生徒達の顔がいくつも目の前にあった。喉の奥が張り付いてしまったかのように、すぐには声が出てこなかった。

「……ああ」

「ああ、じゃないよ⁉　全くもう、ホントにびっくりしたんだから。居眠りしていたと思ったら、突然、大声で、わっと叫ぶんだから、心配させないでよ」

と、私が担任しているクラスの級長、アケミが半分怒ったような表情を浮かべて、食ってかかってきた。

「大声……上げたのか？」

と、ぼんやりした意識で訊き返した。

「大声っていうか、もう悲鳴、断末魔の叫びだよ。今にも殺されそうな声だった」

怒っているのか、泣きそうなのか、複雑な表情と声音でアケミは訴えていた。

声には出さなかったが、そうなんだ、鉄パイプでめった打ちにされて殺されかけたんだ、と心の中で説明した。私を取り囲んだ何人もの生徒達の頭越しに、ホワイトボードを背にして、苦笑いを浮かべた梅崎神父の顔が見えた。その途端、この場がどこなのか、はっきりと思い出した。梅崎神父が昨年から主催している市民セミナー「生命と尊厳のゼミナール」、その初日のオリエンテーションの真っ最中であった。

「どう、少しは眠れた？」

神父は笑顔で訊いてきた。すっかり恐縮してしまい、すぐさま立ち上がり、頭を下げ、神父に詫びた。

「いや、すみません。大事なオリエンテーションを邪魔してしまって、申し訳ありませんでした」

神父は笑顔を崩さず、顔の前で手を振りながら、私の醜態を許してくれた。

「ここに集まっている人達には、今説明していたところ。先生は昨夜、駅前のビルの軒下で他のホームレスの人達に交じって、ダンボールハウスを作り、野宿したんだよ、って。少しでも野宿に追い込まれている人達の気持ちを知ろう、との殊勝な思いつきからトライしたんだろうけど、たぶん寒さと恐怖心で一睡もできなかったんじゃないかな？　だから、このまま眠らせてあげよう、と言ってたんだよ」

　すかさずカホリが横槍を入れてきた。

「先生ね、いつまでも若いと思ってちゃ、大間違いだよ。私達から見れば、三十六歳なんて、もう立派な中年なんだから。この糞寒い時期に野宿だなんて、体壊しちゃうよ。奥さんも子供もいるんだから、それに可愛《かわい》い教え子の私達だっているんだから、もうちょっと自分の体を大切にしなきゃ駄目だよ」

　カホリもアケミと同じ二年生。クラスは別だったが、リーダー格の一人だ。妙に大人びた口振りで、思ったことを何でもズケズケと言ってくる。結構的《まと》を射た発言をするものだから、むっとさせられることもあったが憎めなかった。今回もその通りで、返す言葉はなかった。口籠《くちごも》っていると、神父がさらに突っ込んできた。その表情から笑いは消えていた。

「今にも殺されそうな悲鳴を上げてたように思ったんだけど、どんな夢を見たの？」

　と訊いてきた。神父は何かを感じ取っていたに違いない。そうでなければ、こんな突っ込みを入れてくるはずがなかった。私は躊躇《ちゅうちょ》した。だが、口を噤《つぐ》んで、独り胸の内に抱え込んでいるのも苦しかった。神父には聞いてもらいたい、このゼミに集まっている人達とは、この苦しい胸の内を共有したい、との思いのほうが勝《まさ》った。正直に思いをさらけ出そうと決意した。

悲鳴を上げたのは、少年達に鉄パイプで襲われる夢を見たせいであること。それは間違いないのだが、それだけではなかった。そのとき、何も考えず、恐怖のあまりとっさに張り上げた自分の叫びに悲鳴を上げたのだ、と話した。息が荒くなっているのが、自分でもはっきりと分かった。

やめろ！　違う、違う、私はホームレスなんかじゃない！　一般市民だ！

拭っても拭っても拭いきれない、タールのようにこびりついて離れないホームレスに対する差別感。私はれっきとした一般市民であって、ホームレスなんかではない。だから、鉄パイプで殴り殺される謂《いわ》れはない……ならば、私がホームレスだったなら、どうなのだろう？　突然、遊び半分で殴り殺されても仕方がないとでも言うのか⁉　薄ら笑いを浮かべて、平然と鉄パイプを振り下ろせる少年達の残忍な心性と、私のそれとの間にはどれほどの隔たりがあるのだろうか？　限りなく地続きであり、ホームレスの存在に敵愾《てきがい》心を抱くような何かきっかけがあれば、鉄パイプを私が握ることもあり得《え》るように思えたのだ。事実、夢の中で、少年達の背後に鉄パイプを手にした私が立っていた。その鉄パイプの先からは血が滴っていた。一気にそこまでを語り終えた。語ることによる昂《たかぶ》りと、語ってしまったことによっていっそう鮮明になった自己嫌悪と気怠《けだる》さで、立っているのが精いっぱいの状態だった。

オリエンテーションの会場になった、ここ教区センターの二階大会議室には、三十名ばかりの人達が集まっていた。その中の十七名が私の勤務する女子校、聖母子学園女子高等学校の生徒達だった。発言する者は誰もいなかった。会議室には重い空気が沈澱していた。

アケミがそっと近寄ってきて、「先生、座ったら?」と小声で囁《ささや》きかけてきた。うん、とうなずき、私は音を立てないようにパイプ椅子に腰を下ろした。

神父はしばらくの間、私のほうを見詰めた後に、おもむろに口を開いた。のんびりとした口調であったが、眼鏡の奥の目は決して笑ってはいなかった。

「野宿を体験しただけのことはあったね。そこまで自分を、内なる差別者の存在を厳しく見詰められれば立派なものだ。拭いがたくあるホームレスへの差別観は、先生特有のものではない。衣食住に困ってない一般市民ならば、誰もが抱え込んでいる先入観だ。差別の不当性については頭では分かっているつもりでも、何かの拍子にひょこっと顔を出してくる。そこをどうするか、という問題提起になっていたと思うんだけど、野宿に追い込まれているおっちゃん達を一律にホームレスと括《くく》って捉えている間は、なかなか克服できるものではない。人間という人がいないように、ホームレスという人はいない。顔は一人一人違うし、一人一人には親から付けられた名前がある。一対一で話しているうちに、その人にはその人なりに歩んできた人生があることに気付かされる。何気《なにげ》ない会話の積み重ねの中で、一人一人のおっちゃんの固有の人間像が見えてくる。そうなればきっと、罷《まか》り間違っても、おっちゃんを鉄パイプで殴り殺そうとは思わなくなる。そういうものだろう。このゼミの四日間で一人でも多くのおっちゃん達と話をし、できれば友達になってくれると、僕は嬉しいんだがな。ホームレスへの差別観の克服と抽象的に考えているうちは、なかなか解決できない問題だ、と僕は思っている」

そう言うと、神父は私から目を逸《そ》らし、参加者一人一人の反応を確かめるように、黙って全体を見渡した。寂《せき》として声なし。誰もが皆、自らの内面に沈潜していた。私は、と言えば、生徒達の顔付きが気になったのだが、そんな教師根性が厭《いや》らしいものに思えて、確認することをやめた。代わりに、自分の手をじっと見詰めた。今でも私の手には血塗られた鉄パイプが握られているのだろうか?……分からなかった。頭の中だけで捏《こ》ねくり回すことは止めようと思った。

梅崎神父とは偶然の出会いであった。

十一月に入ったばかりの頃、市内の中心地にあるカトリック教会に隣接して建つカトリック系の専門学校で、来年度の進学説明会が開かれた。私は出張でその説明会に参加した。説明会が終わっても、まだ日は高かった。この界隈にある喫茶店で軽食でも取ろうと、天を突き上げるように聳《そび》える教会の尖塔の前を横切り、道を渡った辺りで、それまで気付くことのなかった建物に目が留まった。木造二階建てのお世辞にも立派とは言いがたい、どちらかと言えば手造り感満載の建物で、白ペンキの塗り斑《むら》の目立つ壁面に、「箴言《しんげん》会館」の文字が大書きされていた。専用駐車場を囲繞する鉄柵に掲示板が設置されていた。主に信者向けの連絡事項が記された貼り紙であったが、掲示板の三分の一のスペースを取って、一枚のポスターが貼り付けられていた。掲示板に近付き、見るともなくそのポスターに目をやった。「生命と尊厳のゼミナール」？　その大きなロゴの見出しの下に、野宿労働者、支援活動、炊き出し、夜回り、年末年始を生き抜く、などなどの日頃の私の生活では馴染みのない言葉が並んでいた。そして、「この豊かな社会で野宿に追いやられている人々の実態を知るためのゼミナール」、という言葉が私を惹《ひ》き付けた。

ちょうどその頃、学校では週休二日制、学校五日制の導入に合わせて、カリキュラム改革、教育改革の議論が盛んに行われていた。土曜日の授業をカットせねばならぬのだが、どの教科を減らすんだ⁉　授業を減らすだけでは生徒の学力低下を招く。併設する短大があるとはいえ漠然と放置すれば、大学への進学実績が下がり、私立校ゆえの悩ましい問題である生徒募集に支障を来《きた》しかねない。五日制をスタートする前に、生徒の学力保証、進学実績の向上のために具体的な手を打たねばならない……いわば、学校存続の実利に纏《まつ》わる議論が主流であったが、一方で、五日制導入を学校改革のチャンスと捉えて、教育の質的な転換を図ろう、と考える教師達も少なからずいた。恥ずかしながら、私もその考え方に与《くみ》する一人であった。

教育改革には無数の切り口があるのだろうが、その一つとして、「学校の外にも学校がある」、つまりとかく閉鎖的になりがちな学校教育に、学校外の教育力を呼び込むことで、生徒達の学びの体験に新風を吹き込むという方法論に私はこだわっていた。多感な年頃である高校生の魂を揺さぶるような体験をさせられないか？　短絡的な思考かもしれないが、そんなフィールドワークを作れないか、と模索している最中だった。

（生命と尊厳のゼミナール？　女子高生にホームレスか……面白い組み合わせかもしれない……）

安直としか言いようがないが、ポスターの文面から得た閃きに心を囚われてしまった。ところが、ゼミの実施日が昨年のもの、一九九二年になっていた。失望を禁じ得なかったのだが、幽《かす》かな救いとして、ゼミの頭に「第一回」とある。ということは、今年の年末に第二回目を実施する予定があるのではないか？　そう思った途端、私の心はざわつきだした。

そのときだった。掲示板の陰から一人のおじさんがひょっこりと姿を現した。グレーのニット帽を被り、セーターの上に年季の入った茶色いジャンパーを羽織っている。ヨレヨレのズボンにサンダル履き、やや下脹《しもぶく》れ気味の顔に眼鏡を掛け、口髭を蓄えている。箒と塵取りで駐車場の柵沿いに掃除をしていた。一言で称すれば、野暮ったくて冴えない中年男性だった。ひょいと顔を上げ、私と目が合った。思い切って訊いてみた。

「あのー、すみません。このポスターに書いてある梅崎神父はいらっしゃいますか？」

するど、問いには直接応えず、

「ゼミに興味あるの？」

と訊き返してきた。

「ええ。話を聞かせてもらえないかな、と思って」

と告げると、

「そう。じゃあ、ついてきて」

とおじさんは言った。彼の後をついていくと、「箴言会館」の玄関の前に出た。玄関脇にいくつかゲージが置かれ、中に白い兎《うさぎ》がいた。鼻をひくつかせながら、盛んに餌の葉っぱを貪《むさぼ》り食っていた。ボリボリと貪り食う音を耳にしながら、中に入っていった。サンダルを脱ぎながら、振り向きもせず、おじさんはポツリと言った。

「ポポちゃん」

「はっ？」

「兎の名前。僕のペットだよ」

この建物の中に入ったら最後、二度と出てはこられず、私は兎の姿に変えられ、ポポちゃんと一緒にあのゲージで飼われるか、気に入られなければ、食われてしまうのではないか？　馬鹿げた空想ではあったが、なぜか笑えなかった。

一階の最も奥まった場所にある六畳間ほどの部屋に通された。敷かれた畳はところどころ破れ目が目立っていた。畳の破れ目に目をやっている私の様子にいち早く気付いたおじさんは、夜はポポをここで放し飼いにしている。兎は悪食《あくじき》だから、腹が空《す》けば畳を食ってしまう。だから、こんなありさまだと嘆いた。けれども、その表情には含み笑いが浮かんでいて、大して悩んでいるようには見えなかった。何だかほっとした。これなら食われずにすみそうだ。

日射しの入る窓際に机が置かれ、据え置き型のパソコンがどんっと広いスペースを占めていた。彼は肘《ひじ》掛け椅子に座ると、近くにあった丸椅子を私に勧めてきた。

「僕が梅崎だけど、貴方《あなた》は？」

と問うので、簡単に自己紹介をし、もし今年もゼミを開催するならば、生徒にも呼びかけ、参加したい旨《むね》を伝えると、

「聖母子のシスターも炊き出しの手伝いに来てるよ」

と言い、しばし考え込むようにして言葉を切った。夜にこの部屋で兎を放し飼いにしていることよりも、私の目の前にいるこの野暮ったくって冴えないおじさんが梅崎神父であることのほうがよほど驚きだった。しばらく間《ま》を置いてから、おじさん、いや、神父は自

分がホームレス支援に関わり出した経緯について、問わず語りで話してくれた。

若い頃、朝鮮の歴史、殊に日本との関わりについて学んだことが一つの転機になったと言う。日本による朝鮮の植民地化、朝鮮の人々への非道な仕打ちの数々。視野を広げれば、現代でも朝鮮をはじめとする第三世界の国々への仕打ちには変わるところがない。第三世界の国々で生きる人々の悲しみの上で僕らは生きている。他者を悲しませ、その国の大切なものを奪って生きている。日本で生きていく限り、貧しい国で生きる人々の不幸を踏み台にして生きていくしかない。そんな現実認識の深まりの中で、他者を悲しませるような生き方をしたくないという気持ちが強くなっていった。そして、まずはその人達のことを知ろう。次に、その人達と共に生きる、連帯して生きる生き方をしよう、と考えるようになった。そんな矢先に、駅周辺での野宿者への炊き出し活動を知ることになった。日本にも、野宿者という第三世界の人々のような存在がいる。自分もそこに参加しようと決意したのだと言う。一九七五年のこと。私が大学に入学した前年のことだ。以来十八年間、駅周辺、及び市の中心地一帯の公園などで野宿している人達への救援活動として、炊き出し、夜回り、医療活動、生活相談のほか、彼らの人権と生命を守るために市への請願活動など、幅広い活動を展開している。そうした活動への理解を広げ、参加する人達をより広範囲なものとするために、昨年から「生命と尊厳のゼミナール」に取り組むようになった。今年も年末の二十六日から二十九日の三泊四日で計画しており、実際に支援活動に参加するほか、初日にはオリエンテーションとして学習する機会も設けるとのことだった。

神父の語り口は淡々としていた。現実認識の深まりから足許《あしもと》にいた野宿者の発見、そして実践活動へ。それを倦《う》まず撓《たゆ》まず（か、どうかは分からないが）十八年間の長きに亘って継続している。淡々とした語り口とは裏腹のその生き方の誠実さ、一途さ、苛烈さにすぐには気持ちがついていかず、話を聴きながら、私はただただ阿呆《あほう》のように、「はあ、はあ」と相槌《あいづち》を打つばかりだった。話の切れ目に、我ながら情けなくなるような質問を口にした。

「生徒にも呼びかけ、参加させたいと考えているんですが、何せ女子高校生で、恐らくは全員が初心者になるのですが……危なくないですか？」

神父は目を細めて笑いながら、

「昨年のゼミには小学生も参加してたよ」

と言った。その返事が安心材料になるわけもなく、小学生は安全でも、年頃の女子高校生ともなると……という反論を口には出せず、つい、「はあ、そうですか」と応じてしまった。神父は、私のそんな心のもやもやなど歯牙にもかけず、続きを話し出した。

「支援活動をするようになって分かったのは、それが単なる援助ではないということだった。たやすくはないが、従来の自分の生活をすべて捨て去り、彼らと同じような生活をしてみる。野宿者が生み出されてくる社会の仕組みを変えていこうとしない限り、彼らと同じ立場に立つことはできないし、そこからも今までの自分の生活を変えていく必要性が生まれてくる。事実、彼らと直《じか》に接する中で自分自身は変えられていった」

神父は野宿者支援とは別にもう一つ関わっている薬物依存者のセルフヘルプグループの活動例を引き合いに出しながら、さらに続けた。

「他者との競争の中で生きている人々の生活。かつての自分もそういう生き方をしていた。『働かない奴は駄目な奴』『働かざる者、食うべからず』そんな価値観に縛られている人々の生き方。でも、働くことには厭なことが多い。厭な労働はいっぱいある。学生にとっての勉強についても同じことが言える。『したくなくても、やらなければならないことがある』という考え方。しかし、そんな考え方は本当なのだろうか？　何でそんなことをしなくてはいけないのか？『人間が生きる』ということ、『人間らしい生活』とはどんなことなのだろうか？　野宿生活を送っている人達や薬物依存の人達と接していると、彼らはそんな価値観から自由であることが分かってくる。けれども、他の人達からは見下げられている。生産第一主義、効率第一主義の価値観に縛られていては、彼らと共に生きていくことなどできはしない。『人間が生きる』とはどういうことで、『人間らしい生活』とはどんなものなのか？　この炊き出し活動に参加してみると、そんな問いに対する答えが見えてくる。この活動の目的はそんなところにもある。

炊き出しということが行われている現実は、本来あってはならないことなのだが、やらざるを得ないからやっている。たとえこの日本という国の路上で野宿者が死んでいっても一円の金も出そうとしないのがこの国の現実。しかし、一方で炊き出しのような活動を通して、そんな人々との出会いから自分の価値観を変えていける。人にはいろいろな生き方があるんだ、という発見。生きる上での彼らの「知恵」から学ばされることは多いと思う」

ぷつん、という音が聞こえてきそうな感じで、語り終えると神父は黙り込んだ。世間一般の「常識」からはかなり逸脱した地平で語られた神父の言葉に挑発されて、次から次へと訊いてみたいことは浮かんでくるのだが、その返答はすべて、参加してみれば分かる、参加しない限り分からない、というもののように思えて、疑問はことごとくシャボン玉のように弾けて消えていった。

と、そこへ、玄関口で騒がしい物音がして、「ウメちゃーん、いるかーい?」と、よく響くイイ声が聞こえてきた。梅崎神父は仲間内では、ウメちゃん、と呼ばれているようだ。

ウメちゃんは、「ほーい、いるよー」と間の伸びた返事をした。

「いやー、参った、参った。あちこちで映写してきたものだから、スライドの順番がぐちゃぐちゃになってて、並べ直すのに往生したよ……。あれっ、お客さん?」

と喋りながら部屋に入ってきたのが、ラジオのＤＪでもやっていそうなイイ声とはどうにも結びつかない、頭はボサボサの、いわゆるおばさんパーマで、顔はテレビでよく観る猿の物真似芸で人気の関西コメディアンによく似た中年男性だった。着ている物は、濃紺の作業着で、首にタオルを巻き、十一月だというのに裸足《はだし》であった。ぱっと見、悪いが、元気の良いホームレスのおじさんかな？　と想像してしまった。

「ちょうどいいところに来た。この人にスライドを見せてやってくれないか」

と、ウメちゃんはおばさんパーマに頼んだ。椅子に座ったウメちゃんを見上げる位置にあった丸テーブルを前にして、ポポちゃんに無惨に食い荒らされた畳の上におばさんパーマは直に座り込むと、テーブルの上にスライドの映写機とスライドが大量に入ったケースを、とん、と置いた。

「いいけど、この方は？」

おばさんパーマの男性が訊くや否や、私が自己紹介する前に、ウメちゃんが私のことを紹介してしまった。そして、

「修道士の桜庭《さくらば》さん、普段は、さくちゃん、と呼んでるけどね」

と、顎《あご》でしゃくりながら、おばさんパーマの名を教えてくれた。修道士と言えば、プロテスタントの教会での呼称だ。カトリックとプロテスタントが呉越同舟で、ホームレスの支援活動に取り組んでいるということか。

「僕とウメちゃんとは神学生の頃からの友人で、腐れ縁といったところかな？」

と、ただでさえ細い目を一本の糸のようにして笑いながら、桜庭修道士、さくちゃんは語った。梅崎神父といい、桜庭修道士といい、これまで私の出会ってきたキリスト教の聖職者にはいなかった、全く異質のタイプだった。環境が人を作るのだろうが、悪いが、二

人共、先入観なしで路上で出っくわしたならば、ホームレスかな？　と疑ったとしてもおかしくない風体《ふうてい》をしている。ただし、二人共声音は異なるが、よく響くイイ声をしている。日頃教会で信者を前にしてミサをし、説教を垂れているのだから、こういう声になるべく鍛えられてきたのだろう。ホームレスと共に生きてきた二十年近い歳月が、ホームレスと見紛《みまご》うばかりの、神の声を持った人間を作りだした。その現実を目の当《ま》たりにするだけで、生徒達を一枚の紙切れで仕分けするというたわけた稼業に現《うつつ》をぬかしてきた私のような者には仰天であった。

「早速ここで映写するから、ウメちゃん、窓のカーテン閉めてくれるか。すぐにセッティングするから」

と言いながら、すでにさくちゃんの手は動き出していた。

そこへまた玄関で声がした。

「ウ、ウメちゃーん！」

「ほいっ」と返事をして、神父は立ち上がり、玄関へと向かった。

「おーっ、風邪は治ったのかい？」

開《あ》け放たれたドアの向こうに目をやると、玄関口には、寝癖のついたままの髪に薄黒い顔をした小柄な男性が、所在なげに立ち尽くしていた。年齢は不詳だった。すでに私の価値観には変容が起きていたのか、もはや外見だけではホームレスなのか、聖職者なのか、判断できなくなっていた。

「も、も、もらった、く、くすりで……なおった」

「そう、良かった」

「も、もも、ひき……ない、かな？」

「あるよ、持ってくるわ」

そう言い残し、神父は部屋に戻ってきて、押し入れの襖《ふすま》を開けた。そこにはプラスチックの衣装ケースがぎっしりと積み重なっていて、「ももひき」というラベルの貼ってあるケースから一枚取り出して、再び玄関に戻っていった。

「他は大丈夫？　雨降ったけど、毛布とか濡れてないよね？」

と確認すると、小柄な男性はまるで小学生のように、こくん、とうなずき、神父からももひきを受け取ると黙って出ていった。

「今のは、きいちゃん。昼間はこの界隈をぐるぐる回ってる。ここへ顔を出すようになってから五年ぐらいかな？」

と神父は呟いた。目の前で起きているのは紛れもない現実なのだが、すぐには受け入れられず、頭の焦点が少しずつずれていくような感覚を味わっていた。

「よしっ、これで準備ＯＫだ。先生、ドア閉めて。今日は全部のスライドってわけにはいかないが……そうだな、一時間ぐらいかかるかな。時間は大丈夫だよね？」

「大丈夫です。よろしくお願いします」

「しっかり目に灼き付けて、学校へ帰ったら、生徒さん達に野宿している人達の現状について語ってくれよ。ゼミで待ってるって伝えておいて」

と、さくちゃんは言い、時間を惜しむかのように、早速映写を始めた。部屋にあったシーツを壁に画鋲《がびょう》で止めた即席のスクリーンに次々に野宿を強いられている人々の苛酷な現実が映し出されていった。

高架下の雨露が凌《しの》げる場所に、野宿ができないようにするために、市が数十万円もの予算をかけて打ち込んだ何本ものコンクリート製の杭《くい》が大映しにされている。野宿の溜まり場になっている場所の塀には、「〇月△日に清掃するので、ここに置かれている物はすべて処分します」といった主旨の貼り紙が貼られている。問答無用、強制的に退去させられてしまう。しかし、また別の場所を退去させられた野宿労働者が、その空いた場所に戻ってくる。するとまた新たな貼り紙がされて退去させる。まるで鼬《いたち》ごっこだ。

また、城の外堀にあたる高架下には、フェンスが張り巡らされて、野宿ができなくなっている現実が映し出された。城の外堀は名所旧跡にあたり、その所轄《しょかつ》は市の教育委員会になっている。したがって、そのフェンスには教育委員会の名前の入った看板が掲げられており、憲法にも保証されている野宿労働者の生存権を脅かす非人間的な行政に加担する結果になっている。何という皮肉だろうか⁉「教育が人間の生命を虫けらのように扱う」そんなおぞましい想像が頭の中に浮かび、実に厭な気分にさせられた。

市内のいくつかの公園の様子が映し出されていく。大きな樹の周辺に新たな植樹が行われていた。「グリーンキャンペーン」「緑化運動」の美名の下に、不自然な植樹によって野宿のできる場所を奪ってしまおうというのが真の狙いだ。まだ壊れてもいないのに、横になれるようなベンチをすべて取り去ってしまった公園の姿が映し出された。別の公園では、公衆トイレの中の空間に縦・横・斜めと鉄柵を設けて、野宿労働者の締め出しを計っていた。鉄柵の模様の複雑さが、それを作った人間の心のグロテスクなありようを如実に物語っている。

映写機を操作していたさくちゃんの手が止まった。薄暗がりの中で、真っすぐに私のほうを向いて彼は話し出した。

一九七七年に駅構内から野宿労働者の一斉閉め出しが強行されるまでは、二十四時間駅の構内は解放されていた。今でも追い出されるギリギリの時間まで地下街の駐車場などで寒さを凌いでいる人達はいるのだが、そうした人達を追い出そうとするときのやり方は、まさに暴力行為そのものだった。支援に取り組んでいたメンバーはそのやり方のあまりのひどさに抗議しても、「そんなことはしていません」の一点張りだった。業《ごう》を煮やした支援グループのメンバーは、その野宿労働者の中に紛れて潜むという作戦に出た。さくちゃんもその実行部隊の一員だった。そして、今まさにモップの棒を使って野宿労働者の一人を叩き出そうとする決定的瞬間をカメラでパチリ。その決定的瞬間がスライドになって映し出された。当然のことながら、その職員は平謝りに謝ったということだった。野宿労働者の人権と生命を守るために、そんなことまでする支援メンバーは凄いと思いながらも、そうまでしなければ、人権と生命が守られない社会の酷《むご》さ、そんな社会を作り上げている側の一人であることに羞恥と慚愧《ざんき》の念を抱かずにはいられなかった。社会の酷さを示すショッキングなスライドと説明はさらに続いた。

塀に沿って敷かれた布団。人の姿はない。モノクロ写真であるために判然とはしないが、布団の枕許には広範囲に亘って黒い水溜まりのようなものができ、その黒い水は路上へと流れ出ていた。何を写したものなのか、にわかには分からなかった。さくちゃんが訊いてきた。

「この黒い部分、何だと思いますか？」

その重々しい口振りからとっさに閃いたのだが、黒い水のあまりの夥《おびただ》しさに、まさか、という思いも強かった。

「血……ですか？」

と応えたのだが、さくちゃんは口を噤んだままだった。彼は説明を再開した。

近くに住む一般の市民が、次々に野宿労働者を鉄パイプで襲い、数名に重傷を負わせ、一人を殺害したと言うのだ。その市民はかねがねその場所から野宿労働者を立ち退《の》かせるように市当局に要請していた。しかし、当局は一向に動こうとはしなかった。要請した理由は、「そこを女性や子供が安心して通れるようにしてほしい」というものだった。動こうしない当局に腹を立て、ついにそのような兇行に及んだというのだ。野宿せざるを得ない背景には何らの思慮も及ばず、ただただ野宿労働者の存在を諸悪の根源と決めつけ、ひたすら彼らを排除しさえすれば問題は解決するという短絡思考。彼らは「人間ではなく、虫けら同然」なのだから、何をしたって構わないという差別と人権無視の思想が、兇行に及んだ一般市民の論理の根底には流れている。怖いのは、そのような論理、差別感と度《ど》しがたい偏見を、少なからず私達一人一人が持っていることだ……。いや、問題を曖昧にしてはならない。私達、ではない、私は持っている、と告白せねばならない。

肩で息をしながら、血塗られた鉄パイプを片手に、血の海の只中に立ち、満足そうな笑みを浮かべている一般市民の姿が脳裡に浮かんだ。喉の奥から漏れてくる痙攣《けいれん》性の笑いを抑えきれず、正義の鉄槌を下した自分の勇気と実行力に心からの満足を覚えている、その男の顔は、私だった。

犠牲になった野宿労働者の流した血は、鉄パイプにこびりついた。その粘着力そのままに、血の海に佇《たたず》み、薄ら笑いを浮かべ続ける人の心を喪失した私自身の姿は心にこびりついた。事実を知ってしまった今、次に自分が為《な》すべきことを直感していたように思う。

この他にも、理由は違うが、襲撃を受けて顔中を包帯でぐるぐる巻きにした人々の姿が、これでもか、というぐらいに次々と映し出された。野宿に追い込まれ、仕方なく雨露を凌げる場所を探して野宿はするものの、市民からの襲撃に脅えて、一晩たりとも安心して眠れる夜はない――さくちゃんのよく通る、でも、どこか怒りに震えているような、不当に傷付けられた彼らに寄り添い、悲しみに暮れているような複雑な色合いを帯びた声が、胸に滲《し》みた。

スライド上映はさくちゃんの見立て通り、一時間ばかりで終わった。終わった直後、決して大袈裟《おおげさ》ではなく、過呼吸を起こす寸前の状態であった。

「ハイッ、お疲れ様でした。悪いけど、カーテン開けてもらえるかな」と言われ、立ち上がって窓のカーテンを開けた途端、傾き出していた日射しが、いきなり目に飛び込んできた。軽い眩暈《めまい》を覚え、思わず机に手を付いて、ふらつく体を支えた。日射しのせいでもあったのだろうが、眩暈はそのせいばかりではなかった。

さくちゃんに礼を言い、部屋を出ると、玄関横の台所で炊き出しの準備に取りかかっていた梅崎神父、ウメちゃんにも篤く礼を言った。アポなしの突然の訪問に、ここまで親切に、というか、コアでディープな対応をしてくれたことに感謝のしようもない、と告げると、ウメちゃんは私の顔付きに何かを感じたのだろう、思いも寄らぬ言葉をかけてきた。

「先生だから性分みたいなもので、仕方がないんだろうが、あまり深刻に考えすぎないように。性急に答えを求めてはいけない。三泊四日のゼミではやるべき仕事は山ほどある。

余所事《よそごと》を考えずに、仕事の一つ一つに打ち込んでいくうちに、いつしか見えてくるものがある。それが今の貴方が出せる答えであり、新たな問いともなるはずだから。焦らないこと。待ってるよ。おっちゃん達も喜ぶだろうし、高校生をいっぱい連れてきてちょうだい」

言葉では説明しきれない重圧がかかるのを背中に感じた。でも、もはや逃げ出すことはできない。頭で判断はせず、体の命じるのに任せて、前へ、進もう。そう決意して「箴言会館」の玄関を開けたとき、例のポポちゃんの餌を貪り食うポリポリという音が耳に響いてきた。「まだ食ってるのか?」と自然に声が出た。ポポの両耳が真っすぐに立った。ポリポリがやんだ。年末に大勢のおねえちゃん達を連れてくるからよろしくな、と声をかけた。すると、すぐに耳は寝て、またポリポリが始まった。ポリポリ、ポリポリ、という貪り食うリズミカルな音に耳を傾けているうちに、次第に心が軽くなってきたような気がした。ほんの少しではあったが――。


「生命と尊厳のゼミナール」のオリエンテーション冒頭の梅崎神父による講話の後は、あの桜庭修道士によるスライド上映が予定されていた。スクリーンに映す映写機の高さを調整しながら、桜庭修道士、さくちゃんはいつもよりやや声を落として、私のほうへ話しかけてきた。しかし、声の通りが良いものだから、会場を埋めた誰の耳にも丸聞こえだ。

「先生は一度観てるから、隣の部屋で寝てなさいよ。昨日一日、駅での炊き出し、夜回り、おまけに野宿体験と、超ハードスケジュールをこなしてきたばかりだから、眠れるときには眠っておいたほうがいい。ゼミは始まったばかりだ。ここでぶっ倒れたら元《もと》も子もないよ」

　突然、さくちゃんは声のトーンを変え、じっと私の顔を見詰めていた生徒達に向かって呼びかけた。

「この先生は痩《や》せ我慢をしている。聖母子の生徒達よ、先生を隣室に連れ出して、ソファに寝かしつけておくれ」

　おどけた感じであったが、限りなく命令に近い毅然《きぜん》たる口調だった。聖職者さくちゃんの「神託」に呼応して、アケミがすっくと立ち上がった。つかつかと私の真ん前までやって来ると、怒ったような顔をぐっと近付けて、

「ヒデオ、往生際悪いよ。さくちゃんがああ言ってくれてるんだから、とっとと退出して、今のうちに仮眠をとっておくんだよ。さあ、立って！」

　アケミに背中を押されるようにして会場を出て、隣室のソファに横にさせられた。後からカホリが、会場の隅に山積みにされていた毛布から一枚持ち出して、横になった私の体の上にその毛布を掛けた。起きるまで、起こさないから、とカホリはつっけんどんな口振りで言い捨てて、アケミと一緒に部屋を出ていった。高校生の恰好《かっこう》をしたオカンが二人いるようなものだった。オカンが二人もいては敵うはずもない。苦笑いが込み上げてきたが、

同時に睡魔の大波が押し寄せてきて、たちまちにして呑み込まれていった。

ずいぶん離れた場所で、人のざわめく声が聞こえる。内容はまるで聴き取れない。自分だけが置いてきぼりを食わされたような寂しさを覚えた。すると、真っ暗な天井に細い切り口が入った。また鎌鼬か……一瞬身を固くしたのだが、そう思う間もなく、その切り口は一気に幅広く切り開かれ、見馴れぬカーテンの生地が視界に入ってきた。今、自分がどこにいるのか、すぐには理解できなかった。頭の上のほうで扉の開くような物音が聞こえてきて、その直後に、

「ああ、どうもありがとう。両手が塞《ふさ》がってて、悪いけどドア閉めておいてくれる？　炊き出しと夜回り、よろしくね。みんなが来てくれるのをおっちゃん達と一緒に楽しみにして待っているからね」

と、よく通るいい声が響いてきた。その声で我に返った。体を覆っていた毛布をはねのけ、ソファから起き上がると、急いで部屋の外へ飛び出した。スライドの映写機を両手で抱えたさくちゃんとばったり出っ食わした。スライドの上映時間は二時間の予定と聞いていた。ということは、丸々二時間、私は爆睡していたのか……。

「お疲れ様でした。完全に寝倒してしまって、お恥ずかしい限りです。……スライド、上手くいきましたか？」

まだ寝惚《ねぼ》けているのか、要領を得ない質問をさくちゃんにぶつけていた。

「上手くいったかどうかは、生徒さん達に訊いてみて。でも、真剣に観てくれてたし、僕の拙《つたな》い説明もよく聴いてくれてた。いい生徒さん達だよ」

嬉しそうな笑顔を浮かべて、さくちゃんはそう応えてくれた。

「次の準備があるから、いったんここから離れるけど、また炊き出しや夜回りで会いましょう。責任感からだろうけど、あまり無理せんで下さいよ。じゃあ、また」

と言い残し、さくちゃんは映写機を抱えて、大急ぎで階段を駆け下りていった。

私はそっと会場の扉を開けた。狭く開けた隙間《すきま》から身を滑り込ませるようにして室内に入った。神父が前に立ち、生徒達に一人の男性を紹介していた。髪を短く刈り込んでいた。白髪が目立つ。ジャンパー姿で上下共に黒っぽい色合いで、物陰に入ったらたちまちにしてその存在は消えてなくなりそうな印象だった。目尻の皺に埋もれてしまいそうな小さな目をしょぼつかせている。横に広がった大きな鼻の下に、半開きになった口が、暗い洞窟を想起させる口腔《こうこう》を覗かせていた。野宿者の大半は虫歯や歯周病で歯を失っている。笑うとくしゃっと押し潰された顔付きになるため、実年齢よりも老けて見える一因になっている。

「こちらは大沼さん。僕らはヌマさんと呼んでる。野宿生活は二年、どういう経緯で野宿生活を送るようになったのか？　それと今の暮らし振りについて、本人の口から語ってもらおうと思います」

と神父はヌマさんの肩を抱きながら話した。神父に促されて、ヌマさんは考え込むようなしぐさをした後、口籠りながらも、そもそもの原因から語り出した。

「要するに、会社勤めをしていたときの行き詰まりが一番の原因だったと思う。例えば、次に出世するのは自分の番だと思っていたところが、同僚だった別の人が自分を飛び越して出世していってしまう。おかしいな、どうしてだろう、と悩んでしまった。そんなこんなが積み重なって、次第に仕事が厭になってしまって、ついには自暴自棄になり、会社を辞める破目になった。また、会社に厭気がさしていたことも作用して、元々ギャンブル好きだったものだから、競輪、競馬にのめり込み、気が付けば数千万円の借金をこしらえてしまった。そして、とうとう蒸発。この街の中心地辺りで野宿生活をする破目になり、二年が過ぎさってしまった。その間に、二十数年連れ添った女房とも裁判で協議離婚した」

ヌマさんの語り口は飄々《ひょうひょう》としていた。

「結局のところが、女房にも見切りをつけられてしまったんだねえ」

と付け足したその言い方は枯れていた。枯れた物言いから伝わってきたのは、ヌマさんの辿ってきた人生の重さだった。

話は野宿生活の様子へと移っていった。

「全くの無一文で、腹が減れば拾って食べるというのが暮らしの基本だ。でも、コンビニエンスストアの中には、賞味期限の過ぎた売れ残りを、早朝出入口の片隅にビニール袋に入れて出しておいてくれる店がある。その店では何時頃に出るかを調べておき、そんな店を五軒ぐらい押さえておく。そして、朝の三時頃に回ってそれを頂戴する。競争相手もいて、早い者勝ちだ。そんな暮らしをしていれば、当然睡眠不足になっちまう。昼間、うつらうつらできる場所を求めて歩く。百貨店の休憩所、暖かいのは図書館でよく利用しているよ。机に寄り掛かってうつらうつらすることが多い。目が覚めれば、本でも読んで時間を潰してる。夜、眠るときには、地下鉄の階段が冬場でも暖かい。地下の暖房で温まった空気が上がってくるから、そこにダンボールを敷いて寝るんだ」

風の吹いて来るほうに、こんなふうにしてダンボールを立てて、と身振り手振りを交えてヌマさんは説明をしてくれた。生徒達は身を乗り出してそのダンボールの有効な使い方に見入っている。そんな生徒達の食いつき振りに、私はいささか不安を覚えたのだが……。

「あと、衣料品店やその関連の卸問屋が建ち並ぶアーケード街へもよく出向いた。あそこは繊維物を多く扱っていて、大きな包装紙が置いてあり、それにぐるぐるとくるまって寝ると暖かいんだ」

他にもあれこれと厳しい野宿生活を生き抜く知恵を披瀝した後、ヌマさんはちょっと口調を改めて、堅い表情でこう語り始めた。

「人から見れば、俺らはごみみたいなもんだ。でも、それは今の社会の歪《ひず》みによるものであって、社会のほうがおかしいんだ。今の社会の仕組みを変えることがやっぱり必要だよ。一人でも俺らみたいな人間を少なくするのが、若い人の役目だと思う。今は『豊かな時代』だと言われてるけど、いつまでも続くものではない。これからは互いに助け合って生きていくような社会にしなけりゃあならない。現実に今、ホームレスは増えつつある。二、三日前から急に寒くなってきて、今年も凍死者が出るだろうなあ……」

それから明らかに生徒達を意識して、こうも言った。

「寒い北風の吹く中を長い時間ぶらぶらしてみたり、吹きっさらしの階段に座ってみたり、試しにやってみるのも社会勉強の一つになるかもしれないよ」

と、あながち冗談とも言えないような口振りであった。

また、話題を転じて、「俺らにも冬のボーナスがある」と明るく話し出した。

「冬場は忘年会が多くて、酔っ払った連中がいろいろと落としていってくれるんだ。それが俺らにとっての冬のボーナスだ」

と言うのだ。そのとき、横間《よこあい》から神父が口を挟んできて、

「まだヌマさんの病気は治ってないよね、ギャンブルの……」

と言い、二人一緒に楽しそうに笑い出した。神父と野宿者、支援する者とされる者という縦の関係は、二人の屈託のない笑顔からは微塵も感じられなかった。ウメちゃんとヌマ

さん、という信頼で結ばれた人間がいた。神父は薬物依存者のセルフヘルプグループにも関わっていた。薬物依存を克服し、社会に復帰する途《みち》は長く険しい。いったん依存状態に陥った者が、その悪弊から抜け出すことの困難さを神父は熟知しているはずだ。ギャンブル依存についても同様だろう。にもかかわらず、神父は一人の人間、ウメちゃんとして、ヌマさんに「病気は治ってないよね」と笑いながら、公衆の面前でズケズケ物申している。ここまでの信頼関係を築いていることに驚かされた。ギャンブル依存に嵌《はま》る人間の心の弱さを責め、脱却するよう強要するのはたやすい。それで相手が心を閉ざしてしまったとしても、心を閉ざす相手が悪いのであって、矯正しようとした自分には非はない。そう割り切れる、割り切ろうとする人間は、世間にごまんといるだろう。けれども、そんな自己合理化を計ろうとする態度を神父はとらない。「まだヌマさんの病気は治ってないよね、ギャンブルの……」という言葉の響きはどこまでも優しい。ヌマさんは分かってる。ギャンブルにはもう手を出さない、本気でそう決意する日は必ずやってくる、と神父は信じているのだろう。野宿者の自立への道を探りながらも、一人一人の人間の弱点を含めて、大きな愛でその人間を丸ごと受け入れていく。信仰の力は大きいのだろうけど、十八年間に及ぶ茨の道と呼ぶ他ないこの支援活動を通して、神父は自らを鍛え、そうした人間観を我がモノとしていったのだろうか？　何だかウメちゃんが遠い存在に思えてきた。途方《とほう》に暮れたような思いに囚われたとき、初めて神父と出会った日の帰り際、私に向けて告げられた言葉を思い出した。頭でっかちになりがちな私の性向をすでに見抜いていたのだろう。

「余所事《よそごと》を考えずに、仕事の一つ一つに打ち込んでいくうちに、いつしか見えてくるものがある。それが今の貴方が出せる答えであり、新たな問いにもなるはずだから。焦らないこと」

インスタントに出した答えは、すぐに剝《は》がれ落ちてしまう。体の芯にまで滲《し》み込ませるようにして、時間をかけて導き出した答えだけが答えの名に値《あたい》するものなのだろう。たとえ答えという形にはならなくとも、一つ一つ積み上げた仕事は消えやしない。ともかく今はそう思い込むことにしよう……。


休憩を入れることなく、四時間になんなんとするハードなオリエンテーションが終わったとき、参加した十七名の生徒達の顔は、一様に疲労の色を濃くしていた。この後、六時半には駅の地下道と市の中心地にある地下街の広場の二カ所に分かれて、炊き出しに出発する予定だ。今のうちに、風呂に入りたい者は近所にある銭湯に行っておくこと。また、夕飯に炊き出しを利用するのは厳禁。増加する一方の野宿者の分を賄《まかな》うのに精一杯であることが理由だった。そのため、コンビニを利用するなりして、各自で夕食を済ませておくようにと連絡した。長時間に及んだ缶詰め状態による反動からか、多くの生徒達は我先にと外へ駆け出していった。

神父とこれからの動きについて確認した後、会場に戻ると、三人の生徒が残っていた。三人共、座っていた椅子からずり落ちたかのように、カーペットを敷いてある床に直座《じかずわ》りしていた。椅子に突っ伏した恰好で、ミキは両腕に顔を埋《うず》め、くぐもった声で何やら呟いているようだった。その呟きを仲の良いアイとユウキが聴いている。アイは椅子に後頭部を凭《もた》せ掛け、天井を見上げている。ユウキは椅子に頬杖を突き、小さくうなずくような動作を繰り返していた。赤、青、黄、偶然なのかどうなのか、三人は色違いの同型のスタジャンを羽織っていた。近付いていき、

「信号機か？」

と声をかけた。三人三様の動きで顔をこちらに向けたが、私が何を言っているのか、すぐには呑み込めないようだった。着ていたダウンの襟を指先でつまみ上げ、くいくいっと引っ張って見せた。ぱっと顔を明るくして、

「あー、そういうこと。意識してなかった」

と青のアイが言うと、

「じゃあ、私は注意で、アイは進め、ミキは止まれ、だ」

とユウキは微笑《ほほえ》みながら言ってきた。うなずいてから、ミキに訊いた。

「何、話してた？」

彼女は頭の回転が速い。そして、神経質なタイプだった。時に考えすぎてしまい、気疲

れを起こすことがあった。その点が気になった。私の問いには直接答えずに、口を尖《とが》らせてこう言った。

「止まれ、は、止まったまま、動けませーん」

あえて核心を外して訊き返してやった。本当の理由をミキ自身の言葉で説明させたかったからだ。

「それぐらいオリエンテーションで疲れたってことか?」

しばらく考えてから、彼女は椅子の上に伸ばしていた片腕に頭を凭せ掛けるような姿勢になり、横倒しになった顔で、私の目を見詰めるように応えた。

「それもあるけど、それだけじゃない。そっちのことを今、話してた」

ミキは胸の内を探るように、ポツリ、ポツリと語り出した。

「中学生のとき、寝たきりの状態だった祖母の介護に、ボランティアで見知らぬおばさんがやってきたの。そのおばさんの態度や行動に、どこか自分勝手なところが見受けられて、反発を感じた。それでも、やってもらってるんだ、という意識があって、何も言えなかった。おばさんを睨《にら》みつけてやるしかなかった。その体験が今でも心のしこりとなって残ってて、ボランティア活動に何か引っかかるものがあるんだ。世間ではボランティア活動っていうと、良いこと、善なる行為と思われてるけど、かえって『落とし穴』に嵌《はま》ってしまう危険性が高いんじゃないかな?『自分は人のためになることをしてるんだ。有益なことをしてやってるんだ』という驕《おご》り高ぶった気持ちが嫌いなんだよ。そんな傲慢な気持ちを持っていたら、自分のしている行為を冷静に見直すことも、相手の気持ちを考えてみることもできないんじゃないかな？　あのおばさんみたいに……」

そこまで喋ると、ミキはぷつりと言葉を切り、黙りこくってしまった。だが、目だけは私の目を、その奥のほうを見据えているような気がした。挑発されているような気分にもなった。ボランティア活動への参加の意味を深く抉《えぐ》ろうとしている彼女に、説教染《じ》みた言葉は不必要だと判断し、私はその先を語らせてみたいと思った。先を促すべくこう言った。

「自分勝手なおばさんみたいにならぬよう、ミキには考えがあるんだろ？」

「あるよ、一応はね……。いろいろ考えてるヒデオに話すのは、何か恥ずかしいけどね」

と応えると、彼女はためらいがちに、自分なりのボランティア観を口にした。

曰く、相手が望んでいることをまずすること。そして、「してやっている」という上から下を見下しているような、差別する心を固定してしまう姿勢をとらず、する側もされる側も対等な人間なんだという立場にしっかりと立ち切ってボランティア活動に参加することと……。

ミキは再び口を閉ざした。自分の発した言葉を今一度心の中で反芻《はんすう》しているような感じだった。背中を押すことになるのかどうか、自信はなかったが、彼女が口にした言葉を引き取って、私は言葉を継ぎ足した。

「そんな当たり前と言えば、当たり前のことを理解できてるかどうか、試されるのがボランティアの現場だろうし、だからこそボランティアに参加する意味はある。その点を外さなければ、人間が人間として成長する上で実に有意義な場になり得る――」

そう言い終えて、私はミキの目の奥を覗いた。最前のお返しでもあった。

傍らでやりとりを聴いていたアイとユウキが天真爛漫に手を叩きながら、凄い、凄い、さすがヒデオ、国語の先生、ボランティアの意義を綺麗に纏めるわあ！　と感心していた。しかし、そんな二人とは好対照に、ミキは独り不機嫌そうに黙り込んでいた。

「そんな纏めで納得できるくらいなら、ミキの疑問など、最初からあって、なきようなものだ、と……。でも、現に、ミキはこのゼミに参加してくれている。ボランティアの自己満足に懐疑的なミキが、どうしてこの場にいるの？」

と、ちょっと意地悪かな、と思いつつも、思い切って訊いてみた。憂鬱そうな表情を崩すことなく、それでも正直に、ゼミ参加に至るいきさつについて吐露してくれた。参加を迷っていたときに、母親に相談したのだそうだ。

「『ホームレスの人達は、自由気ままな世界にいたかったから、自らそういう道を選んで、好きで入ったんだよ』『カトリックの精神では、過去にどんなことがあろうとも、今が大切って言うのだから、それはそれでいいと思うの。だけど、あんたが、ああ、かわいそうに、って言うんじゃなくて、一歩引いたところで、この人は過去にこういうことがあったから、こうなったんだ、ということを考えておきなさい』って言われた。何か、凄くショックだった。お母さんの言ってることもあるとは思うんだけど、それだけで片付けるのって、あまりにも呆気《あっけ》なさすぎて、寂しくなって……。

私が心配してるのは、今までも少なからずホームレスの人を偏見の目で見てきているのに、お母さんにこういうことを言われちゃうと、ますます先入観が強くなっちゃって、心の中では『この人は……』っていう目で見てしまうと思う。でも、それって、人に対してとっても失礼だと思うし、何か話していても一歩距離を置いてしまいそうで怖い。今、私はどういう気持ちで、その人と接していいのかが分からなくて悩んでる。一回きりのゼミで終わりなんだから、と割り切っちゃえば、そりゃあ簡単だし、気持ちの切り替えもできると思うけど、何だか心の中にわだかまりがあって、そんなふうには思えないんだよね」

ミキは小さく溜め息をついた。もう私のほうを見てはいなかった。どこにもない、宙の一点を虚《うつ》ろな目で見詰めていた。

「それで、さっきの質問になったというわけか」

ヌマさんの話が終わった後、質疑応答の時間になった。そのとき、「ホームレスの人には、どう声をかけたらいいですか？　どう接したらいいのかも教えて下さい」とミキは真っ先に手を挙げて質問したのだった。神父は笑顔を見せながら、ヌマさんに、答えてやってくれよ、とせっついた。ヌマさんもニコニコしながら、急にそんなこと訊かれてもなあ……

と言葉を濁していたが、「今はこんな身になっちまったが、元はと言えば、普通の人間だったんだから、普通に付き合ってくれればいいんだけどなあ」とのんびりとした口調で話したのだった。分かったような、分からないような、いや、頭では分かってるんだが、今の自分にできるかどうか、自信が持てなくて悩んでいる、といった顔付きでミキは黙り込んだ。

「ボランティアの自己満足に反発を覚えながらも、お母さんが言った、ホームレスは自業自得、という見方にも納得しきれないものを感じて、もやもやしながらも、ともかく参加してみよう、自分で確かめよう、という決意でミキは今、ここにいる。でも、そのモヤモヤを解決できずに、スタジャンの赤のまま、ミキは前には進めず、立ち止まるしかない

——そんなところかな？」

私も彼女が見詰めている、どこにもない、宙の一点を目で追いながら、彼女に言うふうではなく、口にしてみた。

青のスタジャン、〝進め〟のアイが、鞄の中から菓子の入った袋を取り出し、ユウキに勧めてから、腕の上に顔を載せ、横倒しになったままのミキの顔、その縦に開いた口に菓子を押し込んだ。ミキは拒む素振りを見せず、素直に頬張った。アイは私のほうにも開けた袋の口を向けてきた。サンキュー、と礼を言い、袋の中から一個摑《つか》み出した。グミだった。マスカット味。嚙むと甘みが広がって、頭がスッキリしたような気がした。袋を差し

出しながら、アイは、「どうだった？　炊き出しも夜回りも野宿も体験してみて、ヒデオは」と興味津々という感じで訊いてきた。

考え込むタイプのミキと違って、アイは行動的だ。割り切りが早い。悪く言えば、物事を深く考えることが苦手ということになるのだろうが、長所は短所、短所は長所で、だからといって悪いことだとは決めつけられない、と思っていた。アイが吹かせる、進め、の力を追い風に、私なりに語ってみることにした。

「ボランティアが陥りがちな自己満足への反発、ホームレスへの偏見・差別観、どれも僕の中にもあるよ。ミキと大して変わらない。そんな気持ちを胸の中に抱いたまま、それこそ上から下へ恵んでやるんだ、といった姿勢で、このゼミに参加したならば、何か哀しすぎるという気がする。いや、まだそれだけならばいいんだけど、そんな厭らしい気持ちを隠しもったままで、表面上は『そんな気持ちはもってないよ』と装って参加したならば……。まるで自分が偽善者かペテン師のように思えてきて、耐えられない気分になってくる。

でも、同時に、そんな自分だからこそ参加すべきなんじゃないか、とも思ってる。バブルが弾け、不況の煽《あお》りを食らって、真っ先に仕事を奪われ、社会的な保障を何も受けられないまま、『どうぞ勝手に死んで下さい。それも貴方の自由です』といった具合に、生命さえもが奪われていく。『その人は怠け者だから……』とか何とかではない、そんなひどい状態が現実に目の前で起こっているのに、それに全く無関心でいられるような人間にだけはなりたくない。ホームレスの問題を根本的に解決していく道は難しくても、そこに何か、自分のほんの小さなささやかな力でも役に立てることはあるのではないか。ちょっと体験したぐらいで、偉そうなことを言う資格はないけど、今は、ただ頭の中だけでゴチャゴチャ考えて、ああだ、こうだ、と思い悩むのではなく、ともかく思い切って、その生《なま》の状況の中に飛び込んでみて、今の自分にできることを一つ一つ確認してみること。そのことを通して、どこまで自分が人間として賢くなれるか、挑戦してみよう。それ以外には何もない、という気がしている。

胸の中に『差別観』や『先入観』が巣食っているのならば、それを変に誤魔化《ごまか》したりせず、現実の体験を通して、体を通して、それがどのように変わっていくのか、変えられるものなのか、自分への挑戦課題として位置付けたいと思ってる……さっき、偉そうなことを言う資格はない、と言っておきながら、充分偉そうだよね、面目《めんぼく》ない」

「ヒデオの言う通りだよ――」

唐突に、ミキがボソッと呟いた。おもむろに頭を上げると、私に正対するように居住まいを正して、さらに言葉を足した。

「分かった。頭で分かったつもり、っていうのもやめた。頭をカラッポにして、ホームレスの人達と話してみる。ちゃんと話せるか、全然自信ないけど、やれるだけやってみる。

今はそれしかないんだ、という気になった」

ミキの目には強い光が宿っていた。アイもユウキもびっくりしたような顔をして彼女を見た。

「ねぇ、私も連れてってね。置いていかないでね」

と、ユウキは恐る恐るという感じで、ミキに懇願した。

「私一人じゃ何もできないから、ミキの邪魔にならないようにするから、ね、お願い」

と、ユウキはアイの手にしたグミの袋に手を突っ込み、一個口の中に放り込んでモグモグさせながら、重ねて頼み込んだ。この子は面白い。独特の味がある。自分があるのかないのか分からない、昼行灯《ひるあんどん》のような生徒であったが、傍らに彼女がいると、なぜか放っておけない、という気になって、彼女の分まで頑張ろうという気持ちになってくる。この三人組、個性はバラバラで、どこで繋がっているのか、皆目《かいもく》訳が分からないが、それでも互いの引力と斥力《せきりょく》のバランスが絶妙で、なかなかにいい取り合わせのトリオなんだな、と思えてくる。

そのとき、階下から急に賑《にぎ》やかしい声や物音が響いてきた。買い出しに行っていた連中が帰ってきたらしい。木造の階段をギシギシ、ミシミシいわせながら、話し声が一段と大きくなったと思ったら、勢いよく扉が開き、食料を手にした生徒達が一時《いちどき》に流れ込んできた。目敏《めざと》くカホリが私と三人組の様子を目に留《と》め、

「おっ、何か真剣な話をしていたな⁉　ずるいぞ、自分達ばっかり。何話していたか、後で教えろよ」

と、悪戯っぽく目を細めて言い放った。

「ヒデオ、食べる物ないでしょ？　買ってきてやったよ、ホレッ」

と言って、アケミが私のほうへお握りを二個とペットボトルのお茶を放り投げてきた。

「相変わらず気が利くねえ。さすがクラスのおっかさんだ」

と言ってやると、アケミも負けてはいない。

「ホントに世話の焼ける担任だよ。もう少し自立してほしいもんだ」

と憎まれ口を叩いた。

「奥さんじゃなくて、おっかさん、というのが悲しいけどね。でもまあ、男なんて、いくつになっても、ママ、ママ、ってマザコンだよね。ウチの父親もそうだもん」

と、すかさずカホリが突っ込んできた。この手の話になると、私はもうすっかりお手上げだ。下手に一言でも口を差し挟めば、十言ぐらいになって返ってくる。集中砲火だ。ハイ、ハイと聞き流すしか手はない。

「何で高校二年生の乙女が、三十男の母親にならなきゃならないのか、訳分かんない」

と、アケミは口を尖らせた。

一気に会場内は賑やかになった。そのとき、部屋の隅で一人サンドイッチを頬張っている生徒が目に入った。このゼミにただ一人、一年生で参加している生徒だった。オレンジ色のパーカーにジーンズ姿。棒っきれのように細い体付きだった。名前は、確か……エリ。彼女はこのゼミの前から、単独でホームレスの支援ボランティアに関わっている、と聞かされていた。だが、他の生徒達に背を向けるようにして、サンドイッチを頬張っている華《きゃ》奢《しゃ》な後ろ姿からは孤独の影が色濃く滲《にじ》み出ていた。

二　実相

建物の外には、すっかり夜の帳《とばり》が下りていた。味噌仕立ての雑炊の入った大鍋と大量の食器類、お茶を入れた何本もの魔法瓶とデザートの蜜柑《みかん》の詰まったダンボール箱を積んだ白いワゴン車が、箴言会館の駐車場を後にした。ハンドルを握っているのは梅崎神父だ。重い鍋の積み降ろしなど、専ら肉体労働要員としてボランティアの男子大学生が数名、後部座席に乗り込んでいた。生徒達は揃って、一足先に地下鉄を使い、炊き出しの場所である駅へと出発していた。一見楽しげに談笑しながらも、最寄りの地下鉄駅へと向かう生徒達の姿からは緊張感が漂っていた。無理もない。初めてホームレスの人達と対面し、炊き出しの体験をするのだから。私は緊急事態に備えて、車で駅へと向かった。

私の場合、昨夜も体験していたのだから、その雰囲気だけでも伝えるべきだったかもしれないが、あえて説明しなかった。先入観抜きで、現実と向き合い、自らの感情、五感をフル稼働させて感じ取ってほしかったのだ。正直言って、この駅地下道での炊き出しの光景は、お世辞にも心楽しいものではなかった。それを事前に伝えることが、生徒の心に何を生むのか？　余計な緊張感を与えるのは賢明ではないとの判断が働いたからでもあった。

炊き出しを行う場所は、人が混み合う地下鉄改札口からはかなり離れた北寄りの地点、駅構内というよりはその外れ、定期券売り場を過ぎた辺りの通路に設定されていた。雑踏からの離れ加減、いかにも駅側との交渉の結果、ギリギリの妥協で決定した感の強くする場所であった。改札口を出てきたときには、お喋りをしたりして笑顔を見せていた生徒達であったが、その場に到着したとき、いや、その光景が目に入ってきた場所から、一切の私語が消えた。視界には、見たこともない黒い塊が蠢いているのが見える。今や遅しと炊き出しの開始を待っている野宿者達の一団が列をなしていた。先乗りしていたボランティアメンバーの指示で、地下道の壁側に沿うようにして三列に並んでいた。数人のボランティアが、その列に添いながら人数をカウントしていく。今の時点で、百二十六名、という数字がリーダーに伝えられた。すでに白いワゴン車に乗っていた大学生ボランティアの手によって、雑炊の入った大鍋、食器類、蜜柑の入ったダンボール箱、魔法瓶は運び込まれており、待ち構えていた現場のボランティアの働きで長机の上に並べられ、給仕を開始するばかりの状況であった。

この場を仕切っていたのは、市内の小学校で教員をしている大野先生、学校では児童から、オーくん、と呼ばれていることもあり、ここでもオーくんで通っていた。昨夜の炊き出しで彼とは面識を得て、明日は十七名の生徒を連れていくので、よろしくお願いします、と頼んでおいた。大鍋のそばに立ち、あれこれと指示を出していた。そのとき、生徒達と一緒にいた私の姿を見つけ、大仰な身振りでこっちに来るよう手招きした。自然と駆け出す格好になった。オーくんは自己紹介もそこそこに、早速生徒達に仕事の割り振りをし始めた。

彼は私よりも三、四歳年長、四十歳直前といった歳回りだろうか、声も大きく、元気一杯の人だった。小学校の先生らしく、出す指示は具体的で分かりやすかった。

「さあ、時間だ。始めるから、各自持ち場について。今日はよろしくね」

と張りのある声で生徒を送り出した。生徒達もその声に弾かれるようにして、それぞれの担当場所へと散っていった。両掌をメガホンの形にして、オーくんは大声で叫んだ。

「お待たせしました。炊き出しを始めまーす。必ず全員分ありますから、慌てずに受け取って下さーい！　具合の悪い人、ボランティアのお医者さんや看護師さんがいますから、診てもらって下さーい！」

　大鍋の載った長机の前を野宿のおっちゃん達がベルトコンベヤー式に流れていく。雑炊の装《よそ》われたお椀《わん》、箸、デザートの蜜柑という順で受け取ると、彼らは一律に反対側の壁に向き合う恰好で通路に座り込む。初めて目にすると、何とも形容のしようのない気分にさせられる光景が次に現れる。その場所は、階段から降りてきた一般市民が駅へと向かう通路、地下道だ。その一般市民の通り道を確保するために、また、おっちゃん達が安全に食事を取れるようにするために（未然にトラブルを回避したいというのが本音かもしれないが）、六名の駅職員が一般市民とおっちゃん達との間に立ち、「人間ガードレール」を形作る。駅への通路であるこの地下道で炊き出しをするためには、必要な措置なのだろうが、そばでこの光景を眺めていると、心がざらついてくる。おっちゃん達は通り過ぎる人々に背を向け、無機質な壁と向き合い、一心に雑炊を掻き込んでいる。隣り合ったおっちゃん達同士が会話を交わすことはない。雑炊を食べ終わった後、その場でデザートの蜜柑を頬張る人もまずいない。皆ポケットや袋にしまい込んでしまう。お茶を貰い、飲み終えると、そそくさと立ち去っていく人が多い。中には、セルフサービスで長机の脇に置かれたケースに使用済みのお椀と箸を戻していく人もいた。でも、そんな人ばかりではない。生徒達が手分けして、お椀と箸を持ったままのおっちゃん達の間を走り回り、回収する。生徒に、ごちそうさま、と声をかけてくれる人もいるにはいたが、ほとんどは黙したままだ。この場に、生徒達との会話を楽しもうという雰囲気はない。どこか、殺伐とした空気が流れていた。

遅れてやってくるおっちゃん達がいるかもしれない、と大鍋の中に少し雑炊を残しておく。経験を積まないと、その加減が難しい。時計を見ながら、その加減を判断する。ベテランのボランティアから指導を受けながら、担当の生徒達が交代で雑炊をお椀に装う。簡単そうに見えるのだが、やってみると、なかなか上手くいかない。装われた雑炊の量の多い、少ないにおっちゃん達は敏感だ。並んでいた前の人に比べて、自分に装われた雑炊の量が少ないと見るや、激しく食ってかかってくる人もいる。生徒は半べそをかきながら、ひたすら、ゴメンナサイ、と謝るのだが、足していいものやらどうなのやら、自分では判断がつかない。そばにいるベテランボランティアに助けを求める破目になる。神経がピリピリしているのが、こちらにも伝わってくる。

デザートの蜜柑がまだ残っていた。生徒達は手分けして、壁に張り付くようにして雑炊を食べたり、お茶を啜《すす》ったりしているおっちゃんの許《もと》へ行き、尋ねて回る。

「良かったら蜜柑どうですか？」

ぬっと手を差し伸ばしてくる人がいる。一瞥《いちべつ》もくれず、掌《てのひら》をひらひらさせて、いらない、と意思表示する人もいる。全く無反応な人もいる。そんなおっちゃん達一人一人の対応に、生徒達の心は揺さぶられる。大袈裟ではなく、生死を分けることにもなりかねない炊き出しの時間は、とてつもなく長いようにも感じられた。けれども、実際に炊き出しに要した時間は僅《わず》か十五分間、用意された雑炊の大鍋はカラッポだった。その間におっちゃん達は潮が引くようにいなくなり、半分以下に減っていた。

全体の様子を注意深く見守っていたオーくんが、急に明るいトーンで大声を張り上げた。手を叩いて、生徒達に集合をかけた。医療班の手伝いをしている生徒を除く十三名だったが、怪訝《けげん》そうな顔付きながら、急いでオーくんの前に集合した。彼は残っていたおっちゃん達に、にこやかな表情を浮かべて告げた。

「今夜は特別に高校生達からの歌のサービスがあります。時期は過ぎてしまいましたが、何曲か、クリスマスソングを歌ってもらいます。それではお願いしまーす」

事前には何も聞かされてはいなかった。私も慌てたが、幸いにしてチサコがいた。合唱隊の副部長だ。彼女は場数を踏んでいる。度胸もある。何とかしてくれるだろう。それに合唱隊に所属しているナオミとマリカがいる。チサコの許へ駆け寄り、掌を合わせて頼んだ。彼女は顔色一つ変えず、こくんと一つうなずいた。バランスは悪かったが、ソプラノ、アルトと一応は揃っていた。横一列、適当に配置を決め、早速チサコは指揮者兼ソプラノリーダーとして前に立った。おっちゃん達もどこかで聴いたことのある「ホワイト・クリスマス」、「きよしこの夜」「ハレルヤ」といった聖歌を披露した。あまりに突然のリクエストであり、なおかつ初めての炊き出し体験で緊張していたこともあって、思うように声が出ない。それでも、生徒達は一所懸命に歌った。歌い終わった直後、私は誰よりも大きな拍手を送った。おっちゃん達からの拍手は疎《まば》らであったが、それで充分だった。

すべてが初めての体験、先は全く読めない、それでも、生徒達は必死になって食らいついていった。体が揺さぶられるばかりだ。きっと彼女達の多くは何も考えられない状態だろう。でもそれでいい。それがいい。言葉は後からついてくればいい。私は一人納得していた。


出来不出来は別にして、何とか歌い切ったということで、安堵感と弛緩《しかん》した雰囲気を漂わせていた生徒達に警告を与えるような物音が響いてきた。食器の重なり合い、ぶつかる乾いた音、大量の箸が擦《こす》れ合う豆を炒《い》るような音が、一時に耳に届いた。生徒達の目は、その音のする方へと吸い寄せられていった。視線の先、炊き出しで使われた道具類がてきぱきと片付けられていく。ワゴン車に乗ってきた男子大学生が中心で、手慣れた手付きだった。最後に長机の足を折り畳み、一人で肩に担《かつ》ぎ上げ、地上に出る階段を昇っていった。

梅崎神父が小走りで近付いてきた。

「荷物をワゴンに積んで、先に箴言会館に戻るから、後を頼むね。まだ医療のほうは時間がかかると思う。夜回りは十二時スタートで時間がある。休憩で一度生徒達を戻したほうがいい。今夜は冷えるよ、そのことも生徒達に伝えておいたほうがいい。じゃあ」

と言い残し、ノートにメモを取っていたオーくんと一言、二言、言葉を交わして立ち去っていった。微《かす》かに、夜回りのリーダー、という言葉が聞こえた。

炊き出しの道具類が撤収された後はがらんとしていた。その何もない空間の空虚さが、その脇で引き続き取り組まれていた医療ボランティアの存在を強調するかのようだった。そこで行われているのは、医療相談と市内にある病院からボランティアで参加している医師による診察であった。看護師も一人参加していた。その場に残っているおっちゃん達は、十人足らずになっていた。

聖母子の生徒からは四人、チカ、ユリコ、シノ、ミカコが担当するおっちゃんの前に座り、症状の訴えを懸命に聴き取り、バインダーに挟んだ問診票に書き込んでいた。他の医療ボランティアを含めて、八名でその活動を行っていた。合唱に加わった生徒達も、誰に命じられたわけでもないのに、その八名の許へ散っていった。合唱には加わらず、医療ボランティアの手伝いを続けていた四人は、全員が看護師志望であった。学校ではあまり目立つタイプではないが、将来の目標が定まっている生徒の強みとして、安定感のある堅実な高校生活を送っている、という教師臭い人物所見がしっくりとくる生徒達であった。特にいつもつるんでいるわけではない。難関大学を目指しているのでもなかったから、部活動にも所属し、それなりに高校生活をエンジョイしていた。それでも、共通する将来の夢を持っているということで、しばしば顔を合わせては情報交換をするという仲であった。

　この四人の中では、チカが最もしっかりとしている。学力的にも頭一つ抜け出ていた。今も、歯がなくてもぐもぐ言うばかりで、なかなか聴き取れないおっちゃんの訴えに、忍耐強く耳を傾けていた。三、四日前から咳がひどくなり、血痰が混じるようになってきた、夜中にも咳こみがひどくて寝られない、とのことだった。食べ物を手に入れるために街中を歩き回るのも億劫《おっくう》になり、週に二回あるこの炊き出しが主たる食事で、年末年始は毎日あるから助かるとも言った。だが、それすらも喉を通りにくくなっている。わしはもう駄目かもしれれん、と虚ろな目をしておっちゃんは呟いた。横から、看護師の丸岡さんが、昔、結核を患ったことはない？　と訊ねてきた。

　おっちゃんは九州の佐賀から流れてきた五十四歳。日雇い仕事でビル解体を主にしてきたのだが、健康診断など受けたことはなく、自分が結核を患ったことがあるのかどうか、よく分からないと言う。

　チカは小さな丸文字で、細かな事柄まで几帳面に記入していた。丸岡さんがそれを見て、感心している。褒《ほ》められて、チカは一瞬嬉しそうな表情を見せたが、厭な咳込みをするおっちゃんの姿に、すぐにまた深刻そうな憂い顔に戻ってしまった。月に数度、この炊き出しの現場に顔を出している左合医師の診断でも、やはり結核に罹っているか、あるいは肝臓障害を起こしている可能性もあるとのことだった。

チカの隣では、ユリコが顔を引き攣《つ》らせて、問診票にペンを走らせていた。彼女の前には、灰色がかった顔に白髪《しらが》混じりの口髭《くちひげ》を生やしたおっちゃんが、ズボンの片方をたくし上げて座り込んでいた。東北の岩手の出だというおっちゃんは五十八歳だった。彼の剝《む》き出しになった足は、人間の足ではなかった。象の足——足首のくびれが全く見当たらない。パンパンに腫れ上がった象か、カバのような足だった。痛くて地面に足を着けられない。靴も履けず、この寒いのに裸足で、大きなサンダルを引っかけ、棒きれを杖代わりにして歩いていた。工事現場で働いていたとき、コンクリートの塊を積んだ一輪車を押して、足場を移動中、誤って足を滑らせ一輪車ごと転落、その重いコンクリート片が足を直撃したのだと言う。骨折しているか、ひびが入っているかしているかもしれない、とおっちゃんはボソボソとユリコに話していた。そこへ合唱を終え、合流してきたキミコとレイが、その「象足」を見て、思わず、うわっ！　と声を上げ、慌てて掌で口を押さえた。

ユリコは癌で母親を亡くしていた。入院していた病院で献身的に母親の世話をしてくれた看護師さんに憧れ、自分も将来は看護師になり、人の役に立ちたいと決意した生徒だった。日頃は地味な印象を受けるが、強い意志を胸の内に秘めた努力家だった。ユリコと対照的なのが、思わず声を上げたキミコとレイだ。二人とも派手な顔立ちで、大声で笑い、ともかく目立つ。良く言えば、ムードメーカーなのだが、お調子者だ。しかし、彼女達がそこにいるだけで、場が明るくなる。天性のものだけに、その底抜けの明るさは得がたいキャラクターであった。

二人はそのおっちゃんを取り囲むように座ると、あれやこれやと語りかけ始めた。さすがに、いい度胸をしている。

「おっちゃん、名前は何ていうの？」

「かっちゃん？　可愛い！」

「今日夜回りやるんだけど、かっちゃんはどこにおるの？」

「私達絶対行くからさ、何か欲しいものある？　持ってくからさ」

終始こんな調子だった。はたで見ていると、そのあまりの遠慮のなさにハラハラもしていたのだが、矢継ぎ早に質問を繰り出す二人に、かっちゃんと称したおっちゃんは、まんざら迷惑そうでもなかった。うん、うん、とうなずくばかりで果たしてどこまで会話が成立しているものなのか、怪しいものであったが、キミコもレイもお構いなしだった。一瞬、かっちゃんが照れたような、嬉しそうな笑顔を見せたときがあった。その笑顔に合わせて、二人は声を揃えて笑った。何がおかしかったのか、私には分からなかったが、そこに某《なにがし》かの心の交流が生まれたことは間違いない。この子達、物凄い力があるなあ、と感心させられたのだった。

その横で、ユリコは相変わらず生真面目に問診票の書き込みを続けていた。キミコとレイが、あっけらかんと繰り出す問いに、たまにボソッと応えるかっちゃんの言葉をユリコは記入していった。一人でかっちゃんと向き合っていたときの引き攣《つ》ったような表情は消えていた。時折その会話に釣られて、笑顔を見せるようにもなっていた。

面白い――不謹慎かもしれないが、ホームレスという未知なる存在、世界と直に触れ合うことで、普段は交わることのないグループの異なる生徒達が互いに影響を与え合い、化学反応を起こしている。

さらにその奥のスペースでは、シノとミカコが問診票を持ち、後から合流してきた生徒達と一緒に、おっちゃんから症状の聴き取りを行っていた。そこでも、キミコやレイと仲の良い陽気な生徒達が、暗くなりがちなその場の空気を和ませ、時に笑い声を上げて盛り上げていた。

「顔、ひどく腫れちゃってるよ。病院行かなきゃ駄目だって。放っといて治るもんじゃないって！」

ユイがおっちゃんに説教をしている。彼女はバトン部に所属し、勉強そっちのけで部活動命《いのち》！　という生活を送っている元気いっぱいの生徒だ！　特にキミコとは仲が良くて、日頃から大声出してじゃれ合っている姿をよく見かけた。

「下痢が続いているからって、食べなきゃ死んじゃうよ！　ん、何？　死んだほうが楽だなんて言っては駄目！　きちんと検査して、治療して、病気が治れば、また元気が出るって！」

まるで母親か、先生のような口調で、シズカがおっちゃんを諭《さと》していた。シズカのそのような姿を学校で見かけたことはなかった。その名前とは裏腹に、この生徒も何かと目立つタイプだ。学校では生活指導面でしばしば注意を受けていた。染髪、パーマ、ピアス、ミニスカートなどなど、そんな悪ぶった一面を持ちながら、友達想いで情に厚いのもその個性だった。だからこそ、初対面のおっちゃんにもこんな台詞《せりふ》が吐けるのだろう。彼女もまたキミコやレイとは馬が合い、しょっちゅうつるんで遊んでいた。

アケミとカホリ、そして、悩んだ末に、肚《はら》は決まった、と語ったミキは、看護師の丸岡さんの許へ行った。そして彼女から問診のレクチャーを受けた後、新たに問診票を受け取ると、うなだれた姿勢で壁に凭れ掛かり、医療相談の順番待ちをしているおっちゃんのところへ出向いていった。彼女達には、他人からあれこれと指示なんかされなくても、周囲の状況を見て、自分の果たせる仕事を自ら探し出し、迷わず動ける判断力と行動力が備わっていた。その後を仲の良い連中がついていく。その場に残っていたおっちゃん達全員に、生徒が手分けして問診している状況は、ある種壮観であった。学校という閉鎖空間では、なかなかこのような状況が生まれることはない。「指示待ち症候群」なる言葉で、今の子供達の傾向を括ることが一般的であったが、その言葉の対極にある生徒達が目の前にいた。「指示待ち症候群」に子供達を追い込んでいるのは、自らもまたマニュアル人間と化している大人の責任だ。真剣な表情で問診を続け、聴き取りにくいおっちゃんの言葉を必死に聴き取ろうとする生徒の顔、心が折れてしまっているおっちゃんを励まそうと懸命になって言葉をかける生徒の顔、ケラケラと笑いながら、おっちゃんと話し込んでいる楽しげな生徒の顔。顔、顔、顔……。私はこれまでこんなにも生徒達一人一人の顔を見てきただろうか？　千差万別の豊かな生徒の顔を塗り潰し、テストの点数という無味乾燥な数値に置き換えることばかりで貴重な時間を浪費してきたのではなかったのか？　苦味を噛み締めていたとき、隣にやってきたオーくんが語りかけてきた。

「先生のところの生徒さん、よく動くねえ。大したものだ。初めてでここまでやれるのは。医療相談にやってくるおっちゃん達が、こんなに喋ったり、笑顔を見せたりしているのを目にしたのは初めてだ。おっちゃん達も自分の娘ぐらいの年頃の子と話せるのは嬉しいんだろうねえ。こういう小さな触れ合いが、消え入りそうなおっちゃん達の命を延ばしてくれるようにさえ思える。大人には、ことに先生なんて呼ばれてる大人には、なかなかできる芸当ではないわな」

そう言って、オーくんはニヤリと笑った。しかし、彼の口調には、決しておべんちゃらではない、率直な感動、驚きが表れていた。私も同感であっただけに、彼の言葉は嬉しかったし、誇らしくもあった。それから、彼は再び口を開いた。心なしか、沈んでいた。

「病気になったり、怪我をしたりしても、おっちゃん達は医者にかかろうとしない。皆、過去に厭な思いをさせられてきたからだ。金がないというのが一番の理由だけど、本当にどうしようもなくなって、意を決して病院へ行っても、臭いだの、汚いだのと散々悪口を言われた挙句に、結局診てもらえないことが多い。そんな人間性を踏みにじられる差別を受け続けたら、誰だって二度と病院へは行きたくない、と思ったとしても当然だろう。だから、僕らはおっちゃん達を説得して、症状がひどいときには、翌日に金がなくても医療援助が受けられるよう、区の福祉事務所へ連れていくという支援活動もしている。僕が担当した人に、結核の症状がかなり深刻で、即刻入院したという例もあったよ。……ところで、バブルが弾けて以後、この界隈で路上や公園、病院で死んだ日雇い労働者の数は増加してるんだけど、その平均年齢はいくつだと思う？」

オーくんは真っすぐに私を見ながら、そう質問を投げかけてきた。もう一度、生徒達が問診を続けているおっちゃん達の姿を目で追ってみた。六十歳代、そんな数字が頭に浮かび、彼にそう応えた。

「六十歳まで生き延びられない人が多い。答えは、五十六歳。日本人男性の平均寿命より二十歳は短命だということになる。飢えと寒さと病気で、五十六歳で死んでいく。これって、とんでもなくひどい状態だと思えるんだけどね」

オーくんは怒りを露《あらわ》にしていた。私の父は六十二歳で肺癌で死んだ。それでも早死にだと感じていた。ところが、五十歳代半ばでの死——これが、この豊かな長寿大国といわれる国の影の実態を表す数字だった。

オーくんから野宿者を巡る厳しい現状について、あれこれ教えてもらっているうちに、生徒達が受け持っていた問診はあらかた片付いた。医療相談という深刻になりがちな場でありながら、おっちゃんといろいろ語り合い、すっかり親しくなった生徒もいたようだ。キミコは、佐合医師の診察を受けているおっちゃんの丸まった背中に向けて名を呼び、

「絶対病院行かなきゃ駄目だからね、絶対だよ！　夜回りのときに必ず寄るから。待っててね」

と、明るく声をかけていた。佐合医師も看護師の丸岡さんも笑っていた。丸岡さんはからかうようにそのおっちゃんに言った。

「大変な子に摑まっちゃったね。もう逃げられないよ」

おっちゃんは困惑したような顔をしながらも、どこか嬉しそうでもあった。私はアケミを呼んだ。

「夜回りまでまだ二時間ぐらいある。いったん箴言会館に戻って休憩をとるように、皆に伝えてくれるか？　いよいよ寒波の襲来で、今日の夜回りは辛くなりそうだ。防寒対策を万全にして体調を崩さぬよう注意するように、と言っておいてほしい。皆で揃って地下鉄を使って戻るよう、アケミがリードしてくれ」

と頼んだ。

「アイ・アイ・サー！」

と敬礼をし、アケミは生真面目な表情を浮かべて返事をした後、悪戯っぽい表情に変わって、

「今の言葉、そのままヒデオにお返しします。目の下に隅《くま》ができてるよ。休めるときには、休むように、おっちゃん達相手に手いっぱいなんだから、ヒデオの世話まで見きれない。しっかり自己管理するよう、ヨロシクネ」

と言って、皆の許へ小走りで戻っていった。敵わないなあ、と心の中で呟いた。でも、それでいい。ただ一つ、気がかりだったのは、今回も一年生のエリだった。集団から離れて、地上に繋がる階段に腰を下ろして、一人のおっちゃんと話し込んでいた。ゼミでプログラムされた行動計画からの逸脱、と言ってしまえばそれまでのことだが、だからといって頭ごなしに注意する気にはなれなかった。エリは以前から一人で支援活動に加わり、すでにおっちゃんとの信頼関係を築いているようだった。我が道を往く――彼女の行動を見ていると、そんな言葉が浮かんでくる。高二の生徒達や私には心を閉ざしている分、そのエネルギーを彼女流のやり方で野宿のおっちゃんとの関わりに振り向けている。エリの居場所は学校にはなく、路上にある……。そこに何を見出しているのかは、私には分からない。気になる生徒ではあったが、今しばらくは様子を見守ろう。

そのとき、アケミがエリの方へ近付いていった。エリは無表情でその言葉を聴き、隣のおっちゃんに手を振ると、アケミの後に従った。だが、アケミとの間隔は縮まることなく、

さらには帰り支度を始めた二年生の集団の中にも入っていこうとはしなかった。移動し始めた集団とは微妙な距離をとりながら、彼女の細い体は地下鉄の改札口へと消えていった。

テレビをつけたら、天気予報をやっていた。大陸から上空ではマイナス二十度になる今年最強の寒気団が南下しており、この地方もそのエリアにすっぽりと収まっていた。日本海側や山沿いの地域では、すでに大雪になっていた。

「いつ雪が降り出してもおかしくはありません。降れば、記録的な大雪になる危険性もあるでしょう」

と、気象予報士がカメラ目線で警告を発していた。嬉しくないニュースだった。

炊き出しと医療相談の手伝いを終え、箴言会館に戻ってきたら、先に帰っていた梅崎神父が台所にいて、私を呼んだ。ラーメン作ったから食べないか？　とのありがたいお誘いだった。さらに、冷蔵庫に差し入れの卵がまだ残ってたから、月見ラーメンにでもして食べて、と言われた。これもまた、ありがたくお言葉に甘えることにした。深々《しんしん》と冷え込む夜に啜《すす》る熱々《あつあつ》のラーメンは格別だ。ちょっと出かけるから、と言って台所から出て行こうとした神父が、

「雪が降ると、野宿者に死者が出るんだよ」

と、憂い顔でボソリと呟いた。雪とおっちゃんの死――これまで関連付けて考えたこと

のなかった事柄だけに、虚を衝《つ》かれたような思いがした。

ラーメンを食べ終えると流しで洗い、濡れた食器の置かれたケースに並べた。この寒空に外に出るのは億劫だったから、とは言え、じきに生徒達と夜回りに出ねばならなかったのだが、台所の換気扇を回し、その下に灰皿を置いて一服つけた。ラーメンに煙草は合う、と束《つか》の間《ま》の幸福感に浸《ひた》っていたら、脈絡もなく、昨晩炊き出しの後で、無理を言って参加させてもらった初体験の夜回りで、リーダー格の牧師から聴いた言葉を思い出した。

「野宿労働者の苦しみを知ってしまったのに、それを見て見ぬ振《ふ》りをするような人間に説教をしてほしいですか？」

紫煙が立ち昇り、換気扇に吸い込まれていく様子を眺めながら、その言葉を胸の内で反芻していた。

昨日、炊き出しが終了し、片付けが終わった後で、オーくんから夜回りのリーダーを務めているプロテスタントの牧師を紹介されたとき、その威圧感に思わず腰が引けた。このゼミで出会う教会の聖職者は、ことごとくそのイメージから遠く離れた人物ばかりだ。
容貌魁偉《かいい》――目の前にいる牧師の第一印象を一言で述べるならば、この四字熟語以外に思い当たらない。スポーツ刈りに狭い額、その下には一筆書きされたような野太い眉が伸びていた。団栗眼《どんぐりまなこ》だが、眼光は鋭い。鼻は大きく横に広がり、厚い唇が固く引き締められていた。えらの張った大きな顔が、どれもこれも立派なすべてのパーツをしっかりと納めている。白隠禅師が好んで描いたギョロ眼の達磨《だるま》大師を彷彿《ほうふつ》とさせた。その大きな顔が決してアンバランスに感じられない巨軀が、圧倒的な存在感を誇示し、問答無用で見る者の目を射た。百八十センチ、いや、百九十センチはあろうかと思われる長身、上下共に防寒用の素材で作られた厚手の真っ白な装束《しょうぞく》がパンパンに膨らんでいる。白という膨張色のせいばかりではない、無差別級の柔道家か、レスラー、相撲取りのような堂々たる体格であった。

「伊良《いら》と言います。声が大きくて、自分としては怒鳴ってるつもりはないんですけど、人と話してると、はたからは怒っているように見えるらしく、いっつも苛立ってると勘違いされて、人は僕のことを、イラッチ、と呼ぶようになりました。本当は心外なんですが、そう呼びたいのなら仕方がない、と今では諦めています」

笑ってもいい自己紹介なのだが、笑えない。下手に笑ったら、力ずくで早目の「最後の審判」を下されそうだったからだ。

夜回り開始の時刻を確認した後、しばらくしてから約束した場所で再会したとき、イラッチが牧師をしている教会名の入ったグレーのワゴン車が待機していた。後部の荷台には、大量の毛布とプラスチックの籠に入った十本以上のポット、簡易カイロの束、紙袋に小分けされたチラシなど、夜回りに必要なグッズが詰め込まれていた。

「訳あって夜回り班は予定していた時刻より早く出発しています。その後を追いかけるので、先生は助手席に乗って下さい」

と言われた。確かに声が大きく、その口調のせいなのだろうが、話の内容とは無関係に怒られているような印象を持った。本人は不本意だと言っているが、イラッチ、というあだ名は実に的確だ。ワゴン車は駅前地区の南方、市をぐるりと取り巻くように延びている自動車専用道路の高架下を中心に、その界隈にあるいくつもの公園をコースとする夜回り班に合流するとのことだった。気のせいかもしれないが、ハンドルを握るイラッチの横顔が緊張しているように見えた。

　小学校と道一本隔てた場所にある公園の入口近くにワゴン車は停まった。暗がりで降りた場所からはよく見えなかったが、公園の奥にあるトイレ脇の茂みに人の集まっている気配がした。イラッチについていくと、そこには青いビニールシートとダンボール箱とを組み合わせて作った移動式のテントがあった。その中に横たわっていた野宿者はどこか具合が悪いらしく、先に来ていた夜回り班の人達があれこれと話を訊いていた。そのために、狭いテントの中へは入れなくて、外で中の様子を窺《うかが》うしかなかった。

　人気《ひとけ》のない真夜中の公園は寂しく、実際以上に広く感じられる。寒々とした常夜灯の青白い光がそんな印象をいっそう際立たせているように思われた。深夜の公園でじっとしていると、夜気の冷たさに加えて、地面の方からも寒さが這《は》い上がって、思わず知らず首や肩に力が入ってしまう。また、寒さのせいばかりでなく、イラッチから手渡された野宿者に配る簡易カイロと年末年始の支援活動の内容を知らせるチラシの束を落とさぬよう、それらを小脇に挟んだ両手をジャンパーのポケットに突っ込み、全身を硬く強張《こわば》らせていた。いくぶん、神経も昂っているように自覚していた。

イラッチとは別に、この夜回りコースにはもう一人、リーダー格の人がいた。後で聞いたことだが、その人は普段車椅子を専門に製作する仕事に就《つ》いているとのことだった。このときは、専《もっぱ》らその人が野宿者との対応を続けていたために、テントの外から中の様子を見ていた私とイラッチは、その間、自然と立ち話をする恰好になった。

どうしてこの活動を続けているのか？　という私の問いに対して、イラッチが返してきたのが、例の言葉だった。

野宿者への支援活動に参加するようになって、教会の信者の中でやきもちを焼く人が出てきた。教会の仕事をそっちのけにして、夜回りばっかりに精を出している、もっと自分達信者の面倒も見てほしい、といった気持ちだ。そんな信者に向かって、先の言葉を言うと大抵の場合、黙ってしまう。さらにそこで終わってしまうのではなく、後日、自分は夜回りや炊き出しには出られないけれども、せめてこれを使ってほしい、と言って、毎週のようにお米を持ってくる人が出てくる。野菜を持ってくる人も現れてくるというのだ。

神経が昂っていたせいもあっただろうが、このときの私には、その言葉がある重さをもって耳に響いてきた。

「イラッチ、ちょっと――」

と、テントの中から声がして、夜回り班の二人が出てきた。そのうちの一人がイラッチと何事か相談し始めた。すると、そこへもう一人、夜回り班の人だろう、公園の入口から駆け込んできて、その場にいた全員に聞こえるような声で、早口で捲《まく》し立てた。

「救急車の手配は済ませた。場所を告げたら、十分程度で来れるそうだ」

イラッチと話していた人が、手にしていたバインダーに挟んである用紙に視線を向けながら、やや抑え気味の低い声で話し出した。

「昨夜のことは知ってる、って言っていた。ここからすぐの所だ。物音も聞こえたし、話し声やら馬鹿笑いしている声も聞こえたそうだ。直感で何が起きたのか、すぐに分かったと言ってる。そいつらがこっちへやって来たらどうしよう、と恐ろしくて、一晩中寝られなかったそうだ。それから具合が悪くなったと言ってる。夜が明け始めた頃、起き上がろうとしたら、体が動かなくなった。熱を計ったら、九度近くあった。長時間続いた恐怖感、過度なストレス、心因性ということも考えられるけど、やっぱり急激な冷え込みと慢性的な栄養失調からくる衰弱が一番の原因だろうね」

話を聴きながら、イラッチは小さく何度もうなずいていたが、一言も言葉を発さなかった。夜回り班の人が、テントの内外《うちそと》を動き回る靴音が聞こえるばかりで、重い沈黙が夜の公園を圧していた。ほどなくして遠くから救急車のサイレンが響いてきた。そこにいた一人が、公園の入口に駆けていった。救急車を誘導するためだろう。

この場にいる夜回り班のメンバーは、イラッチを含めて、皆経験豊富な人ばかりのようで、細々《こまごま》と誰かが指図《さしず》するようなことはなかった。状況を見て、臨機応変に全員が有機的に動き回っている。救急車の誘導に出向いたメンバーの一人が先頭に立ち、担架を持った救急隊員二人がその後を追っていく。テントの中に横たわっている野宿者を担架に乗せ、救急車に運び入れる。途中、門田さんだとイラッチが教えてくれた、夜回り班のもう一人のリーダーが、担架に乗った野宿者に声をかけた。

「よっさん、安心しろ。あんたの家財道具、全部きちんと保管しておくから。病気、治せよ。逃げ出してくるんじゃねえぞ！」

よっさん、と呼ばれたおっちゃんは、担架の上で幽かに笑みを漏らしたように見えた。彼にとってはテントの中の物が全財産だ。入院している間に誰かに盗られてしまうのではないか、とそれだけが心配で、入院を渋っていたのだ。何があったのか、詳しくは語ろうとしないが、以前入院したときに何か厭なことがあったらしく、退院前に脱走するという「前科」があった。出発前に、門田さんと救急隊員が相談した結果、門田さんが同乗し、病院まで付いていくことになったらしい。よっさんの私物をあらかた片付け終えていた他のメンバーとイラッチ、そして私は、出発した救急車を見送った。

イラッチの判断で、今日の夜回りはこれで終了ということになった。私は何をしていたか、といえば、デクノボーのように、ただその場に突っ立って、事の成り行きを眺めていただけだった。実際に目の前で起きたことなのだが、なぜか、少しも現実味がなかった。

「先ほど、門田さん……ですか、昨晩のことをよっさんは知ってた、って言ってましたけど……。野宿者への襲撃があったんですか？」

ずっと感じていた胸のざわつきを言葉にして、イラッチにぶつけてみた。いかにも忌《い》ましげにイラッチは応えてくれた。

「そう。詳しくは分かってないが、ここから目と鼻の先にある高架下で、ダンボールハウスに寝ていた野宿者が襲われた。まだ流れ着いてきたばかりの人で、誰もその人のことを知らない。よっさんも襲った奴らの声を聞いたと言っていたが、たぶん有職か無職か、たちの悪いガキ共の仕業《しわざ》だろう。凶器は鉄パイプか、金属バットか、めった打ちにされた。一命だけは取り留めたが、全身打撲の上に、顔面にもひびが入る重傷を負ったと聞いてる。一瞬の出来事で、本人は犯人を見ていない。通報を受けて、警察も犯人逮捕に向けて動くと言ってるが、当てになんかなるものか。犠牲になったのが野宿者だと知ると、本気で捜査なんかしない。現場周辺をぐるっと一回り、パトロールするのが関の山で、一応やるべきことはやったということで、結局有耶無耶《うやむや》にしてしまう。やられ損だな」

吐き棄てるようにそう言うイラッチには迫力があった。それから、改めて私の方を見る

と、

「夜回りが中途半端な形で終わってしまって、申し訳なく思ってます。もう少し案内したかったんですが……」

心底すまなさそうに詫びるものだから、恐縮してしまった。

「いえ……。その代わりに、野宿している人の厳しい現実を知ることができる生々しい現場に立ち会うことができました。貴重な体験だったと思います。ありがとうございました」

私は頭を下げ、礼を述べた。そして、頼むのなら、今しかないと思い、続けてこう述べた。言葉にすることで、思いつきを確かな決意にしたかったという思いも強かった。

「夜回りが早く終わったから言うわけではないんですが、一つお願いがあります。聞いてもらえませんか？」

イラッチは怪訝そうな表情を浮かべた。それにはすぐに応えず、

「寒いから車に乗って話しませんか？」

と、言ってきた。私に異議などあろうはずがない。寒くて堪らなかった。二人共急いで車に乗り込むと、イラッチは早速訊いてきた。

「お願いって何ですか？」

どこか警戒するような感じだった。回りくどく言っても仕方がない。ストレートにお願いすることにした。

「今晩野宿したいのですが、どこかお勧めの場所はないですか？」

眉を顰《ひそ》めて、イラッチは私の顔をまじまじと眺めた。

「本気ですか？」

私は彼の団栗眼をじっと見返したまま、黙ってうなずいた。もう後には退《ひ》けなくなってしまった。

「しかし、どうして、また？」

もっともな質問だった。それに対しても正直に応えることにした。

「伊良牧師は」

と言いかけたら、すかさず、

「イラッチ、でいいですよ」

と口を挟んできて、薄く笑った。お言葉に甘えることにした。

「イラッチは言いましたよね。『野宿労働者の苦しみを知ってしまったのに』って。私は、知らないんですよ。梅崎神父から話を伺《うかが》いました。桜庭修道士には、スライドを観せてもらいました。今夜は駅での炊き出しの手伝いをしました。医療相談の様子も見ることができました。そして、今、イラッチの案内で野宿生活の厳しい一面を垣間見ることができました。そういう意味では、何も知らない人に比べれば、私は野宿労働者の苦しみを知っているほうなんだと思います。でも、そんな比較に意味はない。私は、知ったのか？　と自問したとき、とてもではないが、知った、とは言えない。苦しみの表面をなぞっただけで、苦しみを苦しみとして、我が身に加えられたものとして苦しんではない。苦しみを苦しめないことが苦しいんです。明日から梅崎神父、ウメちゃんが主催するゼミに、生徒を連れて参加するんですが、この苦しみを抱えたまま、自分が参加すること、生徒を参加させることが耐えられないというか……。自己満足とか、偽善とか、そんなありきたりな言葉で、今の自分の気持ちを括ってしまうのも違う気がするんです。できれば、野宿労働者の苦しみを知ってしまったのに、ゼミに参加しないわけにはいかないでしょう、という気持ちぐらいは少なくとも持ちたいと思ってるんです。上手く説明できませんね……」

私は黙り込んだ。代わりに、イラッチの声が車内に静かに響いた。

「昨夜の襲撃も、犯人がまだ捕まっていないことも、野宿を体験しようとする先生のモチベーションを高める役割を果たしたということですか？　野宿者の恐怖心を、我が身の皮膚感覚で捉えられる、野宿者の苦しみを知ることの一環として、それを知るよすがになる、と先生は考えたんだ」

イラッチはハンドルに両掌を掛け、少し思案した後、きっぱりとした口調で言った。

「分かりました、案内しましょう。以前、僕が野宿した場所へ連れていきますよ。後ろに積んである毛布や簡易カイロを使って下さい。ダンボールも当てはありますから、何とかなります。行きましょう」

そう言うや否《いな》や、イラッチはイグニッションキーを回し、ワゴン車を発進させた。途中、二人は無言だった。どんな言葉だったとしても、何かを口にすれば、プラスにはならない、と思い込んでいるかのように。

ワゴン車は駅前の雑居ビルの建ち並ぶ一角に停まった。昼間目にする光景とはまるで違う世界がそこにはあった。多少なりとも庇《ひさし》の出ている下、建物にへばりつくようにして、いくつものダンボールハウスが並んでいた。テレビや新聞で見たことのある発展途上国、第三世界のスラム街の光景だった。イラッチは車から降りると、途中で入手した厚手の丈夫そうなダンボールを手際良く組み立て、ガムテープで補強すると、たちまちにしてダンボールハウスを完成させてしまった。私は荷台から毛布と簡易カイロを下ろした。毛布をハウスの床面に重ねて敷き詰め、寝心地を確認してみた。まだ固かったが、贅沢は言ってられない。カイロを小袋から取り出すと、下着の上から何カ所も貼り付けていった。これで準備万端だ。イラッチは、ワゴン車に乗り込む前に、私の顔にそのデカい顔を近付けて、おっかない表情でアドバイスをくれた。

「いいですか。寒さと怖さで、どうせ寝られないだろうから、言っておきますけど、ちょっとでも変な気配がしたり、足音や物音がしたら、躊躇せずに逃げ出すんですよ。一瞬の逡巡《しゅんじゅん》が命取りになる。いいですね。――じゃあ、僕はこれで。ご無事を祈っています」

と言って、ワゴン車に乗って去っていった。最後まで笑顔はなかった。からかいでも脅しでもない。野宿では小動物のような臆病さだけが我が身を救う。まるで弱肉強食の食物連鎖の中に、自分の命が組み込まれたような気がした。ダンボールハウスの蓋《ふた》をする。野宿の長い長い夜が始まる。野宿労働者の苦しみを知るため？　——この自分の行為に、どこか、傲慢な臭いがしないでもなかったが、もう始めてしまったのだ。やれるところまでやるしかない、やるしか……。

「途中、いくつかの公園へ寄り道するからね。最初は僕が『お手本』を見せるけど、みんなにもやってもらうから、覚悟しておいてよ」

ワゴン車の中に、よく通るいい声、ＤＪボイスの桜庭修道士、さくちゃんの指示が響いた。彼はこの界隈の道を知り尽くしている。信号のない抜け道を行くものだから、深夜だけになおのこと、今どこを走っているのか、さっぱり分からない。ハンドルを握っているのはさくちゃんだが、同乗しているのは、私以外に生徒が五人、活動直前までボランティアへの疑問を口にしていたミキを中心にしたアイ、ユウキの三人組。それと、明るくて元気なのは結構なのだが、ちょっとやんちゃで危なっかしいところのあるキミコとシズカだった。

夜回りは駅前エリアを三コース、市の中心地域を成す繁華街、地下街とその周辺の公園エリアを四コースに分けて、全七コースで実施されていた。午前0時から、特にトラブルやアクシデントがなければ約二時間、そのエリアの事情を熟知するリーダーを中心に、各コース五名から十名の編成で回る予定になっていた。私は、オリエンテーションで「現役」の野宿者として、その体験を語ってくれたヌマさんの話の中に出てきたアーケード街を目指すコースに加わることになった。

「さあ、最初の公園に着いたよ。ポットに入ったお茶、紙コップ、カイロ、毛布、チラシ、それと差し入れの蜜柑、みんなで分担して持って出発するよ」

　生徒達は初めての夜回りにさすがに緊張しているのだろう、さくちゃんの指示に弾かれたように動き出した。文句一つ言わず、自分達で持ち物を分担して持って車を降りた。学校では教師から言われても、なかなか取りかかろうとしないキミコやシズカが、別人のように自らきびきびと動いているのを見て、笑いが込み上げてきた。そんな私の表情をいち早く察したのだろう、仏頂面《ぶっちょうづら》したシズカがやってきて、

「蜜柑いっぱいあるから、ヒデオのポケットも借りるよ」

と言うや否や、有無を言わせず、上着やズボンのポケットに蜜柑を詰めるだけ詰め込んでいった。私は毛布を抱えていた。急に体が重くなり、歩きにくいことこの上なかった。シズカは満足気《げ》に笑みを浮かべて、ポットと紙コップを手に、先頭を行くさくちゃんの後を追いかけていった。

　さくちゃんはこの公園のどこに、どんなおっちゃんがいるかをすべて把握していた。公

園のぐるりを取り囲むフェンス際《ぎわ》、木陰に潜むようにして、ダンボールハウスが点々とある。最も手前にあったダンボールハウスにしゃがみ込み、さくちゃんはそっと声かけした。

「こんばんは。夜回りでーす」

するると、中からくぐもった声で、オウッ、と返事がして蓋が開いた。

「さくちゃんか……。今日は女の子をぎょうさん連れてきとるなあ」

黒いニット帽を目深《まぶか》に被ったおっちゃんが上体を起こして、笑い顔を向けてきた。このおっちゃんも前歯がほとんどなく、そこには暗い洞窟がぽっかりと口を開けていた。

「お茶、飲むだろ？　今日は俺じゃなくて、この子、シズカちゃんがお茶を出してくれるよ」

そう告げると、さくちゃんはシズカにお茶を頼んだ。シズカも精一杯笑顔を作り、どうぞ、とおっちゃんに紙コップを渡した。コップを受け取ったおっちゃんの掌に嵌《はま》った軍手は薄汚れていた。右手の人差し指と親指の先は破れていて、黒い爪が剝き出しになっていた。

「うん、うまい。さくちゃんがくれるお茶とは味わいが違う」

おっちゃんは憎まれ口を叩きながら、美味しそうにお茶を飲み干した。

「悪かったな。どうせ俺の入れるお茶はまずいだろうよ。……カイロもいるだろ？　ユウキちゃん、二枚渡してあげて」

と後ろのほうに隠れるようにして立っていたユウキを手招きした。彼女が恐る恐る差し出したカイロを受け取ると、おっちゃんは礼を言った。

「ありがとう。あんた、頬《ほ》っぺた真っ赤だ。寒いから風邪引かんよう、気を付けなよ」

一瞬ユウキはびっくりしたような顔になったが、慌てて頭を下げてから、

「おじさんこそ、気を付けてね……」

と絞り出すように声を出した。そのとき、突然シズカが私の上着のポケットに手を突っ込み、蜜柑を引っ張り出すと、おっちゃんの手に無理矢理蜜柑を押し付けた。

「風邪の予防にはビタミンCが効くんだよ。だから、蜜柑、これ食べて風邪引かないようにしてね」

おっちゃんは掌で蜜柑を弄《もてあそ》びながら、また笑顔を浮かべ、ありがとう、ありがとう、と繰り返した。さくちゃんがチラシを一枚手渡し、

「明後日《あさって》から今年も『文無《もんな》し公園』で、年末年始の小屋がけするから、良かったら来てよ。雪が降るかもしれん、と天気予報で言ってたから、無理せんと小屋来てな。一日中焚《た》き火があって暖かいし、具合が悪くなっても医者や看護師が来てくれるから安心だし——。じゃ、また明日も来るから。おやすみ」

そう、さくちゃんが告げると、生徒達も口々に囁くように、おやすみなさーい、と言った。立ち去り際に、ミキがおっちゃんに近付き訊いた。

「おじさん、……名前、訊いていい？」

おっちゃんは口をもぐもぐさせた後、じん、と応えた。

「じん？　じんさん、って言うんだ」

と、ミキが反復すると、じんさん、と名乗ったおっちゃんは何度もうなずいた。

「明後日は私達も『文無し公園』にいるから、じんさん、来てよ。話そう。じんさんの話を訊いてみたい。……それじゃあ、おやすみね。バイバイ」

と、ミキは手を振って、その場を離れた。

さくちゃんは、そこから少し離れた場所にある二棟続きのダンボールハウスを指差して、

「あそこは駄目なんだ。声をかけても反応をしてくれない。人がいる気配はしてるんだけどね。でも、万一積雪になったら凍死してしまう危険性がある。だから、声かけはせずに、静かに近付いていって、ダンボールハウスの隙間にでも、そっとチラシとカイロを二枚、差し込んできてくれないかな？　――アイちゃん、頼むわ」

指名された端《はな》は目を丸くしていたが、アイはすぐに指先でＯＫマークを作り、さくちゃんに直立不動で敬礼の姿勢をとった。それから、両足の踵《かかと》を地面に着けずに、爪先立ちでゆっくりとダンボールハウスに近付いていった。その後ろ姿は、まるでコントだった。ミキが溜め息混じりに呟いた。

「大真面目にやってるだけに、一番怪しい」

夜回りでは大声厳禁とさくちゃんから注意されていたため、ユウキは顔を真っ赤にして、笑いを堪《こら》えていた。

さくちゃんは公園内にあるダンボールハウスを一つ一つ案内し、あそこは声かけOK、でも、こっちのおっちゃんは駄目、と丁寧に教えてくれた。声かけOKの所へは、どんどん生徒を押し出してくれた。

「こんばんはー、夜回りでーす。体の具合はどうですか？　お茶、いりますか？　蜜柑もありますよ。カイロ、置いときますね。明後日《あさって》から今年も『文無し公園』で年末年始のテント村やりますから、良かったら来て下さい。二十四時間、焚き火を焚いて、待ってますから。医療相談もやってますから、利用して下さい。雪になる予報も出てますから、風邪引かないよう気を付けて下さいね。じゃあ、おやすみなさーい」

さくちゃんの声かけを真似て、生徒達は全員交代でやってみた。つっかえつっかえ、たどたどしく、時に内容に漏れがあれば、すかさず他の誰かが補足する。一所懸命な生徒の姿がいじらしかった。当初は見知らぬ女の子の訪問に、不審そうなおっちゃん達だったが、その背後にさくちゃんがいて、よっ！　と一声《ひとこえ》かけるだけで、どのおっちゃんの顔も綻《ほころ》んだ。誰一人として多弁な人はいなかったが、警戒心が解けた途端、生徒達にも笑顔を見せるようになった。彼女らが勧めるお茶や蜜柑に、ありがとう、と礼を口にするおっちゃんがほとんどだった。

公園を後にし、次の公園へと向かう車中で、キミコが思い出したような、普段とは違う静かな口調で呟いた。

「どのおっちゃんも優しかった。笑い顔はお爺ちゃんなんだけど、何だか子供みたいで可愛かった。でも、何か……寂しいんだよね。よく分かんないんだけど……」

そうそう、と異口同音に生徒達は、優しい、可愛い、を連発し、盛り上がった。すると、ミキが、ねえねえ、聴いて、と得意気な顔付きになり、こう言った。

「私ね、公園で会ったおっちゃん達の名前、覚えたんだよ。黒いニット帽のじんさん、猫のミーと寝てたジュンゾーさん、赤マフラーのカメちゃん、眉毛繋がりのクリちゃん、髪を一つ結びにしてたシローさん。どうよ、完璧でしょ?」

今度は口々に、凄い凄い、の連呼、自然発生的に皆から拍手が湧き起こった。私も拍手した。ハンドルを握るさくちゃんも絶賛した。ミキは車のフロントガラスの一点を見詰めるようにして喋り出した。

「何かさー、ずっと引っかかってんだよね。ホームレスとか野宿労働者とか、一括りにしちゃうことにさ。オリエンテーションでウメちゃん、言ってたじゃない。おっちゃんと友達になれるといいね、って。それ聞いて、私もそう思ったんだよ。『お金第一の社会から仲間外れにされて、いつ死んじゃってもおかしくないかわいそうな人達』って言われても、あんまりピンとこない。その通りなんだけど、一括りにして、ホームレスのおっちゃん達、と呼んでる限り、食べることに困らない私達との間にある距離というか、壁というか、全然なくならないじゃない。なくすためにも友達になる。その第一歩として、まずはその人の名前を知ることから始めようと思ったんだ。じんさんとか、ジュンゾーさんとか、名前を知って、それから人間を少しずつ知ることでしか、友達になんかなれっこない、と思ってさ。『文無し公園』に来てくれたら、焚火にあたりながら、いろいろ話を聴けるかも……。来てくれると嬉しいって、私は願ってる」

何という感受性の豊かさだろう。そして、その直観力の鋭さにも舌を巻く思いだった。ミキは一人思い悩むことに倦《う》み、やれば分かるさ、とばかりに行動を起こすことを決断して以来、一直線に走り続けている。目の前に現れる初見のハードルを物怖《ものお》じせずに飛び越えている。行動しながら、そこで目にした光景を自らの言葉にする賢さを持っている。神父の投げかけた、おっちゃんと友達になれるといいよね、という言葉が孕《はら》む真意を、ミキは全身で受け留め、まずは名前を訊く、それを取っかかりにして、時間の許す限り、おっちゃん一人一人と話し込むという行動指針を作り上げた。生真面目なミキならば、きっとやり遂げるだろう。ミキがやろうとしていることと、私が、野宿者の苦しみを知るために、実際に野宿にトライしたことと、本質的に何が違うだろうか？　いや、私よりもミキのほうが直接おっちゃん達一人一人に関わろうとしている分、問題の核心に迫る優れた試みなのではなかろうか？　そこに思いが至ったとき、気圧《けお》されるような気分を味わった。

「おっちゃん達は、みんなが言うように確かに優しい。優しすぎるのかな？　だから、今の世の中、人を押し退けて自分の儲《もう》けや幸せだけを追い求めようとする競争社会では、弾《はじ》き飛ばされて、野宿者になっちゃうのかもしれないね。そこで、だ。そんな優しいおっちゃん達を僕ら一般市民や行政がどう扱っているか、スライドではなくて、生《なま》で体験できる場所へ連れていってあげるね」

さくちゃんの語り口はソフトではあったが、その奥底には激しい怒り、そして悲しみのあることが分かった。それまで公園で出会ったおっちゃん達の話題で盛り上がっていた生徒達にも、その緊張感が伝わったのだろう。水を打ったように静まりかえった。ワゴン車は静寂を乗せて、ビルの建ち並ぶ通りへと入っていった。

ワゴン車を降り、さくちゃんを先頭にビルの合い間を縫うように歩いていく。背の高い、一見するとお洒落《しゃれ》な感じのするビルの真下に差しかかったとき、さくちゃんは私に目を向けた。目を細めて顔は笑っていたのだが、絶対何かを企んでいる。そんな顔付きだった。

「ここは、先生に活躍してもらおうかな。この建物のぐるりは、植え込みで取り囲まれている。どこでもいいから、植え込みを跨《また》いで、ビルの壁際との隙間に入ってみて下さい」

どこにしようかな、と迷っていたら、おっとり型のユウキが囁くように、

「ヒデオ先生、ファイト！」

と励ましてくれた。すると、シズカが、

「野宿に比べりゃ、大したことない。まさか死ぬようなことはないから、ヒデオ、行け行け！」

と煽《あお》ってきた。もたもたしてると、生徒達からどんな野次が飛んでくるか、分かったものではないから、適当に足許に近い植え込みを跨いでみた。その途端、四方から眩しい光が明滅し始めたものだから、慌ててその場から飛び退《すさ》ろうと思い、植え込みを跨いだつもりが、向こう脛《ずね》を植え込みのコンクリート枠の角に厭《いや》というほどぶつけてしまった。痛っ！　その場にしゃがみ込み、ズボンの裾を捲《まく》り上げたら、皮が剝《む》け、血が滲《にじ》んでいた。指先に唾《つば》をつけ、盛り上がった傷口を擦《こす》ろうとしたら、駄目っ！　と頭上から鋭い声が降ってきた。シズカが私のすぐそばにしゃがんで、手にしていた傷テープを傷口に貼り付けた。

「バイキンが入って化膿したらどうするのよ⁉」

と叱られた。

「スミマセン……アリガトウ」

と消え入るような声で礼を言うと、シズカは立ち上がり、勝ち誇ったように、

「どういたしまして」

と、私を睥睨《へいげい》するような姿勢で言い放った。

「どこの植え込みを跨いでも、ビルの周辺で野宿はできないよう、センサーが取り付けられてるんだよ。こんなことのために、わざわざセンサーを取り付けるなんて、意地が悪い

にもほどがあるよね」

さくちゃんは解説してくれた。その解説は私はもちろんのこと、生徒達にも複雑な気持ちを喚起させたことだろう。

「でもね、誰の心にもこのビルのオーナーと同様にセンサーを、野宿者を排除しようとする醜いセンサーを取り付けているんだよ。しかも、さらにたちの悪いことに、その醜さに気付きもせず、こんな場所で野宿しようとするほうが悪い、と自分の価値観を疑おうともせずに、日々のほほんと生きてるんだ」

私も生徒達も、しゅんとしてしまった。キミコが口を尖《とが》らせて、さくちゃんに訊いた。

「さくちゃんの心にも、おっちゃん除《よ》けセンサーはあるの？」

さくちゃんは即答した。その問いを待ち構えてでもいたかのように。

「あるよ。支援活動に関わる前は、ひどいものだった。二十年間、数知れないほどのおっちゃん達と付き合ってきて、少しはましになったとは思うけどね」

キミコは絶句した。そして、強張《こわば》った口許から言葉が零《こぼ》れ落ちた。

「二十年……」

ミキは何も言わなかった。私に背を向ける位置に立っていたが、普段より両肩が高い位置にあった。明らかに全身に力の入っていることが見て取れた。両掌の拳《こぶし》は固く握り締められていた。そんなミキの背中を、アイが優しく撫でていた。耳許で何事か囁いているようであったが、果たしてミキの耳に届いていたものかどうか……。

「みんな、こっちへ来て」

　さくちゃんは手招きして皆を呼んだ。センサーの取り付けられたビルから歩いて十分ばかりの場所に建つビルの前までやってきた。

「裏口のほうへ回ってみるよ」

　と、さくちゃんは頰笑みながら誘った。そこはシャッターが開けられ、中は暗闇でよく見えなかったが、それでも幽かにダンボールらしき物が置かれているように見えた。

「このビルはね、裏口が二十四時間開けられていて、このスペースで夜、野宿をしているる仲良しおっちゃん組が二人いる。今はもう寝ているようだけどね。しかも、昼間もおっちゃん達の私物が置けるよう、ビルのオーナーが許可してくれている。おっちゃん達も感謝してるんだろう、昼間は私物をきちんと整理整頓して、極力目立たぬよう奥のほうにしまっているし、毎日掃除を欠かさなくて、ごみ一つ落ちてない。凄いだろ⁉　こんな信頼関係に結ばれた人達だっているんだよ。みんなには社会のマイナス面ばかりでなく、こんなプラス面があることも知っておいてほしいと思ってね」

　キミコとシズカは興味津々だ。裏口のすぐ近くにしゃがみ込み、中を覗いている。アイとユウキも好奇心はあるのだが、そこまで大胆な行動には出られない。その場に立ち尽くしたまま、動こうとしないミキのことも気になっているのだろう。常夜灯の青白い光に照らされているせいもあるだろうが、ミキの顔色が尋常ではないほどに青ざめているように見えた。

「大丈夫か？」

と、ミキに声をかけてみた。彼女の目は裏口の闇を凝視して動かなかった。やや間があって、

「大丈夫、です」

と返答はあったが、その声は弱々しく掠《かす》れていた。

野宿者を前にして、これまでの人生の中で刷《す》り込まれた偏見と先入観を抱いたままに、敵対的に行動する人。意識的に偏見を乗り越え、差別から自由になり、共に生きる道を選んだ人。今の社会にあっては、前者がマジョリティーであり、後者はマイノリティーだ。だが、倫理的に考えるならば、前者は邪であり、後者が正となる。この鮮明な捩《ね》じれを踏まえつつ、あまりに対照的な生き方を一気に見せつけられ、今、ミキは混乱している。どちらの立場にも立ちきれず、その中間点……いや、中間点などあり得ないことをミキは知っている、立ち位置を見つけられず、宙ぶらりんでいるしかない自分のありように我慢がならず、ミキは苦しんでいる。あくまでも勝手な想像だが、青ざめた彼女の表情を見、掠れ声を聴いて、私にはそのように思えたのだった。

さくちゃんの指示でワゴン車に乗り込み、次の公園へ向かうことになった。その公園に

もダンボールハウスはあるにはあったが、数は僅かだという。以前は二桁《ふたけた》にのぼったのだが、数年前に公園整備という名目で、一斉に追い出されてしまった。名目と言ったのは、野宿者が多くて、安心して子供達を遊ばせられない、行政のほうで何とか手を打ってほしい、という近隣住民からの苦情を受けて、市が動いたというのが実情だったからだ。整備が終わった後の公園は、野宿者にとっては暮らしにくい環境にすっかり変えられてしまっていた。そう語るさくちゃんはいかにも無念そうだった。

　さくちゃんを先頭に公園の中へ入っていく。

「安心して子供達を遊ばせられない」という住民からの苦情を受けて整備された公園にしては、子供の喜びそうな遊具一つない殺風景な公園だった。

「時間からして、ここのおっちゃん達はもう休んでしまっているだろうな。手分けしてチラシとカイロを置いてきてくれるかな」

と、さくちゃんは生徒達に頼んだ。要領を心得た生徒達は、足音を忍ばせながらダンボールハウスへと近付いていった。戻ってきた生徒達に、さくちゃんは公園のベンチを指差した。いわゆるベンチではなく、一人掛け用の椅子が並んでいた。

「元は長いベンチが置かれていた。大人一人がゆったり横になれるベンチがね。先生は経験者だから、身をもって分かってるだろうけど、夜、ぐっすり眠ってる野宿者なんてまずいない。僅かな時間、うつらうつらするのがせいぜいで、体を横にすることで疲れをとるぐらいの意味しかない。昼間は人目があるから、野宿者にとっては安全な時間帯だ。慢性的な寝不足を少しばかり解消する上で、公園のベンチで昼間仮眠をとるというのは、重要な時間なんだよ。それなのに、公園整備で長いベンチは撤去され、全部一人掛け用の椅子に替えられてしまった。もちろん、税金を使ってね」

その説明に、ユウキが、

「ひどい……。どうしてそこまで意地悪するんだろ？」

と、独り言のように胸の内を吐露した。

さくちゃんは公園周辺に植えられた木に近寄っていった。皆もその後を追う。

「見てごらん、木の下を。どうなってる？」

と訊いた。

「丈の短い木が植えられている」

と、アイが応えた。

「そう。でも、以前はなかった。木の下には何も植えられてなくて、雨露を凌《しの》げる場所になってた。ダンボールハウスを作るにも都合が良かった……。大体が木の下にこんなにも密集させて植え込みをするというのが不自然だ」

さくちゃんは生徒一人一人の顔を眺め、確認するように語った。彼の目がアイの目を捉えたとき、その視線の圧に反応したかのように口を開いた。

「この札《ふだ》、公園に来た人、みんなに向けてじゃなくて、おっちゃん達への警告なんだ」

アイの目は、植え込みの柵に取り付けられた白いプレートを見ていた。

「植え込みの中へは入らないで下さい」

釣られて、皆がそのプレートを見ていた。植物を大切にしましょう、との市民のモラルに訴える、いわば善の体裁《ていさい》をとりつつ、実は、ここでは野宿をさせない、という排除の論理、野宿者の生存権を否定する悪意が、本音として隠されてる。ミキが顔を背《そむ》けた。その体は小刻みに震えていた。彼女の見開かれた目は、今し方《がた》チラシとカイロを置いてきたダンボールハウスに向けられていた。きっと彼女の目は、ダンボールハウスを貫いて、冷たい闇の中で、束の間の浅い眠りと絶望の覚醒の間を行きつ戻りつしている横臥《おうが》した名も知らぬおっちゃんの姿を幻視しているのだろう。

さらに冷え込みが強まってきた。明るさを感じさせぬ公園の灯に照らされて、さくちゃんの息が白く吐き出された。

「もう一踏《ひと》ん張り。次の場所へ行こうね」

真冬の深夜、その声さえも凍《こお》り付きそうだった。

箴言会館の神父の部屋に毛布を敷いた。神父はどこへ行ってしまったのか、姿が見えない。布団を壁際に寄せれば、ギリギリ二人分の布団は敷けそうだ。いつ神父が戻ってきても寝られるように、入口近くのスペースを空けておいた。時計を見たら、午前三時を回っていた。時刻を知ってしまったことで、急激に体がだるく重くなり、着替えるのも億劫で、着ていたダウンジャケットだけを脱ぐと、布団の中へ潜り込んだ。二階の大会議室には、十七名の生徒達が折り重なるように雑魚寝《ざこね》していた。耳を澄ましても、話し声は聞こえてこない。長時間に及んだオリエンテーション、炊き出しの手伝い、医療相談のための問診票記入、そして急激に冷え込んだ街中を二時間、夜回りで動き回った。いくら若くてエネルギーに充《み》ち溢れているとはいえ、彼女達も疲労困憊《こんぱい》だろう。長い長い一日だった。……いや、私の場合、昨晩からカウントすれば、事実上、徹夜に近い状態で二日間動き回ったことになる。もう限界だった。部屋の小さな電球をつけたまま、潜り込んだ布団を貫き徹《とお》して、地中奥深くへと沈み込んでいくようだった。

眠りに落ちる直前、朦朧《もうろう》とした状態のときに、突然、腹の辺りに衝撃を受けた。何が起きたのか、その刹那《せつな》は皆目《かいもく》見当もつかなかった。辛うじて首だけを擡《もた》げて、腹の辺りに目を向けたら、神父のペット、大食漢の兎のポポちゃんが丸まっていた。どうやら机の上からダイブしたらしい。ポポちゃんは、一晩中部屋の中で放し飼いにされていた。普段ならば、大いに迷惑な話なのだが、今夜に限ってはどうでも良かった。ポポ、先に寝るよ。お、や、……す……、もう私の意識は飛んでいた。

三　共鳴

私は、厳寒期をやり過ごすために、地中で眠る虫だった。足音が地中にも伝わってきて、それから人の話し声が届いてきた。

「……今日は頼むね。でも、大勢の女子高生に囲まれるなんて、人生初めての体験だよね？楽しみだよねー」

「いやー、参ったなあ。俺なんかに務まるのかー？」

「大丈夫、大丈夫。しっかりした子が多いから。油断してると、出し抜かれちゃうかもよ」

「そりゃあ、楽しみだ！」

地中で寝た振りをする虫の耳に、二人の笑い声が響いた。話し声と笑い声に、すでに虫は目覚めていたのだが、頭が痺《しび》れたようにぼんやりとしていたものだから、なかなか土の上に這《は》い出せずにいた。それでも、時間の経過につれて、次第に思考の焦点が定まってきて、地中から這い出すことを決めた。啓蟄《けいちつ》――布団をはねのけ、上半身だけ土の上に出た。声の主《ぬし》の片われは、神父であることは分かっていたのだが、もう一方の声には聞き覚えがなかった。

「先生、起きた？　もうじき昼だよ。顔洗って、朝昼兼用の飯、済ませちゃったら？」

悠揚迫らぬ神父ののんびりとした声が降ってきた。

「おはようございます。……神父は昨夜、どこで寝たんですか？」

まだ目の焦点が定まり切っていなかった。自分の声が遠くから聞こえてくるような変な感じだった。

「ワゴン車の中だよ。冬山用の寝袋が積んであるから、大丈夫」

神父の声は平然としていた。部屋を占領してしまったことを詫びると、

「よくあることだから、気にしないで。その代わりと言っちゃ何だが、飯食い終わったら、生徒達に午後からの仕事を頼みたいから、先生のほうで伝えてくれないかな？　うら若き女性達が寝乱れている部屋へ入っていく勇気がなくてね」

半分冗談、半分本気といった困惑顔を浮かべて、神父はそう言った。だが、それは私にしても事情は同じことだった。いくら教師でも男である以上、部屋へ入っていくことはためらわれた。布団から抜け出すと、早速二階に上がっていった。扉の前に立つと、その向こうから数人の話し声が聞こえてきた。遠慮がちにノックした。

「アケミ、起きてる？」

扉越しに呼びかけると、中から、

「おはよー、起きてるよ。何か用？」

と、アケミの返事がして、すぐに扉が開いた。上下ピンクのスエット姿のアケミが立っていた。

「神父が伝えたいことがあるって。下の食堂にいるから、聞いてくれるかい？　午後からやってほしい仕事があるらしい」

了解、と返事をすると間もなく、アケミはカホリと連れ立って、階下へ降りていった。

「ヒデオ、ちゃんと寝た？　ゼミはまだ二日目なんだから、あまり頑張って『先生』してると潰《つぶ》れるよ。ご飯もしっかり食べるんだよ、いい、分かった？」

と、カホリが階段を降りながら、そう言い放った。本当にこのアケミとカホリは、私のオカンだった。でも、頼りになる。だから、つい頼みたくなる。助かる。それが私の本音だった。

神父は、今夜の炊き出しの準備を生徒達にやらせようとしていた。しかし、駅と市の中心地になる地下街の二カ所に分けて、二百食を超える雑炊を作るとなると大変な作業量になる。まずは、昨日炊き出しで使った食器類を洗うところからやらねばならない。自動食器洗浄機なんて便利なものはない。すべて手洗いだ。それから雑炊に入れる具材の洗いと刻み、これも相当な労働量だ。二百食分を超えるご飯炊き。基本、味噌《みそ》味仕立てにするのだが、味加減も重要だ。このゼミには、通年で支援活動に関わっている大学生ボランティアが加わっているので、彼らの指示を仰ぐことはできるが、指示待ちでモタモタやっていては、今夜の炊き出し時刻に間に合わない。約二百人のおっちゃん達に喜んでもらえる味付けと、大半が栄養失調に陥っているおっちゃん達に、少しでも滋養のあるものを取ってもらえる中味を、スピーディーに調理せねばならない。生徒達に課せられた責任は重大だった。

それともう一つ、炊き出しの後で行われる古着の配布も準備しなければならなかった。箴言会館で借りている近くの古い木造アパートの一室には、善意で寄せられたさまざまな古着が堆《うずたか》く積み上げられていた。その膨大な山の中から、この厳寒期におっちゃん達の健康と命を守るための衣類を選別し、サイズ別に仕分けしなければならない。体力のいるこの作業もまた生徒達に任されたのだった。

彼女達は大急ぎでコンビニに走り、棚にあったお握りやサンドイッチ類の短時間で済ませられる食材を買い漁《あさ》ってきた。食事もそこそこに、早速仕事に取りかかることになった。仕事の分担は、アケミとカホリに任せた。基本的には、一人一人にやりたい仕事を選ばせたのだが、機械的に分業にすれば良いというものではない。互いに連携を取り合って、遅れている作業があれば、担当を超えて助け合う。フットワーク軽くそんな連携プレーを作ることで、何としてでもすべての仕事を今夜の炊き出しまでに間に合わせる。全体に目配りしながら、心を一つにしないと失敗する。失敗しました、では済まされない。それを生徒全員に確認するところから作業は始まった。

檄《げき》を飛ばす、といった激しい口調ではなく、淡々とした口調であったが、神父がそんな注意を与えると、まだ眠そうな顔をしていた生徒も含めて、全員の顔付きに、ピーンとした緊張感が走った。そばで見ていて、彼女らが醸し出す空気感がガラリと変わったのをはっきりと感じ取った。炊き出しの雑炊を糧《かて》に、命を繋いでいるおっちゃん達がいるんだよ、という神父の言葉は、深く生徒達の心に刺さった。

雑炊作りのチーフには、長年に亘《わた》って雑炊の調理に携わってきた教会信者のおばちゃんとベテランの大学生ボランティアが就いた。アパートに山積した古着の仕分けを神父が担当することになった。カホリからお裾《すそ》分《わ》けしてもらったカロリーメイトを齧《かじ》りながら、それを缶コーヒーで流し込んでいた私は、自分を指差して、一体何を？　という顔で神父を見ると、

「今夜、生徒達に主に頑張ってもらうことになる地下街の炊き出し会場に行ってもらえないかな？　チーフをこのらくさんに頼んだから、らくさんからいろいろ話を聴きながら、下見してくれない？」

と告げた後、生徒の目から隠れるように、神父は私を近くに呼び寄せた。そして、私にだけ聞こえるような声で囁いた。

「炊き出しが始まるまで、先生はゆっくりしていたらいい。先生に倒れられたら、こっち

が困るしね」

　と、悪戯っぽい笑顔が神父の顔には広がっていた。

「そんなにひどい顔してますか？」

　不安になって神父に訊くと、神父は即答した。

「ひどい。炊き出しでよく見かける顔だ」

　返す言葉がない。神父は、大学生ボランティアと相談していた。らくさん、と呼ぶ人を紹介してくれた。

　短く白髪を刈り込んでいる。窪《くぼ》んだ眼窩《がんか》に小さな目をしょぼつかせていた。目尻に寄った皺が、この人の人柄、優しさを表しているようだった。いく筋もの縦皺の走る頰は痩《こ》け、面長《おもなが》な顔をいっそう長く見せている。前歯がないのだろう、口がすぼんでいる。何人も見てきたこの特徴、この人もやはり……。

「今晩炊き出しを行う地下街はもちろんのこと、あの界隈一帯の野宿者事情を知り尽くしている主《ぬし》みたいな人だ。らくさん自身、ホームレス生活をしているんだが、支援活動に参加してくれている。頼りになるおっちゃんだよ」

　と、神父がらくさんの肩に手を置きながら語ると、

「飯を食ってる顔が駱駝《らくだ》みたいだ、って言うんで、らくさんと呼ばれるようになったんだけど、ホントは俺の理想、『らくに生きる』に由来する呼び名なんだよ」

と、らくさんは言った。喋ると、抜けた前歯から空気が漏れて、まるで笛が鳴るような
ヒューヒューという音が混じる。この声だ。朝、目覚めたときに、神父と話していた人の
声、らくさんだったんだ。

「この先生をあちこち案内してやってよ。人生の何たるか、を教えてやって」

冗談めかしているが、神父の言葉はあながち軽口を叩いているようには聴こえなかった。

野宿生活に追い込まれながらも、「理想」の言葉を口にし、支援活動に参加しているとい
うらくさんの目から見た世界を知りたいと思った。

そこへカホリが駆け込んできた。その後ろをキミコ、レイ、ユイ、シズカの四人組がじ
ゃれ合うようについてくる。カホリが神父に訊いた。

「古着の仕分けは五人いれば大丈夫ですよね?」

いいよ、と神父は応えたのだが、なおもカホリが遠慮気味に、神父の反応を探ってきた。

「明るい子ばっかりなんだけど、難点として……大雑把《おおざっぱ》な性格っていうのかな……」

神父は後ろにいる四人組を値踏みするような目付きで眺めながら、薄ら笑いを浮かべて、

「大雑把ぐらいのほうが作業は早く済みそうだから、いいんじゃないかな?」

と応えたものだから、カホリは四人組のほうを向き直って、

「合格だってさ」

と伝えた。すると、シズカがにんまりと笑い、

「ウメちゃん、さっさとやっつけちゃいましょう！」

と機嫌良く神父を促し、他の三人もどこか遊びに出かけるようなノリで、神父の手を取ると、

「アパートってどこよ、どこ？」

と神父を引き摺《ず》っていこうとする。

「こりゃあ、確かに明るいわ」

と神父も嬉しさと困惑の入り混じったような複雑な笑顔を浮かべ、五人の生徒を案内していった。そして、急に振り向いて、

「先生、炊き出しに出発する一時間ほど前に戻ってきてくれればいいから。慌てなくていいよ」

と言ってくれた。神父の配慮に感謝するばかりだった。

一方、厨房では大学生のリーダーから大量の洗い物のやり方をレクチャーされ、アケミが適当にメンバーを割り振り、態勢を作った。

「さあ、みんな、位置に付いて。流れ作業で要領良くいくよ！」

とアケミが号令をかけた。

炊き出しのベテランであるおばさんが、一年生のエリと看護師志望の四人、チカ、ユリコ、シノ、ミカコに雑炊に入れる具材の刻み方を指南していた。大して広くもない厨房は

人で鮨詰《すしづ》め状態となり、ある種の祭り会場のような熱気に包まれていた。指示する声が飛び交《か》い、笑い声が溢れる中、

「うん、これはこれで楽しい」

と、アケミは笑っていた。

「らくさんと炊き出し会場の下見に行ってくる。カホリと連絡取り合って、後のことをよろしくな」

とアケミに頼むと、

「分かってるって。ヒデオこそ気をつけてよ。居眠り運転するんじゃないよ、いいね！」

と大声で返してきた。やっぱりオカンには叶わない。これ以上煩《うるさ》く言われるのは堪《たま》らないから、らくさんを助手席に乗せ、逃げるようにして箴言会館を後にした。

炊き出し会場になる地下街へ行く前に、一度「家」に帰りたい、とらくさんが言うものだから、彼の道案内で街の中心地からやや離れた場所にあるこぢんまりとした公園に到着した。ホームレスの「家」というのに興味があった。それは公園の中にではなく、公園に隣接する恰好で道の端っこに作られていた。昔懐しいリヤカーを上手く活用して、厚手のブルーシートを何枚も重ねて屋根や壁をこしらえている。外見的には、三、四人は入れそうな登山用のテントといった雰囲気だった。らくさんは先頭に立って、入口に近付いていい

くと、中から犬の鳴き声がした。入口のブルーシートを外すと、中から紐に繋がれた茶と黒の毛が混じった雑種犬が飛び出してきて、らくさんの細長い顔を舐《な》め回した。

「よーし、よしよし、いい子にしてたか？」

と、らくさんはその犬を抱きかかえた。彼にとっては飼い犬というよりも、かけがえのない家族であることがすぐに知れた。

「クン太って言うんだ。この公園の繁みでうろついていたのを拾ったんだが、かなり弱ってててね。初めは駄目かな、と思ったが、世話を続けているうちに元気になってきて、すっかり懐《なつ》いちゃったんだよ。年齢？　さあてね、俺よりは若いだろうよ」

と言って、らくさんは前歯のなくなった口を大きく開けて笑った。それからおもむろに「家」の裏手に回り込むと、発電機の紐を何度か引っ張り、作動させた。軽量小型でさほど音は大きくない。クン太を抱っこしたらくさんは、

「寒いから、『家』の中へ入って。炬燵《こたつ》がじきに暖かくなるから、快適だと思うよ」と言った。「家」の中に入って驚いた。床に断熱材を敷いた上に毛布を広げ、その上に個人用の炬燵を置いていた。天井からは裸電球がぶら下がっていた。ラジオもある。小振りな石油ストーブもある。ボンベ式のコンロがあり、やかんが載っていた。隅には、インスタントラーメンの袋が箱の中に並び、雑誌や漫画本が何冊か積み重ねられていた。入口近くで靴を脱ぎ、早速炬燵に入ってみたら、すでにホカッと暖かくなり始めていた。私と向き合

う位置に、らくさんはクン太を抱っこして、炬燵に足を突っ込んだ。

「へーっ、こりゃあ立派なもんだ。らくさんの城ですね」

中を見回しながら、率直な感想を口にすると、らくさんも嬉しそうに相好を崩し、

「さすがに台風や大雪のときには駄目だが、少々のことじゃあ、壊れないよ。拾ってきた鉄パイプで補強してあるから、結構丈夫なんだ。長年路上暮らしを続けていると、いろいろな目に遭って、生活の知恵が身に付いてくる。先輩からも教えてもらって、工夫できるようになるんだ」

壁を掌でパンパンと叩きながら、自慢気にそう語った。

路上生活を始めてどれぐらいになるのか、と訊ねたら、十年以上になると応えてくれた。路上で十年――たった一晩の野宿で音《ね》を上げた私には、到底想像のつく歳月ではなかった。正直にそのことを白状すると、らくさんは優しげな笑顔を浮かべ、クン太の頭を撫でながら、問わず語りで自らの来《こ》し方《かた》を話してくれた。

「自分でも、こんな生活を十年以上続けることになるとは想像もしてなかった。家は百姓で貧しかった。家族総出で田圃《たんぼ》や畑で働き通しだった。俺はよ、碌に小学校にも中学校に通えなかった、通わせてもらえなかった。『百姓やるのに、学問なんかいらねェ！』というのが親父の口癖で、学校へ行く暇があったら、働け！　の一点張りだった。親父の目を盗んで、学校へ行ったこともあるんだが、先生も同級生もびっくりしたような顔で見詰め

るばかり、自分だけが除け者にされているのが痛いほど分かった。学校の勉強には全然ついていけなかった。だから、恥ずかしいことだが、大人になっても字を読めなかったし、書くこともできなかった。この街に流れてきて、ウメちゃんの世話で識字教室に通うようになって、ようやく平仮名や片仮名の読み書きはできるようになったが、漢字は相変わらず駄目だ。ゴチャゴチャした漢字を見ると、俺には迷路にしか見えねェ。情けない話だけどな。

親父は大酒飲みで、僅かな現金収入が入ると、全部酒代で消えてしまう。ちょっとでも不平不満を口にすれば、殴る蹴るは当たり前。鎌や鉈《なた》で切りつけられたこともあったよ。こんな生活は厭だと、親父と大喧嘩をして家を飛び出したんだが、行く当てなんかない。それでも世の中は高度経済成長へと向かう直前で、都会へ行けば働き口はいくらでもある。そんな話を聞いて、東京へ行ったんだが、学はない、金はない、身許保証人はない、ない無い尽《づ》くしで、結局ありつける仕事は肉体労働しかなかった。朝まだ薄暗い時刻に、手配師に呼び止められ、その口車に乗せられるまま、ワゴン車に乗せられて約一時間、山の中の工事現場に連れられていった。先に言った通り、俺は字の読み書きができない。現場の責任者だという男から契約書を見せられても、何も分からない。それでも、働きたい一心で承諾してしまう。一週間後、待ちに待った労賃の仕払い日、封筒の中味を見て驚いた。手配師の言っていた額より一桁少ない。簡易宿泊所代、三度の食事代、支給した作業着代などなど、諸々の費用を引けばこの額になる。そのことはちゃんと契約書に書いてあったはずだ、と現場の責任者は言い張るばかりだった。最後には、腕の刺青を見せながら、『歩いてここから帰る気か？』と凄まれた。泣き寝入りするしかなかったよ……」

苦々しい過去を思い出したのだろう。らくさんは顔を伏せ、息苦しそうに溜め息を吐《つ》いた。抱っこされてたクン太が心配してか、くん、くん、と悲しげに鳴いた。私は二の句が継げず、相槌《あいづち》を打つことさえ憚《はばか》れる感じで、ただただ聴き入るばかりだった。

「何遍騙《なんべんだま》されても、生きていくためには働くしかなかった。一週間だ、十日間だという長期間拘束される仕事は、次第に敬遠するようになった。命の危険を感じたんだ。山奥の工事現場で、どんな目に遭っても、誰も助けには来てくれない。事故で死んだって、闇から闇だ。昨日まで一緒に働いていた奴が、今日になったら姿が見えない。どうしたんだろう、と思っていたら、厭な噂が耳に入ってきた。夜中、ダムの下に大きな袋が棄てられるのを見た、と言うんだ。きっとあいつだ、と。そんなことがあってからは、一日だけの日雇い仕事、主には近場でのビルの解体現場ばかりやるようになった。一日働けば、その日のうちに、現金が手に入る。たとえ額は少なくても、毎日現金収入があるっていうのは安心できる。今日生きることで精一杯で、明日のことなんか何も考えなかったたな」

らくさんの言葉が唐突に途切れた。緊張感が伝わってきた。再びらくさんの口が開くのを待つしかなかった。

「……いろいろあってね。東京には居辛くなった。それでこの街まで流れてきたんだが、やることは同じさ。食ってくためには、日雇い仕事しか俺にはできなかった。字の読み書きができなけりゃ、他にやれる仕事なんかないよ。ところが、ある日、疲れてたのか、俺もぼーっとしてたんだが、コンクリートを砕いていた重機に接触してはね飛ばされた。厭っていうほど背骨と腰を強打した。でも、病院へ行く金なんかない。安宿で一日中痛さで呻《うめ》きながら、横になってるしかない。辛《かろ》うじて立って歩けるようになったが、もう日雇いの肉体労働ができる体じゃなくなっていた。宿代を払う金はなくなり、体を引き摺るように街をうろつき回り、ごみ箱を漁って食えそうな物を拾って食うという野良犬生活になった。ごみ箱に頭を突っ込んでいたとき、ふと涙が零れ落ちてね、『これ以上生きてて何になる？　生き恥をさらすだけじゃないか』と思い、ふらふらと電車の線路沿いを歩いたよ。次の電車が来たら……それですべて終わりになる。でも、結局俺には飛び込む勇気すらなかったんだ」

クン太が一声《ひとこえ》鳴いた。じっとらくさんの顔を見上げていた。らくさんが愛《いと》おしげに顔を近付けると、クン太は背伸びをするようにしてらくさんの長い顔を舐《な》めまわした。

「死にたくても死ねない。でも、腹だけは一人前に減る。死のうなんて考えるのは人間だけだが、そんなこととは関係なく、動物と同じように腹だけは減る。人間は変な生き物だよな。腹が減ってどうしようもなくなったとき、配送用のトラックがスーパーの駐車場に停まるのが見えた。台車に載せて、食料品が次々に店内に運び込まれていった。配送係が店内に入った直後、パンを積んだケースが見えたんだ。とっさに俺は駆け出していた。頭の中は真っ白だった。パンを一個鷲掴《わしづか》みにして逃げた。後ろを振り返ることもしなかった。どれだけ走っただろうか？　手にしたパンを見て、あまりの情けなさに立っていられなかった。地面に座り込んでしまい、とうとうそのパンは食べられなかった。いつだったか、ウメちゃんが言ってた。『人はパンのみにて生きるにあらず』って。俺に聖書なんか分からんけど、この言葉は身に滲《し》みたよ。心の奥底から、そうだなー、って納得がいったんだ。

　この街で野宿をするようになって、五、六年の間は誰とも話さなかった。他の野宿者と出会っても、挨拶一つしなかった。俺なんかに喋りかけてくる奴に碌なのはいない。読み書きのできない俺を騙《だま》そうとしている、どいつもこいつもペテン師、悪党にしか見えなかった。それが今日みたいな寒い夜のこと、公園の繁みの陰、ダンボールの中で毛布に包まって震えていたときに、『大丈夫ですか？』って頭の上から声が降ってきた。『夜回りです。体の具合はどうですか？　カイロいりますか？　熱いお茶もありますよ』と言ってきた。暗がりでその人の顔はよく見えなかったが、悪い人間ではなさそうだった。ふと気が緩んだんだろうな、『昔、現場で怪我して、寒くなると古傷が疼《うず》いて、動けなくなることがある。今夜も調子が悪いよ――』と、勝手に口が動いて、その人に弱音を吐いてた。一体何年振りだろう、人と話をするなんて……と思ったら、涙が滲《にじ》んできてな。

すると、その人が『着る物や毛布、必要な物があったら、箴言会館にいらっしゃい。地図を渡しておきますから、梅崎神父を訪ねて来て下さい』と言ってくれた。貰ったカイロを腰の回りに貼り、熱いお茶を飲んだら、生き返ったー、と思えてきて、また涙が零れてきた。俺みたいな滓《かす》のことを心配してくれるような人がいるんだ、ということが嬉しくてね。翌朝まだ薄暗い頃に起き出して、地図を見ながら箴言会館を目指して歩いていた。ウメちゃんとは、ここで初めて出会ったんだ。俺の話を黙って聞いてくれた。そう、今の先生みたいな感じだったな。話をするうちに、ウメちゃんから誘われたんだ、『炊き出しや夜回りの手伝いをしてみないかい？　らくさんみたいに人間不信に陥って、孤独感で苦しんでる野宿者は多い。同じ境遇のらくさんが声をかければ、僕らが声かけするのとはまた違った反応があるかもしれない。らくさんにその気があったら手伝ってよ』って。

俺が人助けをする？　こんな俺が？　初めは半信半疑だったけど、何だか嬉しくなっちゃってね。俺みたいな人間が、人様の役に立つなら喜んで、って気持ちになって、ウメちゃんの誘いに乗っちゃったってわけよ。それ以来ずっと支援活動に関わってる。もう五年以上になるかなあ。今じゃ野宿者とすっかり顔馴染みになって、向こうから声をかけてくる連中も多くなった。『今日は顔色良さそうじゃないか。腹痛は治ったかい？』『咳は止まったのか？　病院で出してもらった薬は、忘れずに毎日きちんと服用しなきゃ駄目だぞ』『おいっ、顔に怪我してるじゃないか⁉　シノギか？　いつの話だ？　どんなふうだった？

話してみろよ』シノギってのは路上強盗のことなんだけどよ。ともかく話の内容はいろいろで、困り事や相談事も多方面に亘《わた》っている。でも、一つ一つ曖昧にせずに、親身になって関わっていくと、次第に相手の信頼感が確かなものになってくるのがよく分かる。それがまた嬉しくてね。バブルが弾けて仕事も減り、野宿者の数は異常なほどに増えてる。見知らぬ顔をあちこちで見かけるようになった。いっくら支援活動を頑張ってやっても、少しも俺達野宿者の生活は良くなっていかない。それでも、日々の関わりで、やれることを精一杯やることで俺は今、充実した人生を送っているよ——」

らくさんの話は際限なく続いた。どれだけ話しても話し足りないという感じだった。それぐらい野宿者の暮らしの劣悪さは、深刻の度を増していることの表れなのだろう。にもかかわらず、らくさんは「充実した人生」という言葉を口にした。話の流れの中で、分かる、と言うのはたやすいことなのだが、自分のような者に、人生の地獄をくぐり抜けてきた人間が語る「充実した人生」を本当に分かり得るものなのか、まるで自信が持てなかった。

クン太が盛んに鼻を鳴らしている。らくさんの腕の中で落ち着きをなくしているように見えた。

「分かった、分かった、待ってろ」

らくさんはクン太の頭を愛おしげに撫でると、おやつを与えた。クン太はボリボリと音を立て貪り食う。食うことで命を繋いでいく。犬も人間も何ら変わるところはない。そして、クン太の命はらくさんの命に真っすぐ繋がっている。その冷厳な事実に、私の胸は切なさでいっぱいになった。命は支え合うことで成り立っている。その支え合いが崩れたとき……。


地下街を管理する会社の事務所を訪れ、挨拶をした。係長の澤田さんとらくさんとはすっかり顔馴染みのようで、気さくな感じで言葉を交わしていた。

「今夜は冷えるよ。雪が舞うかもしれない」

そう言われて、らくさんは顔を歪めて、

「雪か。雪は厭だよ。俺ら野宿者には命に関わるからね。不況で流れてきたばかりの人が増えてるけど、何の準備もしていない人が多いんだ。雪の中で動けなくなり、凍死者が出る――」

と応えて、言葉を切った。澤田さんは厳しい表情を浮かべて、黙ってうなずいていた。

「じゃ、今夜もお世話になります。綺麗に掃除しておきますから、よろしくお願いします」

と、らくさんは年季の入ったニット帽を脱ぎ、軽く会釈して事務所を出た。

「割といい関係なんですね。意外でした」

と言うと、らくさんは微笑みながら、こう応えた。

「ここまで来るにはいろいろあった。会社の全員が納得してるわけじゃない。心の中はまちまちだ。話をした澤田さんが一番の理解者かな」

　この人通りの多い地下街で、炊き出しを実現させるにも一角《ひとかど》ならぬ苦労のあったことが、らくさんのその言葉から充分に察せられた。「いろいろあった」という言葉が生み出す波紋を胸の中に広げながら、その波紋とは対極に位置するような上げ底の華やかさに満ちた地下街の通りを、私はらくさんの後を追うように歩いていった。その行き着く先に広場はあった。

　広場は吹き抜けの青天井、広場の両サイドに地上の広い公園へと出られる階段が設けられていた。西側にある階段近くの一角が炊き出し会場になる。車座になって、互いの顔を見ながらの食事になるという。私が二晩続けて体験した駅での炊き出しとは、ずいぶん雰囲気の違うものになりそうだ。無機質な壁に向き合って、黙々と雑炊を啜《すす》る百数十名のおっちゃん達、互いに会話を交わすでもない。彼らの背後に駅の職員が並び、「人間バリケード」を作ることで駅へと向かう一般の通行人の邪魔にならないようにしている。ここのリーダーを務めている小学校教員のオーくんの話によると、以前、酔っ払いが通りがかり、「きったねえなあ！」という一言に続いて罵詈雑言《ばりぞうごん》を浴びせかけたことがきっかけになり、一触即発の事態を招いたことがあったという。それが契機となり、「人間バリケード」が築かれるようになったのだが、その風景はいかにもものものしく、寒々しい。そんな殺伐とした雰囲気の中でする食事なんて、食事の名に値《あたい》しないものだろう。それと比べたら、ここでなら、もっと和気藹々《わきあいあい》とした温かな雰囲気の中で、人間らしい食事をしてもらえそうだ。らくさんに訊くと、ここの炊き出しに並ぶおっちゃん達の数は五十名規模だという。

箴言会館から積んでくる長机は、炊き出しで使用された後、配布する古着を並べる場所へと変貌する。らくさんがその流れを説明してくれた。神父に連れられたカホリと例の四人組が選び出した古着の数々、彼女達のセンスからしてどんな代物《しろもの》が並ぶのか、今から楽しみであり、かつ一抹の不安を感じてもいた。

さーてと、と独り言を呟いて、らくさんは持参してきた大きな紙袋から、箒《ほうき》を二本と塵取り、ごみ袋を取り出した。

「先生、この広場全体を掃除するから手伝ってくれ」

と言い、私に箒を押し付けてきた。

「信頼関係ってのは、小さな努力の積み重ねから生まれてくるものだからね。手を抜かず、塵一つ落ちてない状態を作り出し、炊き出しと古着の支給が終わったら、また徹底的に掃除をして、元《もと》以上に綺麗にして返す。それがここでの約束だし、掟なんだ」

と、らくさんは生真面目な表情を作り、そう断言した。自分自身がホームレスの身でありながら（クン太という家族が待つ「家」があるにはあったが）、支援する側に回り、炊き出しや夜回りに奮闘しているらくさんにとって、そのフィールドや活動は、「学校」であり「学び」なのではないか、とふと思えた。小学校にも碌に通わせてもらえず、読み書きもままならなかったがゆえに、数知れない人生の辛酸を舐《な》めてきたらくさんは、どん底生活の中、五十歳を越えて、やっと真実を学べる「学校」への入学を果たしたのだ。その「学び」の場で、らくさんは彼ならではの人生哲学を身に付けるに至った。いくつになっても、死ぬまで、人は学び成長を止めることはない、という言葉を目にしたことはあったが、それを体現している人物を目《ま》の当たりにした思いであった。

広場の掃除が終わったとき、

「一緒に来てほしい所がある」

と、らくさんは言ってきた。断わることなど許されない、厳粛にしてどこか沈鬱な響きがその声音にはあった。我知らず緊張していた。らくさんは私の返事を待つことなく、掃除道具とごみ袋を紙袋にしまうと、階段を上がっていった。私もその後に付き従っていった。階段を上り切ったすぐ脇にあるベンチの前へ進み出た。らくさんは着ていた上着のポケットから缶コーヒーを取り出し、そのベンチの上に置いた。そして、静かに合掌し、瞑《めい》目《もく》した。私には何の指示もしない。ただらくさんの横に突っ立ち、一心に祈りを捧げるその頰の瘦《こけ》た横顔とベンチに置かれた缶コーヒーに目をやるばかりだった。缶コーヒーは供《く》物《もつ》であるとともに、誰かのご位牌《いはい》にも見えた。らくさんが合掌していた手を下ろしたのを機に尋ねてみた。

「どなたか、ここで……亡くなったんですか?」

らくさんは、しょぼつく目をベンチに向け、彼にしか見えない何かを見詰めながら、重い口を開いた。

「もう三年になるかな……。梅の花がポツポツ咲き始めた頃だった。このベンチで、俺と同じ、野宿者が死んだんだよ。第一発見者ということで、警察の取り調べを俺は受けたんだが、事件性はないということですぐに釈放された。でも……俺が見殺しにしたようなものさ」

言葉を切り、らくさんは首を捩《ね》じり、私の顔を見た。悲しみではない、苦しみと怒りとが混じり合った表情を浮かべていた。らくさんは今でも自分を責めていると、そのときはっきりと理解した。

「炊き出しや夜回りに加わるようになってしばらく経ち、次第に言葉を交わす仲間も増えていった。中には俺のことを頼りにしてくれる人もできて、やりがい、生きがいってものを感じ始めていた頃だった。浮かれてたんだな。バチが当たったんだよ、きっと——。

前日に箴言会館でウメちゃんから上物《じょうもの》のジャンパーを貰ったんだ。首の辺りに黒い毛がふわふわと付いていて、クリーニングしたてのいい匂いがしたな。金持ちで信者の奥さんが、旦那《だんな》の着ていた舶来《はくらい》のジャンパーなんだが、もう着なくなったから古着の支給のときにでも使ってほしいと、他の上着と併せてウメちゃんの許へ持ってきたばかりだと言うんだ。それでたまたま箴言会館に来てた俺が貰えたってわけだ。一目《ひとめ》見て、高級品だってことは分かった。嬉しくてね。こんな上物に袖《そで》を通したことなんか、生まれてこの方《かた》一度もなかったからねえ。早速仲間連中に見せびらかしてやろうと、この界隈をほっつき歩いたんだ。みんな羨《うらや》ましがってたよ。そして、ここを通りかかったとき、見たことのない男が、背中を丸めてこのベンチに蹲《うずくま》っていたのと出食わしたんだ。両手を組み、その手を脇に挟み込んで凍《こご》えていた。紙袋を一つ足許に置いてたかな。どうせ大した物なんか入っちゃいない。どこかからこの街に流れ着いたばかりって感じだった。そばへ寄って声をかけてみたんだが、返事は一切なかった。俺にも経験があるから分かるんだが、何日も飲まず食わずで歩いてきて、おまけに寒さにやられて体が衰弱してしまい、話す力もなくなってしまっていたんだろう。着ていた上着も薄汚れたぺらぺらの作業着一枚、冬に着るような代物《しろもの》じゃあなかった。

かわいそうに、という思いとともに、喉元《のどもと》まで出かかっていた言葉を呑み込んでしまったんだ。

『このジャンパーを着ろ』

いったんそう言ってしまったら、俺はこのジャンパーを失うことになる。そのときの俺には、そうとしか思えなかった。その言葉の代わりに、俺の口を吐《つ》いて出た言葉は、

『もうちょっと頑張れ。何か温かいモノを探してきてやるよ。それまで辛抱しろよ』

そう言いながら、何て白々《しらじら》しいことを言っているんだろうと我ながら厭な気分になったよ。ポケットを探ったんだが、十円玉が六枚と一円玉が三枚あるだけで、ホットの缶コーヒー一本買ってやることもできなかった。俺はそいつを残して立ち去った。「家」に戻れば、毛布があった。毛布を取りにその場を離れたんだが、要は、逃げたんだ。走ったよ。でも、「家」に行って、また戻ってくるのに、俺の足じゃあ、四十分はかかる。間に合うだろうか？　そんな不安を打ち消すように、俺は精一杯走ったよ。俺の持ってる毛布の中で一番厚手の奴を引《ひ》っ手繰《たく》るように取り出して、男の許へ戻ったんだ。間に合ってくれ！　その一心だった。息も絶《た》え絶《だ》えで、男の座っていたベンチを遠目に見たら、姿がない⁉　どこかへ行ったのなら、まだ歩く元気がある証拠だから、それならそれでいいか、と自分に都合良く考えた。それと、こんな厭な気持ちを味わうくらいなら、またあの男に出会ったら、この毛布と一緒に、着ているジャンパーもくれてやったほうがました、とも思ったね。

気が抜けたように、ベンチに近付いていき、回り込んだ途端、そんな淡い希望は打ち砕かれた。男は腕組みをし、丸まった姿勢のままベンチに横倒しになっていた。慌ててその冷たく固まってしまったような体に手をかけ、力一杯揺さぶった。

『おいっ！　大丈夫か⁉　おい、おいっ！　返事をしろ！』

男の口許に顔を近付け、息をしているかどうか確認してみたが、息はなかった。男のシャツの隙間から手を差し入れ、心臓に手を当ててみたが、鼓動があるようには感じられなかった。寒い日で、人は皆地下街に潜《もぐ》り込んでいて、地上の公園を歩いているような人は見かけなかった。

人殺し――その意識で俺はパニックに陥りかけていた。誰もいない公園で、俺は大声を張り上げていた。

『誰かー！　助けてくれー！　人が死んでるんだ！　誰か、救急車を呼んでくれ！　警察を呼んでくれー！』

俺は声が枯れるまで叫び続けた。ついには声が出なくなり、どんなに叫ぼうとしても、喉の奥からヒューヒューと木枯らしのような音が出るばかりになった。そして、力尽きて、その場にしゃがみ込んでしまった。

そのとき、見たんだ、ベンチに横倒しになった男の目が薄く開いていて、俺の目を見詰めているのを。その目に気付いたとき、どうしようもなく悲しくて、情けなくて、恥ずかしく、後悔の気持ちで胸が張り裂けそうになり、俺は公園の地面に突っ伏して泣いた。

ジャンパー一枚が惜しくて、俺は人を殺しちまった……。

泣いても、泣いても、涙は枯れることなく零れ落ち、それに併せて、俺の体からどんどん体力が、気力が脱け落ちていくのをはっきりと感じた。この男と一緒に、俺もここで死んじまうかな？……それもいいのかもしれない。

そんなことを考えてたとき、いきなり後ろから声をかけられた。さっき事務所で言葉を交わした澤田係長だった。地獄で仏、とはまさにこのことだった。声は出しづらかったが、ベンチに横たわった男を指差しながら、俺は必死になって澤田さんに事情を伝えた。澤田さんは理解してくれた。後のことはすべて彼が手配してくれたんだ。間もなくして警察がやってきて、事情聴取を受けたんだが、何を訊かれたのか、どう応えたのか、まるで覚えちゃいない。あのときの俺は、魂の抜け殻だったんだろうなあ……」

言葉が途切れ、らくさんの半開きになった乾いた唇の隙間から深い溜め息のような吐息が漏れた。しょぼつく瞼《まぶた》の奥で光るらくさんの目が、ベンチから離れることはなかった。強い視線の固着が、そのベンチに永遠の不在を封印していた。彼には見えるのだろう、今でもはっきりと、薄目を開けてベンチに横倒しになり、事切《こと き》れた男の姿が。半眼は皮相な現実を捉えはしない。死ぬ間際、その男の目に映った光景は、どんなものだったのだろう？考えても詮《せん》ないこととは知りつつも、私はその末期《まつご》の目で捉えた光景を、我が目で見たいと思った。きっとらくさんは、その男が死ぬ直前に、らくさんの本心を見透かしたと感じ、その男の目に灼《や》き付いた己《おの》が醜い姿に慙愧《ざん き》の念を覚え、震えたのだろう。でも、もしも死ぬ間際に、自分に関心を持ち、救済の手を差し伸べようとする人間と出会えたことに、温かな気持ちを抱きつつ瞑目したのであれば……可能性としてなくはない、そうであれば、男の人生は不幸ではなかった、と言えるのではないか？　ベンチに目を奪われたまま、立ち尽くしているらくさんに、そのことを伝えようかと思ったのだが、声にはならなかった。

私は思い出していた。野宿した後、夢で見た、鮮血の滴る鉄パイプを握った、人間らしい表情をすべて剝ぎ取られてしまった悪霊の如き自分自身の姿を。一般市民の、野宿者をごみや厄介者として扱う素朴な「常識」の、「正義」の体現者として、私はダンボールハウスに横たわっていた野宿者を鉄パイプでめった打ちにした。らくさんは、野宿者にはめったに手に入らぬ高級ジャンパーを惜しむというもっともな感情、いわば「常識」で、一人の野宿者を見殺しにしたと思い込んだ。らくさんも私も事実であるとは言いきれない現象に、「真実」を見出してしまい、戦《おのの》いている。そう捉えるならば、私もらくさんも同じ残酷でグロテスクな地平に立つ者として、自分を安易に許せない宿命を背負ってしまった人間と位置付けられるような気がした。似た者同士、同じなのだ。そんな意識が楽天的な言葉をらくさんにかけるのをためらわせたのだろう。

一般市民が野宿者を襲撃したからといって、お前が襲撃したことにはならないだろう、と他人から免責されるような慰藉《いしゃ》される言葉をかけられたとしても、決して私の記憶から鉄パイプを手にした自分の姿が消えることはない。ならば、らくさんにしたところで同じことだ。罪の意識、という呼び方が正しいのかどうか分からないが、私もらくさんも、そんな意識を生ある限り引き摺って生きていくしかないのだろう。

らくさんに声をかける代わりに、私は黙って、もう一度缶コーヒーの置かれたベンチに、永遠の不在を刻印された「祭壇」に掌を合わせたのだった。

頭頂部の髪が薄く（本人曰《いわ》く、現場で働いていた頃、真夏に連日ヘルメットを被っていたら、こうなったとのこと）、周辺の髪を長く伸ばし、後ろで束ねているムシャさん、髪型が落ち武者みたいだ、というので仲間内からそう呼ばれるようになった、そのおっちゃんが食べ終わったお椀の隅々《すみずみ》まで綺麗に舐め回していた。

「キッタナーイ！　後で私達が洗うんだからね。そんなにべろべろ舐め回さないでくれる？」

レイが大声でムシャさんを叱責した。だが、彼はそんなことにはお構いなしだ。座り込んでいた筵《むしろ》から立ち上がり、長机の前にやってきた。

「おっ、たくあん残ってるじゃねえか⁉　一切れ……二切れ、貰っていいか？」

担当していたマリカが、どうぞ、とにこやかに勧めると、ムシャさんは嬉しそうに指先でたくあんを摘《つま》み、また元《もと》座っていた場所に戻ると、そのたくあんでお椀の中を丁寧に拭《ぬぐ》い取り、口の中に放り込んだ。そして、いかにも感に堪《た》えないといった口振りで、こう漏らした。

「うんめえー！」

レイが長机の上からポットを持ってきて、ムシャさんが手にしていたお椀を取り上げると、そこへお茶を注いだ。

「ハイッ、これで綺麗に濯《すす》いで、お椀をピッカピカにして返却しなさいよ！」

レイに命令されると、ムシャさんはにっこり笑ってうなずいた。もう一切れ残っていたたくあんをお茶に浸《ひた》し、お椀の中を洗い始めた。それからそのたくあんを食べ、お椀のお茶を飲み干した。

「うんめえー！」

ムシャさんは自慢気にお椀の中をレイに見せた。レイもまたまじまじと眺めた。

「ハイッ、よくできましたー！」

レイは拍手した。その直後、二人は笑い転げたのだった。

耳当てのついた帽子を目深《まぶか》に被ったマツさんが、隣に座って少しずつ雑炊を啜っているドングリさんに話しかけていた。ドングリさんには知的障害があった。動作が人一倍のんびりしている。この炊き出し会場にも、マツさんに急《せ》き立てられ、引き摺られるようにしてやってきていた。

「おめえ、久し振りの温かい飯《めし》だろう。一遍《いっぺん》に食ったら腹を壊す。ちょっとずつ啜って十回は噛め。口の中でどろどろになったら飲み込むんだ。そうすりゃあ、ちょっとの量で腹は膨れるし、下痢することもない。いいか、ちょっとずつだぞ、十回噛めよ」

マツさんに命じられるまま、どんぐりさんは目を瞑って、一口啜っては正確に十回ずつ噛んでいる。灰色の毛糸で編んだ小さめのニット帽をぴっちりと頭に被り、頭頂部から帽子の短い軸が突き出ている。下膨れの浅黒い顔に、目、鼻、口、耳といったパーツがすべて小さい。絵本に出てくるキャラクターのような顔立ちで、なぜドングリさんと呼ばれているのか、説明など一切不要であった。マツさんはそんなドングリさんのことが気になってならないらしい。手に持ったお椀の中に雑炊がまだ半分ほど残ってるのに、それには手を付けず、どんぐりさんの世話ばかり焼いていた。

ユイがポケットに蜜柑を詰め、両手にお茶を持って二人の許へやってきた。

「兄弟みたいに仲がいいね」

と、ユイは二人の前にお茶を置いて、マツさんに訊いた。

「こいつとは長いんだ。俺がまだ日雇いをやってたときに、同じ現場にこいつがやってきた。何をやらせても、手際は悪いし、危なっかしいしで見ちゃいられない。あれこれ面倒見てやってるうちに、こいつは俺に懐《なつ》いちまってよ。土方《どかた》……と言っても、おねえちゃんには分からねえか。ん？　レイ……レイちゃんっていうのか？　土方ってのはよ、道路やビルを作ったり壊したりする肉体労働だ。年食って、手配師にも相手にされなくなって、仕事にあぶれ、こんな暮らしに落ちぶれてからも、こいつは俺から離れようとしない。もう家族みたいなもんだな」

マツさんは残った雑炊を掻《か》き込むと、目の前に置かれたお茶で口を漱《すす》ぎ、ごくんと飲み込んだ。ようやく食べ終わったドングリさんは、お茶をお椀に注ぎ、それをぐるぐる回してへばりついたご飯粒や野菜かすを削《そ》ぎ落として飲み干した。

「ハイッ、デザートをどうぞ。食後のビタミンC補給。食べれば風邪引かないよ」

レイはそう言って、二人の手に蜜柑を二個ずつ握らせた。それから、お椀と箸、湯呑みを回収すると、湯呑みを顔の横で振って、お代わりいるよね？　と問うと、マツさんはからかうようにこう言った。

「将来、いい世話焼き女房になりそうだなあ」

負けじと、レイも言い返した。

「マツさんの世話焼きには負けるけどね」

その顔には屈託のない笑顔が浮かんでいた。

そばにいたドングリさんの耳にも二人のやりとりは届いていたはずなのだが、彼はただ手に握らされた蜜柑にぼんやりと視線を落としていた。

炊き出しの会場となった地下街の広場のあちらこちらで、こうした光景が繰り広げられていた。ここでのチーフを務めているらくさんに、今夜集まったおっちゃんの人数を訊いたところ、五十名を少し超えたぐらいだという。以前は二十名ほどの常連さんばかりだったが、やはりバブル崩壊後、急激に炊き出しに並ぶ人達の数が増え、一見するとホームレスとは思えないような服装の人も含めて、見知らぬ顔触れを数多く見かけるようになったとのことだった。それにしても、駅で体験した炊き出しの雰囲気とはまるで違う。片や百二十名、片や五十名、確かに数の問題は大きいのだろうが、それだけで片付けられない決定的な何かがある。駅では当たり前だった黙々と食事だけを済ませ、さっさと帰ってしまう人などここではまるで見受けられない。筵《むしろ》の上に車座に座り、隣り合った仲間同士で、あるいは、ボランティアとして参加した生徒達との間で言葉を交わしながらの、本来あるべき姿の食事風景がここにはあった。炊き出しをせねばならぬこと自体、この豊かな国にあっては異常な光景であることは論をまたないのだが、それでもどこか救いがある。食事の最中に、頻繁に笑い声が響いてくる。

らくさんが笑いながら、ふと漏らした。

「こんなに楽しそうに食事をし、話をし、笑ってる炊き出しを俺は初めて見たよ」

その笑顔は、昼間、ベンチに缶コーヒーを供え、合掌していたらくさんとは別人だった。私も視線を下に落とし、手を見た。手袋をした手には何も握られてはいなかった。

らくさんは胸ポケットから腕時計を取り出し、目を細めて文字盤を見た。ベルトが片方千切《ちぎ》れてしまっている。公園の植え込みに捨ててあったのを拾ったのだと言っていた。両掌を口にあてがい、メガホンの形にして大声で指示した。

「そろそろ食事も終わった頃だと思いまーす。生徒さん達に任せず、各自セルフサービスで食器を長机の籠に片付けて下さーい。今から古着の支給をしますから、欲しい物のある人はその場に残っていて下さーい」

ワゴン車に積んで運んできた古着の入ったダンボール箱を、生徒達は手分けして筵《むしろ》の上に置いた。古着を選んできたカホリとキミコ、レイ、ユイ、シズカの四人組のリードで、ジャンパーやセーターといった上着類、ズボン、下着の上下と靴下といった具合に分類し、筵の三方を使って並べた。カホリが、ダンボールの空箱を片付けていた合唱隊の三人組、チサコ、ナオミ、マリカに頼んだ。

「地下街の衣料品店へ行って、ありったけ紙袋を貰ってきて。新品じゃなくていい。古着を入れる物だから、大きいサイズのが助かるな。大至急、お願いね」

チサコは、そばで所在なげに立っていた一年生のエリに、一緒においで、と声をかけた。エリは表情一つ変えなかったが、厭がる顔もせずその誘いに従った。

一番人気は下着だった。とりわけ、この寒さが影響して、股引《ももひ》きを欲しがるおっちゃん達が多かった。ミキ、アイ、ユウキの仲良しトリオが中心になって対応していた。在庫との兼ね合いもあり、欲しい人全員に行き渡るように、一人二枚までと数量制限を行った。股引きの対応に追われている最中《さなか》に、突然、

「パンツが濡れちまってよー。替えがなくて困ってんだわ」

と、髪の毛をボサボサに伸ばした、灰色がかった顔色をしたおっちゃんが、ぬっとばかりに首を伸ばして、袋詰めをしていたユウキに訊いてきた。一瞬、ユウキはギョッとしたような表情になった。おっとりとしたタイプだけに、このような不意打ちに臨機応変に対処するのは苦手だ。しばらく固まっていたが、

「おじさん、……M？……L？」

ようやくそれだけを口にしたのだが、おっちゃんにはその意味が通じなかったようだ。隣にいたアイが、その気まずい雰囲気に気付き、

「おじさん、ピッタリがいい？　ゆったりがいい？」

と訊き返すと、ニカッと笑って、

「そりゃあ、ゆったりがいいに決まってるさ。何でも自由が一番さあ」

との返事だった。

「じゃあ、これだ。ユウキ、そこの袋取って。このパンツ入れて、おじさんに渡してくれる？」

アイはキビキビとした調子でユウキに指示した。ユウキは深くうなずき、分かったという目をして、下着類のコーナー周辺に群がっているおっちゃん達に向かって声を張った。彼女が声を張り上げる姿など誰も見たことはなかった。私はその姿に少々驚いた。この小さなきっかけが、ユウキに「脱皮」を促したのかな？　と驚きと期待の目でその後の成り行きを見守った。

「パンツとシャツの欲しいおじさんは、私のほうへ来てもらえますかー。ピッタリがいいか、ゆったりがいいか、言って下さーい」

それが彼女の地なのだろう。本人は精一杯声を張ったつもりでも、耳に不快なキンキン

する棘《とげ》のような感じがない。どこか柔らかい、安心感を抱かせる声質なのだ。すると、たちまちにして二、三人のおっちゃんがユウキの前に移動してきた。

「ピッタリなのが欲しいんだけどよー」

「俺はよ、ゆったりしてるのがええわ」

と、口々に注文し出した。こうして、ユウキは下着のシャツとパンツを一手に引き受ける役割になり、彼女なりのやり方でスムーズに仕事をこなすようになっていった。その様子を見て、アイは、ひたすらおっちゃん達の要望を聞き、股引きの支給に余念のないミキとチラッとアイコンタクトを交わすと、にんまりと頬笑んだ。

だが、この古着を支給する会場の雰囲気を決定付けていたのは、上着類を担当したキミコ、レイ、ユイ、シズカの騒々しい四人組であった。ジャンパー、冬物ジャケット、セーター、長袖シャツといった品々なのだが、彼女達のやり方は、おっちゃん達の要望を聞いて、それに合う物を探すというものではなかった。逆だ。上着類を手に取って品定めをしているおっちゃんを捕まえては、自分達の好みでどんどんコーディネートして、押し付けていくという乱暴なやり口であった。

「おっちゃん、そんな暗い色ばっかり着てたら、気分だって暗くなっちゃうよ。これ、これなんかどう？　白いセーター、緑と赤のラインが入っててクリスマス風だけど、若々しくていいよ。生地もしっかりしてるし、胸の辺り、編み込みの模様なんかさりげなくおしゃれ。おっちゃん痩せてるけど、寒いし、下に重ね着するんだから、これぐらいゆとりがあったほうが絶対いいよ。背中真っすぐにして、私の前に立って。ちょっとセーター当ててみるわ……。いいじゃん、恰好いい！　ユイ、見て見て、似合ってるよね。これ！　決まりだ！」

いったん喋り始めると、シズカはもう止まらない。機関銃のように捲し立てる。相手が口を差し挟む余地なんか一切与えない。それに、おっちゃん達にしても、こんな勢いで話しかけられることはないし、これぐらい強引に押し付けてくれるほうが楽しそうだった。派手じゃねえか⁉　恥ずかしいよ！　とか、口先では抗いながらも、シズカの押しにされるがままであった。キミコもシズカに負けず劣らず元気一杯の口上で、もじもじしているおっちゃん達を次々と攻略していった。

「どーよ、このセーターの真ん中にいるブルドッグ、愛嬌たっぷりで可愛《かわい》いし、何となくおっちゃんに似てるよ。親子のブルドッグ、おっちゃんとお揃いって感じで、全然違和感がない。これぐらい個性を出していったほうが、毎日が楽しいって！　セーター一枚で人生が変わる、素敵じゃない！　このブルドッグセーターはおっちゃんのためにある。おっちゃんがここへ来るのを待ってたんだよ。運命だよ、運命！」

キミコから正面切ってブルドッグ呼ばわりされて、怒るどころか、おっちゃんは大口開けて笑っていた。そのブルおじさんの仲間だろうか、横にいたおっちゃんも、似合ってるぞ、とはやし立て、キミコの後押しをしていた。

レイもユイも、シズカやキミコの言いたい放題で楽しげな「押し売り」に感化されたのだろう。近寄ってくるおっちゃん達を誰彼《だれかれ》構わず呼び止めては、セーターだの、ジャンパーだのを勧めていた。カラフルな柄の入ったセーターに厚手のズボンを組み合わせて、これ、いいじゃん、十歳は若返って見えるよ、と押し付ける。押し付けられたおっちゃんは、俺は足が短いから、とか何とかかんとか断ろうとするのだが、すぐさま裾を捲って、そのおっちゃんの足の長さに調整してしまう。

「シングルもいいけど、ダブルも可愛いじゃん。よしっ、これでピッタリだ。文句ないっしょ？」

と、セーターとズボンをセットでそのおっちゃんの胸に押し当てた。ここまでされると、勢いに呑まれて、もうおっちゃんは断れない。

「俺、こんな派手なセーター、着たことねえぞ」

と、それでもブツブツ愚痴《ぐち》っていると、

「誰にだって、何にだって、初めてはある。初めがなければ、次はない。そうでしょ⁉要は馴れの問題よ。一度着てしまえば、これぐらいの色目でないと、物足りなくなっちゃうんだから。お洒落って、そんな大胆さ、チャレンジ精神がなければ始められないものよ。分かった？」

と、レイはぐいぐい押しまくる。そのおっちゃん、返す言葉がなくなってしまい、一緒にいてニヤついているおっちゃんに、

「俺は、チャレンジとかでこのおねえちゃんの勧める派手なセーター貰うからよ、お前、このピンクの豚の絵のセーター貰えよ」

と、仲間に引き摺り込もうとした。待ってました、とばかりに、レイはニヤつき笑いが消え、びっくり顔に転じた隣のおっちゃんに言い放った。

「友情は大事よ。勇気を出してチャレンジしようという友達がいるんだ。その手助けをするのが友情ってもんじゃないの？　ハイッ、ピンクの豚ちゃん！」

レイはわざとセーターを広げて、おっちゃんの目の前に突き出した。紙袋に衣類を詰める作業をしていたチカ、ユリコ、シノ、ミカコの看護師志望の生徒達、日頃はおとなしくて、大声を出すような姿は見受けられないのだが、このときばかりは違った。

「おじさん、豚さん着てみて。可愛いから」

と手を叩き、はやし立てた。さらには周囲を取り巻いて、生徒達とのやりとりを楽しんで眺めていたおっちゃん達からも、

「それぐらいで恥ずかしがってちゃ、この街では生きてはいけねえぞ！」

と野次《やじ》が飛んだ。初めの頃は、いささか心配気な面持ちで全体の進行状況を見守っていたリーダー格のアケミとカホリだったが、次第にその場のお祭りムードを楽しむようにな

り、あちこちで繰り広げられる楽しく陽気なやりとりにゲラゲラ笑い転げていた。

そんなときだった。思いも寄らぬ「珍客」が紛れ込んできた。らくさんと並んで、古着支給の様子を見ていた私のすぐ後ろのガラス扉が開き、大学生風の二組の若いカップルが入ってきた。今夜は冷え込んできたから、温かい地下街から屋外の広場に出てくるような客はほとんどいなかった。だから、目に着いたのだろうが、特にこれといった意識もせずに、その二組のカップルの後ろ姿を目で追っていたら、古着の並べられている筵《むしろ》の方へ近付いていくではないか⁉　そして、上着の置いてあるコーナーへ向かうと、その前にしゃがみ込み、セーターを手に取り出したのだ。

キミコとシズカは相変わらずで、盛んにおっちゃん達に上着を押し付けながら喋っていて、そのカップルの闖入《ちんにゅう》に気付いてはいないようだった。レイとユイは対応しているようには見えたが、明らかに戸惑っている様子であった。

私が説明をしに行こうと、中へ入りかけたとき、アケミとカホリが手で制して、

「大丈夫、私達のほうで相手をしてくるから」

と言い残し、そのカップルの許へ早足に向かっていった。二人は軽く会釈して、説明をし始めた。すると、ほどなくして二組のカップルの表情に笑みが零れた。頻《しき》りに頭を下げている。どうやらこの会場がどういう場なのか、理解できたらしい。次に、アケミは私の方を振り向き、こちらを指差して何やら話をし出した。笑い声だけがここにまで届いてく

るほどに、皆大笑いしている。一体何を喋ってるんだ？　そして、一言二言互いに言葉を交わした後、二組のカップルは手を振りながらその場を離れ、やってきたのとは反対側のガラス扉を押して、地下街へと消えていった。

カホリはその場に残り、散らかった衣類を折り畳み、並べ直す作業を手伝い始め、アケミだけが戻ってきた。

「てっきり古着のバザーをやってるんだと勘違いして覗いてみたんだって。広場の笑い声がガラス扉越しに地下街にまで響いてきて、あんまり楽しそうだったから、つい寄ってみたくなったって言ってた。だから、ホームレスの人達へ古着の支給をやってるんです、って説明したら、びっくりしてた。ここにいるのは、みんな高校生で、ボランティア合宿してるんです、って言ったら、もっとびっくりしてた。ピンクの豚のセーターを貰った、タチさんっていうんだけど、『兄ちゃん、この豚、やろうか』と声をかけてきたものだから、みんな大笑いだった。そのとき初めて気付いたんだって、周りにいるのがホームレスの人達だってことに。不思議だけど、たぶんそんな雰囲気じゃなかったって証拠だろうね」

アケミは笑顔を見せながら、そう説明してくれた。すると、その話を聴いていたらくさんがこう言った。

「アケミちゃん、あんた達は凄いねえ。俺は長いこと、炊き出しだ、夜回りだ、古着支給だってやってきたけど、今みたいに一般市民が知らずにその輪の中へ入ってきちゃうなんてこと、一度もなかった。それをアケミちゃん達はやすやすとやってのけちゃったんだから、大変な力を持ってるんだよ。感心したなあ」

いかにも感に堪えないといった口振りだった。

「……そうかも。馬鹿、が付くくらい明るいってことだけは確かだね。それが『大変な力』だと言われるのなら、そうかもしれないけど……あまりピンとこないな」

と、アケミは何かを考えながら、そう応えた。

「ついでに訊いておくけど、さっき、僕のほうを指差しながら大笑いしてたけど、何を喋ったんだ？」

平静さを装いながら、私がそうアケミに尋ねると、同じトーンの真面目な口調でこう応えてきた。

「あそこでボーッと突っ立ってるのが先生。私のクラス担任でもあるんだけど、言葉巧みに何も知らない、いたいけな少女達をたぶらかし、こんな強烈な寒波の襲来している屋外で、連日連夜ボランティア活動に駆り立てている張本人、って教えてあげていたの」

「いたいけ」だの、「たぶらかす」だの、異議あり、と反駁《はんばく》したい箇所はあったものの、大筋において当たらずといえども遠からずの指摘であったから、ただ「……そうか」とだけ返事をしておいた。

コンコン、と背後のガラス扉を軽くノックする音がした。振り向くと昼間に事務所で挨拶をした澤田係長が、ガラス扉の向こう側に立っていた。澤田さんは扉を開け、外へ出てきた。

「うーっ、寒！　天気予報通り、今日か明日か、雪になりそうだねえ」

と、首をすくめながら、口を開いた。彼には聞こえぬよう、アケミに、

「地下街の管理会社の係長さん、澤田さん。この支援活動に協力してくれている」

と囁いた。

「いつもとは比べものにならないぐらい賑やかで、華やかで、らくさん楽しそうだねえ」

と、冗談めかして澤田さんが言うと、

「そりゃあ楽しいよ。こんなに大勢、高校生の女の子が、けらけら笑いながら野宿者の相手をしてくれてるんだから。俺も同じ境遇だから、よく分かるんだけど、心がうきうきしているはずだよ、みんな。普段が惨めすぎるんだけどよおー」

そう応えたらくさんの声も心なしか弾んでいた。

「じゃあ、気を付けてね」

と立ち去ろうとした澤田さんに礼を言おうとした矢先、アケミが澤田さんの前へ進み出て、

「どうもありがとうございました。はしゃぎ過ぎてしまい、ご迷惑をかけたこと、お許し下さい。今後ともよろしくお願いします」

と、深々と頭を下げた。言葉、態度に彼女の本心がありありと表れていた。澤田さんは一瞬驚いたような表情を見せたものの、すぐにまた柔和な表情を取り戻し、

「寒い中、大変だけど、頑張ってね。……いや、もう充分に頑張ってるよね。また、次はお客様として当地下街にお立ち寄り下さるよう、心よりお待ちしております」

そう言って、アケミと同様に深々と頭を下げたのだった。

らくさんが例の腕時計を取り出した。そろそろ片付けの時間だ、と呟くと、アケミはすぐに動き出して、

「みんなに伝えてくる。残った品物はもう一度空《から》のダンボール箱に詰め直して、来た時にワゴン車を停めた場所に積み重ねておけばいいよね」

と確認した。らくさんはもう指示することはないと、笑顔でうなずいた。アケミは駆け出していき、おっちゃん達との会話に忙しい生徒一人一人に伝えて回った。その独楽鼠《こまねずみ》のように動き回る姿を見やりながら、「何も知らないいたいけな少女ねえ……」と私が漏らすと、すかさずらくさんが「たぶらかし甲斐《がい》があるってもんだなあ、先生よー」と合いの手を入れてきた。

手に手にブランド物の大きな紙袋をぶら提《さ》げたおっちゃん達が、ぞろぞろと地上の公園へと出る階段を上っていく。

「十二時から夜回りがあるからねー！　誰がどこへ行けるか分かんないけど、起きてたら

また話そうねー！」

　シズカが、おっちゃん達の後ろ姿に向けて、広場全体に響き渡るような声で叫んだ。何人ものおっちゃん達が立ち止まり、振り向いた。どの顔にも、くしゃっとした笑顔が張り付いていた。その笑顔の一つから声が発せられた。

「何時になっても、待っとるからよー！」

　シズカに白いセーターを押し付けられたゲンちゃんが、手を振って応えた。その声が引き金になったように、キミコに「親子のブルドッグ」セーターをあてがわれたボタさんが、掠れ気味の声を張り上げた。

「ありがとよ。ブルドッグの息子、大切にするからな！」

　周りのおっちゃんからも、また生徒からも弾けるような笑い声が湧き起こった。

「ピンクの豚も大事にすんだよー！」

　レイが追い討ちをかけた。そのセーターの入った紙袋を高く掲げたタチさんが、

「頃合いを見て、トンカツにでもして食ってやらあ！」

　と憎まれ口を叩いたものだから、

「ひどい！　そんなことしたら絶対に許さんからね！」

　と、レイはどじょう髭《ひげ》を生やした細面《ほそおもて》のタチさんを睨み付け、ドスの利いた声で脅したところ、彼はいかにも怯《おび》えたようにこう応えた。

「おー、こわっ！　今時の高校生のおねえちゃんはおっかねえなあ」

このときもまた、周囲には爆笑の渦が起きた。手を振りながら立ち去っていくおっちゃん達の後ろ姿が階段の向こう側へ消えて見えなくなるまで、生徒達は見送り続けた。

ミキがぐるぐる首を回した。

「あー、疲れた。十七年生きてきて、こんなに長い時間、男物《おとこもの》の股引きばっかり手にしていたのは初めてだわ。ウチのお父さん、股引き履《は》かないし」

と、溜め息混じりに漏らした。

「私、何だか喉が痛い。声が枯れちゃった」

と、ユウキが手袋をした手で喉の辺りを包み込むようにして言った。

「ユウキがあんなに声を張り上げてるのを初めて見たわ。しかも、手に持ってるのが、男性のパンツでさ、ピッタリ？　ゆったり？　って信じられないよ」

と、アイがユウキの手真似をしながらからかった。恥ずかしそうに、俯《うつむ》いていたユウキだったが、それでも、こう言い切った。

「うん……そりゃあ恥ずかしかったけど、やり甲斐《がい》はあった。おっちゃん達も、ありがとう、ありがとう、って礼を言ってくれて嬉しかったし、やって良かったとホントに思ってる――」

その言葉は真実であり、一皮剝けた自分に自信を持てるようになったことの宣言であるように聞こえた。

「それじゃあ、今からみんなで大掃除だ。これからもこの広場で支援活動をさせてもらえるように、使う前よりも綺麗にしてお返ししましょう」

箴言会館から持ってきた掃除道具を生徒達に配りながら、らくさんは指示した。かしましかった話し声が消えたせいで、らくさんの声は広場に響き、青天井の真冬の夜空へと吸い込まれていった。見上げれば、星一つ見えない。よくは見えないが、恐らくは厚い雪雲が一面を覆い尽くしているのだろう。目を凝らせば、夜空に濃淡を作り出している雲がかなりの速さで流れているのが分かる。下手をすれば、雪が舞う中での苛酷な夜回りになるかもしれない。野宿者の置かれた厳寒期の苛酷な生活環境を知る上では、絶好の機会といえるのだろうが、それでも……試練、という言葉が頭をよぎっていった。


箴言会館の厨房、洗い場には山のように食器類が積み上げられている。壁に掛かった時計は三時を回っていた。窓の外は常夜灯の明かりが点《とも》っていて、時折光り輝くものが通り過ぎ、道にできた滲《にじ》んだ光の輪の中へと消えていった。その情景が、深夜の闇の濃さと静寂を際立たせていた。もちろん通りを行き交う人の姿はない。だが、ガラス窓一枚隔てた厨房の中は、興奮未《いま》だ冷めやらぬ生徒達の声が渦巻いていた。

十二時から始まった夜回りの間、雪は降るには降ったが、粉雪がちらちらと舞う程度で、風も弱く、生徒全員無事に夜回りを終えることができた。彼女達が興奮している理由はただ一つ、炊き出しや古着支給のときに出会ったおっちゃん達が、寝ずに生徒達のやってくるのをダンボールハウスの中で待っていてくれた、ということだった。シズカが、鼻の頭や頬を真っ赤にして捲し立てた。

「ボタさん、毛布に包まって横になってたんだけど、ダンボールハウスの屋根は開けてあってね、私達が回ってくるのを待ってたんだよ。『ボタさん、起きてるー？』って小声で呼んだら、『起きてるよー』って声がした途端、ボタさん、毛布をはねのけて、ほらっ、って言うの。そう、あのブルドッグのセーターを着てたんだよ。『親子でシズカちゃん達が来るのを待ってたぞ！』って。もう嬉しくて！　別れるときに、夜回りのメンバー全員に『お土産《みやげ》だよ』って、これ、一粒チョコレートをくれたんだよ。周囲には他にもダンボールハウスがあったから、大きな声は出せなかったけど、ホントは、ワーッて大声で叫び出したいくらい嬉しかった。何で、あんなに優しいんだろ？　お金ないのに、たった一回会っただけの私達に、チョコレートをくれたりするんだろ？　ボタさんにとっては、いざというときの大事な食料なんでしょ？　それをどうして……？」

　絶句したシズカの目には涙が光っていた。その話にレイも負けてはいなかった。

「夜回りのリーダーの話だと、この辺りにゲンちゃんとタチさんは隣り合ってダンボールハウスを作ってるっていうから、ついていったら、一つのダンボールハウスに二人は一緒にいて、私達に手を振ってたんだよ。『待ってたぞー』って言って、タチさんがダンボールハウスの外に出てきたら、ピンクの豚のセーターを着てたの。あんなに恥ずかしがってたくせに、両掌でセーターの肩口をつまみ上げて、『どう、似合ってる？』って真面目に訊いてくるもんだから、おかしくって噴き出しそうになるのを我慢するのに苦労したんだから。ゲンちゃんもニコニコしながらダンボールハウスの中に座っていたけど、やっぱりあの白いセーターを着てた。私達の顔を見るなり、『ありがとう、ありがとう』って繰り返し、くしゃくしゃの顔をして泣き出しそうにするものだから、こっちまで泣きそうになっちゃった。ボタさんと同じで、『これ、俺らからのお礼だよ』って、メンバー全員に小《こ》分《わ》けして袋に入ったおかきをくれた。ゲンちゃんが言うには、タチさんは小銭が入るとカップ酒を買ってきてそのおかきをつまみに飲んじゃうんだって。肝機能が悪い、酒の飲みすぎだって医療相談の先生に怒られたばかりなのに。で、タチさんはしょげちゃって、言い訳というか、愚痴を零してた。でも、心の底からゲンちゃんはタチさんの体のことを心配しているのが伝わってきた。ゲンちゃんは真剣に怒ってた。『お前が死んじまったら、俺はホントに独りぼっちになっちまうじゃねえか⁉　俺はお前の親友だろ？　俺はそう思ってるよ。だったら、ちょっとは親友を悲しませないように酒をやめろ！　いいな！』って。二人は支え合って生きてる。親友だって言ってたけど、私にはそれ以上なんじゃないか、と思えたな」

　すると、チサコが物憂げな表情を浮かべて、割って入ってきた。彼女はナオミやマリカとズボンを中心に支給していたのだが、下着や上着の喧騒ぶりとは対照的に、割と時間のゆとりをもっておっちゃん達と会話できていたように見えた。

「レイが話してくれたゲンちゃんとタチさんの友情を超えた友情っていうのかな、そんな深い関係を築けてる人達って、少数派のように感じたんだよね。合唱隊で毎日のようにチームワークとか、人間関係とかで悩んでるから、特に敏感になってるのかもしれないけど。私の出会ったおっちゃん達ってみんな個々バラバラで、互いに助け合って生きてるって印象は薄かった。古着の支給で欲しい物が手に入ったら、さっさと一人で帰っていってしまう。防寒性の高いズボンが手に入って喜んでたゴーさんと夜回りでも出会えたんだけど、この街は寂しいって零してた。ゴーさんの出は鹿児島で、十年近く大阪の釜ヶ崎という所で、日雇い仕事をしながら暮らしてたんだけど、あそこには日雇い労働者が固まって住んでる街があって、毎日のように顔を合わせては一緒にご飯を食べたり、お酒飲んだりする仲間がいたって言うの。それがここにはない。隣のダンボールハウスで寝起きしてた人が急にいなくなっても、どこへ行ったかも、それどころか、その人が誰で、どんな人だったかも誰も知らない。ゴーさんが挨拶しても、ぺこっと頭を下げるだけで、それ以上の関係は作れないままにいつの間にかいなくなってしまう。この街ではそれが普通なんだという気になってた、って。夜回りのときに、ゴーさんも、ありがとうね、と言ってキャンディーくれたんだけど、古着支給のときに私と長いこと話せたのが、ホントに楽しかった、久しぶりに人と話せた気がしたって言うの。今の自分には、チサコちゃんにお礼でこんなキャンディー一個しかあげられないけど、ホントはもっといろいろあげたい気分なんだって言ってた。仕事がない、金がない、食い物がない、寝る家がない、今の俺はないないない尽くしだけど、友達と呼べる奴がいないことが一番辛い、と漏らしてた」

そのチサコの話に、最前まで自分の出会ったおっちゃんの話で盛り上がっていた生徒達は静まりかえった。チサコと協力してズボンの支給を担当していたマリカが、自分の思いを付け足した。

「チサコが言ったようなことを私も感じたんだ。おっちゃんは、人が自分に話しかけてる、人と話ができるってことが嬉しくて仕方がない。だから、かえっておっちゃんのどうしようもない寂しさ、孤独感が伝わってきちゃって、こっちまでやるせない気分になっちゃった……」

さすがに私も疲れが溜まってきていて、朦朧とした状態で生徒達の話を聴いていた。おっちゃん達の優しさについて、口々に語り、驚き歓喜する様子を見ている間は、どこか違和感を覚えていた。日頃目にしている野宿者のイメージとのギャップ、自ら抱いていた彼らに対する負の先入観とのあまりの落差の大きさに、そのような反応になっていることは理解できるのだが、それでもやはりついていけないという気分に陥っていた。しかし、その優しさの過剰さ、優しすぎる優しさに触れ、その根底にある寂しさ、孤独感にまで生徒達の視線が届いているのを知り、私の気持ちは落ち着きを取り戻した。社会から徹底的に疎外され、人生の奈落を見てしまったおっちゃん達だからこそ、たまさか出会った高校生の女の子達からの接触に、人生の奈落で味わった孤独の無間地獄という激烈な辛苦、深甚な絶望感の裏返しの感情である優しさが溢れ出した。つまりは、おっちゃん達の優しさは、彼らが味わった絶望感の深刻さの表れではなかったのか？　そう解釈すると、優しすぎるおっちゃん達の存在は特別ではなく、当たり前の人間、等《ひと》し並みに他者からの優しさを求め、他者に優しくしたいと願う普通の人間であることが見えてくる。ならば、彼ら野宿者の存在と、私自身との間にどれほどの懸隔があるというのだろう？　彼らは、私だ――。

「おーい、もう寝てくれよー。明日……じゃない、今日か。午後から文無し公園のテント村で、もう一働きしてもらうからね。しっかり体を休めといてくれよー」

と、窓の外にある駐車場から神父が顔を覗かせて、お喋りに夢中になっていた生徒達に注意した。

「はーい！」と応え、生徒達はドタドタと足音も荒く、二階の寝床へと駆け上がっていった。途中、シズカが足を止め、階段の手摺りの間から顔を出し、悪戯っぽい笑みを浮かべて、神父にこう言い返した。

「ウメちゃんも寝るんだよー。私達を相手にして結構疲れてるんでしょ。あと二日の辛抱だからねー！」

「早く来るんだよ！」とカホリに手を引っ張られて、シズカの顔はたちまちにして消えた。窓の外で神父は苦笑いを浮かべていた。

私の思考は途絶え、代わりに、今夜もまた神父は屋外の駐車場に停めてある箴言会館のワゴン車で、寝袋に包まって眠ることになるのか……と思い、申し訳なさで身が縮む思いだった。神父と目が合った。直立不動で、思わずペコリと頭を下げた。

「シズカちゃんも言ってたけど、あと二日、先生もしんどいだろうが、頑張ってよ」

と言うと、表情を崩すことなく神父は静かに窓を閉めたのだった。

四　覚悟

ゼミ三日目、今日はいよいよ年末年始の支援活動の拠点となるテント村を公園に設営する日だ。この駅前のビル群に囲まれた公園にはれっきとした名前は付いているのだが、誰もその名を使わない。通称「文無し公園」、読んで字の如し、一文無しの野宿者をよく見かける公園ということで、昔からそう呼ばれていた。テント村は、公園の四方に大型のテントを張り、年末年始の期間だけでも、雨風や雪の心配をせずに休めるよう、希望するおっちゃん達に自由に使ってもらおうとの目的で設営されたものであった。箴言会館を中心に保管してある毛布をありったけ持ち込み、防寒対策で自由に使えるようにしてあった。そのテントの一隅で、ボランティアの医師や看護師に来てもらい、医療相談を随時開くことになっている。生徒達にもまた、ゼミ初日の駅で体験したおっちゃん達の訴えを聴きながら、問診票に記入する活動の手伝いをしてもらう手筈《てはず》になっていた。

テントに取り囲まれた公園の中央には、二十四時間絶やすことなく焚き火を焚き続けるのが恒例になっていた。公園からほど近くの場所に卸売市場があり、鮮魚などの運送で使用した木箱が廃材として大量に出るということで、それを譲り受け、薪《まき》代わりにくべる段取りになっていた。四六時中燃え盛る炎は、むろん防寒目的であったのだが、それ以上に孤独感に苛《さいな》まれ、魂の凍えてしまっているおっちゃん達が、たとえ束の間の時間であっても、火に当たることによって、生の源泉である心の温もりと頼るべき横の繋がりを取り戻してもらいたいとの願いも込められていた。

命の炎を掻き立てる焚き火を見詰めながら、今日はどんなおっちゃんと出会い、どんな話を聴かせてもらえるのか、期待と不安に揺れながら、私と生徒達は午後二時過ぎに箴言会館を出た。緊急事態に備えて私は車を出し、生徒達はアケミとカホリがリーダーとなり、全員揃って地下鉄で移動した。今日は食器洗いも雑炊作りも教会に所属する信者のボランティアグループが担当することになっており、午前中から手狭な厨房はそれ以上人の入り込む隙間もないほどの盛況ぶりであった。お陰で昼間はのんびりと過ごすことができた。神父はワゴン車に大量の毛布を詰め込み、すでに公園に出向いており、私が目覚めたときにはもうその姿は見えなかった。

出発前に、アケミを通して生徒達に連絡しておきたいことがあったものだから、立ち上がりかけたとき、部屋のドアの前に当のアケミが立っていた。

「以心伝心だな。今、アケミに伝えたいことがあって、そっちへ行こうとしてたんだ」

と言うと、アケミはちょっと浮かない顔でこう切り出した。

「一年生のエリちゃんのことなんだけど、熱があるみたい。まだ微熱なんだけど、だるそうにしていたから気になっちゃって。昼前に出ようとしていたウメちゃんに、『体温計ありますか?』って訊いたら、『先月割れちゃって、今手許にはない』って言うのよ。そのとき、ウメちゃんの手伝いに来ていたらくさんが、血相変えて外へ飛び出していったの。ちょっとしてから戻ってきたらくさんは、息を切らせながら手にしていた体温計を差し出してきた。『これ、買ってきたから、使って』って言うもんだから、ありがたく受け取ったんだけど、エリちゃんの体温を計っている間に、ウメちゃんもらくさんもいなくなっちゃって。どうしようと思って、困っていたところ」

それに対して私が何かを言いかけようとしたところ、アケミは察知したようで、

「七度二分。微熱なんだけど、あの子、体強くなさそうだし、今日ずっとテント村にいたら、屋外だし、病気ひどくなっちゃうんじゃないかな？」

と、さも心配そうに訊いてきた。

「ともかくあの子、頑固なのよ。いつ雪になってもおかしくない冷え込みなのに、そんな体で外に長時間いたら悪化しちゃうよ。だから、今日はここにいて安静にしていたほうがいい、と言っても無反応。悪化して活動中に具合でも悪くなったら、みんなに迷惑かけることになるんだよ、って強く言っても、首を強く横に振るばかりで、聞く耳は持たないという態度なの。あの感じだと、たぶんヒデオが言っても同じじゃないかな……」

アケミは私の心の内を読んでいるかのように、先回り、先回りしてものを言ってくる。アケミの言葉に、何か胸の中でざわつくものを覚えたが、エリを監禁するわけにもいかない。とりあえず当面はエリの様子を注意深く観察するしかなさそうだ。それにしても、あの子のホームレスのおっちゃんに対するときの態度には、尋常ではない熱量、入れ込みが感じられる。その情熱がどこからくるものなのか、まだ会話の嚙み合わぬエリから、それを訊き出すことはできていなかったから、私には対処のしようがなかった。

アケミには礼を言って、皆にそろそろ出発する時刻だから準備するよう伝えてほしいと頼んだ。らくさんのことは任せてほしい。エリのことは注意して見ているつもりだが、ア

ケミもそれとなく見守っていてくれないか、何かあったら、すぐに知らせてほしい、と頼んでおいた。アケミは飛ぶようにして二階の皆がいる部屋へと駆け上がっていった。

年の瀬も押し詰まったこの時期、文無し公園界隈の商店街は軒並みシャッターを下ろしていた。人や車の出入りの邪魔にならない場所を見つけて、車を路駐し、歩いて公園へ向かった。公園に近付くにつれて、アンモニア臭の入り混じった独特のすえた臭いが強まり、それらしい風体《ふうてい》のおっちゃん達の姿をチラホラと見かけるようになった。歩道と公園を仕切る金網のフェンスの向こう側、地下鉄の乗降口のある方角から、生徒達が連れ立ってやってくる姿が見えた。ゼミも三日目に入り、生徒達も心身共に疲れているはずなのだが、遠くからでも、その笑いさんざめく甲高く響き渡る嬌声がよく聞こえてきた。そんな元気印の生徒達に気を取られていたせいもあって、公園内部の雰囲気に意識が向いていなかった。公園の入口近辺で生徒達と合流し、言葉を交わしながら、何の気なしに公園内に足を踏み入れた途端、激しい怒声を浴びせられた。

「うるせー！　黙れ！　人が死んだんだ！」

ボサボサの髪にキャップを被り、口髭を蓄えた小柄なおっちゃんが、今にも噛み付かんばかりの勢いで吠えたのだ。摑みかかろうと前のめりになった体を、仲間が両脇に手を差し込んで抑え付けていた。

　私達が足を踏み入れた入口とは反対側の入口近くに、一本の木が立っていた。花水木《はなみずき》だろうか？　その裸木の根元にカップ酒や缶コーヒーが置かれ、小さな花束がいくつか幹に立て掛けられていた。いきなり怒鳴りつけてきたおっちゃんも含めて、十名ばかりの人々が木を取り巻いていた。その中の一人、グレーの装束《しょうぞく》を身に纏い、首から十字架を掲げた、見るからに聖職者然とした雰囲気を漂わせた人が私のほうに向き直った。桜庭修道士、さくちゃんだった。さくちゃんの本業を示す正装姿を初めて見た。いつも柔和な笑顔を湛《たた》え、よく通るDJボイスで冗談を交えながら明るく話すさくちゃんだったが、このときばかりは違った。私の背後で、一律に顔を引き攣《つ》らせ、凍《こお》り付いてしまっている生徒達を意識しながら、さくちゃんは静かに語り出した。一語一語確認するような口振りだった。

「今朝、まだ夜の明け切らぬ薄暗い時刻に、テントを張るために集まってきた人達が、この木の根元に人が倒れているのを発見したんだ。顔も着ている物も汚れ切っていた。靴も底が擦り切れて、穴が開いていた。どこからやってきたのかは分からないが、何日もかけて長い距離を歩いてきたんだろうねえ。荷物は持っていなかった。所持金もなかった。呼びかけても応答はない。心臓の鼓動を直接調べようと、直《じか》に肌に触れてみたときのあまりの体の冷たさに、思わずゾッとしたと言っていた。大至急、救急車を呼んだんだが、病院に到着して間もなく死亡が確認された。所持品が何もなく、どこの誰とも分からない。結局は行き倒れの無縁仏として事務的に処理されてしまう。

でも、野宿に追い込まれた人の命を守るため、テント村を設営したまさにその日、その場所である文無し公園にやってきて、息を引き取ったことに単なる偶然を超えた何かの縁を感じてならないんだ。亡くなった人は、自らにふさわしい死に場所を求めて、ここまでやってきた。飲まず食わずの歩き通し、衰弱が進み、もはやここがどこなのか、よく分からない意識状態になっていたかもしれないが、それでも分かったんじゃないかな？　だから、安心して、最後に目に入ったこの木の根元に倒れ込むようにして横たわった。

やっと、ここまで辿り着けた……。

緊張していた心の糸が一瞬弛み、彼の魂はボロボロになった肉体を離れていった。今は寂しい裸木だが、その人の末期《まつご》の目には、満開になった花水木の赤紫色の花が見えたんじゃないかな？」

公園で行き倒れになった人の目に、花水木の花を幻視させようとするさくちゃんに、野宿者への共感の深さと、限りない優しさ、愛の深さを感じ取った。亡くなった人の追悼ミサを終えたばっかりだったのだろう。顔見知りかどうかなんて問題ではない。同じ境遇に置かれた者は、皆仲間だ。木の周囲に集《つど》ったおっちゃん達の胸には、無念の死を遂げた仲間を悼む心、納得のいかぬ悲しみと怒りとが渦巻いていることだろう。そこへ嬌声を張り上げながら、場違いな者達が多数闖入してきたのだ。思わずカッとして、怒声を浴びせたおっちゃんの気持ちはよく理解できる。さくちゃんもその件には一言も触れなかった。彼の心もまた、怒鳴ったおっちゃんの側にあったことの表れだろう。

私は前に進み出て、さくちゃんはもちろんのこと、その場に居合わせた人達全員に聞こえる声でその失礼な振る舞いを詫びた。

「ごめんなさい。許して下さい。知らなかったではすまないことは重々《じゅうじゅう》承知しています。本当に申し訳ありませんでした」

体をくの字に曲げて、ひたすら頭を下げ続けた。背後からは啜り泣く声が聞こえてきて、生徒達もまた自らの無礼を詫び、頭を下げているのが分かった。それから私を押し退《の》けるようにして、生徒達は木の周囲に集まり、胸の前で十字を切り、合掌して祈り始めた。

「父と子の聖霊の御名《みな》によりて。アーメン」

さくちゃんのよく通る声が公園中に響き渡った。急きょ、臨時のミサを生徒達の祈りに合わせるかのように行ってくれたのだった。

私は意を決して、怒声を上げたおっちゃんの前に進み出た。怖くなかったと言えば嘘になる。でも、今の私が取るべき行動はこれしかないと思えたのだった。怒りの表情は消えていなかったが、もう仲間に抑え付けられてはいなかった。

「許してもらえないかもしれませんが、本当にすみませんでした。この子達が通う学校の教員として、監督不行き届きであったことに弁明のしようもありません。本当に申し訳ありませんでした」

ここでもまた私は頭を下げ続けることしかできなかった。長い時間、頭を下げていたようにも思う。逆に、ほんの短い時間であったかもしれない。最前の怒声とは明らかに異なる声音で、そのおっちゃんは喋り出した。

「俺が……俺が見つけたんだ。一目見て分かったよ。もう駄目だってことが。行き倒れを見たのは初めてじゃないしさ。そいつの肋骨《あばらぼね》の浮き出た胸のところに手を当てたのも、俺だ。……冷たかったぞ。俺の体まで凍り付きそうになった。あの冷たさ、俺は一生忘れられん」

そう言ったっきり、おっちゃんは口を閉ざした。その掌が小刻みに震えているのが目に留まった。

どくん、と一つ心臓が大きく鼓動したのが分かった。

おっちゃんの黒ずんだ掌を今も凍えさせている、路上死した仲間の亡骸の冷たさは、明日の我が身を捕える冷たさでもある。「明日は我が身」とは一般によく使われる言い回しであるが、野宿者がそれを口にするときの切迫感は一般市民の比ではない。仲間の非業の死を悼む心の深甚さに負けず劣らず、痛切に自らの命の儚さを追認識させられている。その戦慄が、おっちゃんの掌の小刻みな震えに表れているのだろう。

らくさんが私に語ってくれた物語は、それとは明らかに色合いが違う。彼の小さなエゴが仲間を見殺しにしてしまった。痛切な悔恨から、らくさんは今でも自らを許せず、苦しんでいる。

　一人の野宿者の死を目前にして、片や、明日は我が身との戦慄を覚え、片や、悔恨と自責の念に苦しんでいる。表れ方は異なっているが、その根源に横たわっているものは同じだ。野宿者の不当にして苛酷すぎる生の実態。その不条理に私の心は震える。だが、その震えに、どうしても異質なもの、ある種の濁りが混入してくるのを意識せざるを得ない。野宿者ではない私は、理不尽な路上死を遂げる者にはならない。それどころか……そう、何時何時、何かの拍子、きっかけで私の掌に血塗られた鉄パイプの握られる日が訪れるやもしれない。そんな全くベクトルの違う、根拠のない思い込みと、自らが「社会正義」に基づく暗殺者に堕する恐怖心が湧き上がってくる。路上死する者、させる者、一見するとその両者には一致できる点は疎《おろ》か、妥協点すらないように見える。だが、現実を詳細に見るならば、その両者の違いは紙一重でしかないことが分かる。「ドブ板一枚、下は地獄」――安定した生活が、明日、一瞬にして底が抜け、堕《お》ちる所まで堕ちていき、路上生活に放り出されかねない。そうならない保証などどこにもない。それが一握りの大金持ち達が君臨する現代の「自由主義」「民主主義」社会という王宮の実態であり、本質だ。情けない話だが、正直に吐露しよう。多くの生徒に参加を呼びかけ、ゼミも三日目になるというのに、私は今もってその自己矛盾を克服できていない。らくさんを始めとして、何人もの野宿者と言葉を交わす仲になり、彼らを死なせたくない、との素朴な願いからこの支援活動に加われるようになったことは間違いないのだが、それでもなお、時として私の掌の小刻みな震えが止まることはない。

おっちゃんにもう一度頭を下げ、その場を離れ、修道士の正装をしたさくちゃんの前に進み出た。すっかり見馴れた作業着のジャンパー姿に、素足にサンダル履きのさくちゃんとは違って、その落差の大きさに緊張から言葉が出にくかった。

「ありがとうございました。助かりました。とっさの判断からミサを唱導してもらえたことで、生徒達も救われたと思います。この場にさくちゃんがいなかったら、と想像すると、ゾッとします」

と、率直に胸の内を語り、さくちゃんに礼を述べた。彼の表情には幽かな笑みが戻っていた。

「一人の野宿者の死を、こんなふうに言うのは不謹慎なんだろうけど、生徒さんにはいい勉強になったんじゃないかな？　ショック療法……ちょっとショックが強すぎたかなあ」

花水木を取り巻くようにして、悄然と立ち尽くしていた生徒達にも聞こえるような声で、さくちゃんはそう言った。

その言葉が合図であったかのように、ナオミが崩れ落ち、その場に座り込むと、両掌で顔を覆って泣きじゃくり出した。合唱隊仲間のチサコとマリカが彼女の両脇に座り込み、介抱した。

「どうした？　大丈夫？　横になる？」

と、チサコは優しく声をかけた。泣きじゃくるばかりで、しばらくはその問いかけにも応えられない様子だった。他のメンバーも、顔を埋《うず》めて泣き出したナオミを心配そうに覗き込んでいる。緊張のミサの間、必死になって悲しみを堪《こら》えていたのだろう、その我慢が限界を越えた途端、ナオミは崩れ落ちた。声に出して泣きじゃくったことで、多少は落ち着きを取り戻したのか、その場に座り込んだまま、ぽつりぽつりと語り出した。

「心配かけてごめんね。……先月、大好きだったお爺ちゃんが死んだの。癌だったんだけど、病院でやれる限りの手厚い治療を受けた末に、最期は家族や親戚全員に看取られて死んでいった。大好きなお爺ちゃんの死は悲しかったけど、その死に顔は安らかで笑っているようだった。家族や親戚のみんなと最期の別れができたんだから、思い残すことはなかっただろうと思う。そんなお爺ちゃんの幸せな死と比べて、この木の根元で行き倒れになったおっちゃんの死は……あまりに……かわいそうで……ひどい」

ナオミの小さな震える声が、また嗚咽で掻き消えた。それでも、一つ大きく鼻を啜ると、ナオミは再び話し始めた。

「誰にも看取られず、誰からも名前を呼ばれず、誰からも感謝されず、治療らしい治療を何一つ受けられないままに、真冬の凍った土の上で死んでいくのって、あり得ない、信じられない！　無縁仏って、一体何なの？　お葬式は？　お墓は？　おっちゃんの魂はどこへ行けばいいの？　命の終わりって、そんなんじゃ駄目だよね！」

ナオミの目には光るものが残っていたが、地面の一点を凝視する眼差しには、怒りが込められていた。目を真っ赤にしたチサコが、ナオミの言葉の一つ一つにうなずきながら、悲しみと怒りのせいで震える丸まった背中を懸命に摩《さす》っていた。

喋舌さでは誰にも負けないシズカが、このときばかりは唇をぎゅっと噛み締め、ナオミの話に耳を傾けていたのだが、もう耐えきれないというふうに口を開いた。

「お祈りをしていたとき、私、想像しちゃったんだ。厭だ、厭だって打ち消そうとしたんだけど駄目だった。木の根元に、白いセーターを着たゲンちゃんが倒れているのを。セーターはすっかり汚れていて、苦しそうな顔付きで、唇はひび割れて白い粉をふいてた……。物凄くリアルで、ゾッとして、思わず声が出そうになった。これって、ただの想像じゃないんだよね。こんな寒い日に、いっつも寝不足で、炊き出しの雑炊を頼りに生きてるような暮らしを続けていたら、何時何時行き倒れになってもおかしくない。具合が悪くなって動けなくなり、そんなときにそばに知り合いのおっちゃんが誰もいなかったら、ゲンちゃんだって死んじゃうんだよね……。そう思ったら、途端に息が苦しくなってきて、立っているのも辛くなった。……絶対、何か、間違ってるよ！　おかしいよ！　そんなふうに命を奪われるなんて、ただの死じゃない、殺されたようなもんじゃん！　ねえ、ヒデオ、そう思わない？　ホームレスになったら、殺されたって誰にも文句一つ言えないって、おかしいよ。ねえ、何とかしてよ！」

　みるみるシズカの顔は真っ赤になり、くしゃっと歪み、涙と鼻水が溢れ出た。隣にいたキミコがポケットからティッシュを取り出し、黙って差し出した。アリガト、と小さく短く礼を言い、シズカは大きな音を立てて、思いっきり洟《はな》をかんだ。きったねーなー、と呟いたキミコの顔も泣き笑いの表情を浮かべていた。

「私も、シズカとおんなじこと考えてたんだ。ブルドッグのセーターを着て、ボタさんがどこかで、一人孤独に死んじゃったら、そのことを知ったとき、私はどうなっちゃうんだろうなあ、って。ただ悲しいだけじゃないと思う。メチャクチャ腹が立つだろうし、心にぽっかりと穴が空《あ》いちゃうだろうし……。ボタさんの死をどうしても受け入れられなくて、自分が壊れちゃいそうな気がする」

　そばにいたレイもユイも、きっと仲良くなったおっちゃんの顔を思い浮かべていたのだろう、シズカやキミコの話に大きくうなずきながら、上気した顔で目に涙を浮かべていた。

　すると、私の位置からは木陰に隠れて見えなかった場所から、深い溜め息が漏れてきた。ミキだった。何かを感じ取っているのだろう、アイが不安そうな目でミキの横顔を見詰めている。ユウキはこんなとき、どうしたらいいのか分からず、上着のポケットに両掌を突っ込み、厭々《いやいや》をするようなしぐさを見せながら、それでも時折、チラリとミキの顔を覗き見ていた。ミキは思い詰めたような深刻な顔付きで、まるで大きな独り言のように語り出した。

「私達、何してるんだろう？　炊き出しで雑炊配って、医療相談のための問診票書いて、十二時から夜回りして、古着を配って——その挙《あ》げ句《く》、この木の根元で行き倒れになり、命を落としたおっちゃんと出会った。ボランティア活動に見返りを求めるのは卑しいことだろうけど、野宿者を一人も死なせない、というスローガンを掲げて、私達がやれることを精一杯やって、その結果がこれかよ。二十年近くもこの活動を続けているさくちゃんを前にして、こんなことを口にするのは失礼極まりないことだってことは分かってるんだけど、ボランティアの限界、無力感で、気分が押し潰されそうになってる。ゼミも三日で、疲れが溜まってきてるから、こんな悲観的な気分になっちゃうのかもしれないけど……。この気分をどう乗り超えていったらいいのか、私には分からない」

　ミキが黙ると、木の周りには重い沈黙が訪れた。その沈黙が私には少しも不快ではなかった。ミキの漏らした溜め息にも共感できた。自分の知り得る範囲で、問題の根本的な解決に向けていくつかのアイデアを披歴することは容易であっても、そこに至る道のりは険しく、解決法を論じたところで、それが今すぐミキの納得に繋がるようには到底思えなかった。時間をかけて、ミキという人間の持つスピードに合わせて、彼女自身が答えを見つけていくことだけが、唯一の納得へと至る道筋だろう。そんな思いもあって、この場で何かを口にすることは忌避することにした。自分の発する言葉の単純化に厭気が差しそうに思えたからでもあった。言葉にする上で、切り落とさねばならぬ枝葉の思いのほうにこそ、真実が宿っている気がした。

自分でも、ずるいなあ、と思いながら、さくちゃんを見た。目と目が合ったわけではなかったが、何かしらの意志がさくちゃんに伝わったのか、静かなのだが、どこか心地良いよく通るいつも通りのＤＪボイスが響いてきた。

「君達は大したものだ。僅かな期間で、物事の本質をきちんと捉えている。特にその捉え方の感受性が鋭くて感心したよ。ナオミちゃんだったね？　お爺ちゃんの幸せな最期との比較で、路上死の許されざる非人間性を正確に見抜いている。シズカちゃんとキミコちゃん、ホームレスという抽象的な括りでおっちゃん達を見るんじゃなくて、名前も顔もある、一人の人間としておっちゃん達を捉え、名前も顔も奪われるひどい死に方を遂げるやもしれない危険性に絶えずさらされている現状について、涙ながらに語ってくれた。その優しさと全《まっと》うな人間観に感動したし、僕も同じ目で一人一人の野宿者のことを見、付き合っているから、長い期間この活動を続けてこられたのかもしれない。野宿者を巡る一般市民の偏見や差別、彼らを犠牲にするばかりの社会状況、政治の冷たさには、時に絶望させられることもあるけど、名前も顔もある、それぞれの人生を背負っている一人一人の野宿者の命に絶望するわけにはいかないからね。これが、今の僕に語れるミキちゃんから出された問いに対する答えでもあるかな？」

さくちゃんは真っすぐな眼差しでミキの目を捉えていた。ミキは目を大きく見開き、何事かを言おうとしたのだが、ついには言葉とならず、唇を固く閉ざして俯いてしまった。両掌は固く握り締められていた。肩に力が入り、吊り上がっているように見えた。傍らでユウキがおろおろしながらも、やにわにその固く握り締められたミキの片方の拳を、両掌で優しく包んだ。ミキは振り払おうとはしなかった。唇は固く閉ざされたままであったが、心なしか、肩に現れていた怒りが治まってきたように感じられた。アイもユウキに倣って、もう片方の拳を両掌で包んだ。ミキはされるがままだった。

さくちゃんは、今や死の影を宿した観のある裸木を取り囲む生徒達全員の顔を見渡しながら、言葉を継いだ。

「今朝、ここで発見された人を含めて、この街では、十二月だけですでに九名のおっちゃん達が路上死している。身許の分かっている人の中だけだが、八十代の人が一人いるものの、残りは三十代、四十代、五十代。長寿を誇るこの国では死ぬような年齢ではない。不況が深刻化している証拠なんだろうが、非常事態、異常事態だと言える。指を銜《くわ》えて、何の支援もしなければ、仕事もなく、寒さの厳しくなる年末年始にどれだけの犠牲者が出るか、分かったものではない。今日からここで始まるテント村の取り組みが、どこまで功を奏するか、僕に予言なんかできないが、ここへきて、寒さや飢えの心配もなく暮らしてくれれば、何人かでも命を救えるかもしれない。それで野宿者を取り巻く悲惨な状況を改善できるわけではないが、一人でもいい、二人でもいい、生き抜いてくれるならば、僕はそれを喜びとしたい。文無し公園でのテント村の取り組みを無意味なものにしないためにも、僕は喜んでこの活動の先頭に立つし、みんなにも、無理せず、やれる範囲でいい、それで充分なんだから、頑張っておっちゃん達の『命の年越し』のために力を貸してほしい、と心から願っている、よろしく頼むね」

ともかくさくちゃんの声はよく通る。公園の中心部には、すでに積み上げられた廃材の山に火がつけられ、バチバチッと弾ける音が耳に届いていた。焚き火の周囲には、丸太が椅子代わりに何本も並べられ、数人のおっちゃん達が座って暖を取っていた。運び込まれた廃材がさらにくべられ、火の粉《こ》を舞い上げて爆《は》ぜる音が高く響いた。さくちゃんの声は張り上げているわけではないのだが、その廃材の爆ぜる音に負けてはいなかった。二十年近く野宿者の生存権擁護のために、寝食を忘れて闘い抜いてきたさくちゃんの生き方の力強さは伊達《だて》ではない。諦めない魂の発する声が、焚き火の音に負けるはずがない。そんなことを教えられる一瞬の光景であった。

「おーい、みんな、こっちへ来てー！」

さくちゃんの盟友、もう一人の「諦めない魂」の持ち主である神父、ウメちゃんが公園の奥まった場所に設営された最も大きなテントの前に立ち、私達を呼んだ。生徒達と共に、さくちゃんに一礼し、神父の前へと移動した。

「とんだハプニングだったねー。びっくりしただろ？　あのおっちゃんは、ガジローさんといって、普段は無口な人なんだが、結構激情タイプでね。一歩踏み誤れば、死へと真っ逆様に落下してしまう野宿者の生の厳しさ、そんな野宿者の心の一端を表してると思って、受け止めてね」

神父はすべてを見ていたのだ。見させた、と言ってもよいのだろう。その点でも、さくちゃんの姿勢に相通じるものがある。

それと、怒号を浴びせてきたあのおっちゃんは、ガジローさん、というんだ。なるほど、と納得してしまった。映画「男はつらいよ」に出てくる門前で掃き掃除をしている寺男、寅さんが通りかかるたびにからかっている小男を演じている俳優に確かに似ている。そう思った途端、小さな笑いが込み上げてきた。

神父は、次にテントの中にいて、度のきつそうな黒縁眼鏡をかけた、えらの張った四角い顔のおじさんを紹介した。その風采から、これまでに人生の荒波をいくつもくぐり抜けてきた硬骨漢タイプだな、と直感した。

「こちらは角田さん、この地域の診療所代表を務めている。昔から体を悪くした数多くのおっちゃん達が、角田さんの世話になってる。見た目通り、頑固一徹のかくさんで通っている」

どうやら私の直感は当たっていたようだ。

「かくさんはおっちゃん達を無料で診療したり、医療相談にのってあげたり、必要とあらば、福祉事務所に出向いて医療要求活動を行ったり、病院や施設に入っているおっちゃん達の訪問活動を行ったりと、幅広い活動を中心的に担っている人なんだよ。おっちゃん達が公園に集まってくるには、まだしばらく時間があるから、今から緊急で、かくさんから話を聞かせてもらうことにした。テントの中で話してもらうので、ぎゅうぎゅう詰めで申し訳ないけど、靴を脱いでテントに入ってもらえるかな。それじゃあ、準備が整い次第、かくさん、よろしくお願いします」

いくら大きなテントとはいえ、これだけの人数が入れば、神父の言う通り、中はすし詰め状態だ。お陰で寒くないとはいえ、下手をすれば酸欠を起こしそうだ。それでも、かくさんは悠々としたもので、生徒達が何とか全員座ったと見るや、早速話し出した。

「こんにちは。角田です。突然、ウメちゃんから皆さんに話してくれないか、と頼まれまして、何の準備もしてませんが、私の知り得る限り、野宿労働者が置かれている状況について、お話ししたいと思います。

まずは、野宿労働者と一口で言いますが、野宿という非人間的な状況に追い込まれている人々が生み出されてきた歴史的、社会的背景といったところから話したいと思います。先生が見えるところで言うのも何ですが、普段学校で習ってる日本の歴史とは違う角度から、いわば影の側面から話すことになりますので、エッ⁉　と思われるかもしれませんが……」

　と、言いかけたところで、キミコが口を挟んだ。

「全然大丈夫だよ。ここにいるヒデオ……先生は、教科書に載ってない政治や社会のぐっちゃぐちゃの部分について、しょっちゅう語ってるから、私達、免疫ができてる。国語の先生なんだけどね――」

　そう言ったものだから、どっと笑い声が起きた。かくさんまでが釣られて笑っていた。

「ともかく変な先生なんだよ。受験には役に立たなさそうなことばっかり！　でも、聴いてると面白いよ」

　今度はユイがそう言った。そうそう、生とか死とか、宇宙とか、革命の話だったり、突然お坊さんの話に飛んだりして。一体ヒデオの頭の中はどうなってるんだろう、と不思議に思えてくる、などと生徒達は好き勝手にわいわいと喋り出した。話題が自分のことだけに、何となく注意もしづらかった……。すると、見かねたアケミが一喝《いっかつ》した。

「しーっ、静かにしよう！　かくさん、スミマセン、話の腰を折っちゃって。続きをお願いします」

　一瞬にして場は鎮まった。アケミはかくさんに頭を下げた後、一番後ろにいた私の顔を睨み付けた。私は作り笑いを浮かべ、心の中で詫びた（至らぬ教師で、スミマセン）。

かくさんが、また笑いながらこう言った。

「脱線の多い授業は豊かなんだよ。記憶に残るしね。受験勉強なんて、自分でするものだよ。先生のお陰で免疫ができてるようだから、話がしやすい」

一つ咳払いをしてから、かくさんは話を再開した。

「この街の他に、東京の山谷《さんや》、大阪の釜ヶ崎、横浜の寿《ことぶき》といった日雇い労働者の集まる街『寄せ場』は、戦後の高度成長期の中で今のような形になっていった。五〇年の朝鮮戦争による輸出の活性化によって、日本の戦後経済はもち直していき、さらにはレベルの高い工業国に生まれ変わろうという国の方針の下、高度成長期へと流れ込んでいった。都市部には工場や道路がどんどんと作られていった。そのために都市には大量の労働力が必要とされた。工業高校や高専が次々に作られ、一刻も早く若い労働者を送り出そうとしたのもこの頃だった。でも、それだけじゃあ間に合わなかった。そこで『農業潰し』が始まったんだ。農村から大量に労働力を都市へと流入させるためだ。次には『エネルギー革命』と称して、『炭鉱潰し』が始まった。がむしゃらに労働力を都市部へと集中させ続けた。そして、七三年に起こった石油ショック。それを引き金にして日本の経済は停滞し、長引く不況が始まった。

好景気のときにも日雇い労働者はひどい労働条件の下、ほとんど使い捨ての扱いだったんだけど、長期化する不況の中では真っ先に職を取り上げられ、文字通りの使い捨てになったんだ。高度成長を最も底辺部で支え続けてきた彼らの多くは高齢化し、危険な仕事の多いその職場故に二度と働けなくなるほどの怪我を負うこともしばしばだった。働く気持ちはあっても、もうこれまでのような仕事はできなくなっている彼らの多くは、必然的に野宿生活へと追いやられていった。ことにこの街は他の寄せ場と違い、安いお金で泊まれる『ドヤ』、簡易宿泊所も潰されて、なくなってしまったために、事態はいっそう深刻だった。

私がこうした活動に関わるようになったのも、この七三年の石油ショック以後の時期からだ。横浜の寄せ場、寿町で活動し、日雇い労働者の生活を描いたドキュメンタリー映画『どっこい人間節』に触れ、その上映運動に加わったりもした。映画に描かれていた日雇い労働者の姿から、裸で付き合っている彼らの人間的な温かさに深く感動してね。彼らの世界では、汚なさも諸《もろ》に出るけれど、反面人間的な良さもストレートに出る。中に入ってみると、そのことが本当によく見える世界なんだ。我々の世界は激しい競争社会で薄汚れているんだけれども、表面的にオブラートで包んで、取り繕っているだけ。本当に表面上の付き合いをしているだけなのと比べると好対照だ。

そんな寿町での活動を続けていた頃、この街で年間十数名の餓死、凍死者の出ていることを知り、七六年に『野宿労働者を見殺しにするな』というスローガンを掲げて、今の活動の原型とでもいうべき炊き出し、医療活動を開始していった。始まったばかりの頃の炊き出しは、駅の構内に野宿している人達におにぎりと味噌汁を配って回るという形だった。

そうした活動の中で、私はさまざまな経験を積んでいくことになった。少し前におにぎりを渡したばかりの人が、他を回っている間に救急車で運ばれていくということがあった。そのとき、『私達は何をしているんだろう？』と悩み、考えずにはいられなかった。しかも、その人が碌な診察もしてもらえず、『風邪だ』という診断を受けて戻ってきてしまった。『この炊き出しの活動自体は問題の本質的な解決にはならないんだ』ということを絶えず確認しながら、私達は活動を続けていった。たとえ具合が悪くても、お金がなくては診てもらえない。そこで、私達はその人を連れて福祉事務所へかけ合いに行った。ところが、福祉事務所のほうでは、『駅の援護所へ連れて行け』と取り合おうとしない。そこで激しい言い合いとなり、その末にやっと部屋の奥へ通され、初めて医者を紹介されるという始末だった。

野宿労働者の人権は、このように一つ一つが勝ち取られていったものばかり。与えられたものなど何一つない。何もしなければ、彼らに与えられるものは、『死ぬ権利』『野垂れ死にする自由』だけだということだ。

七七年には駅構内の夜間締め出しが強行され、それに激しく抵抗しながらも、防ぐことはできなかった。しかし、その代わりに初めて市に年末年始対策をさせることに成功した。その後も野宿労働者の人権と生命を守る闘いを続けてはいるが、まだ県の態度は冷淡そのものであって、労働者を食いものにする悪質な業者は後を絶たないのが現状だ」

ここまでの内容を、かくさんは一切原稿を見ることもなく、淀みなく語り切った。黒縁眼鏡の奥で光る目には、苦悩と怒りとが湛《たた》えられているようであった。話を聴いていた生徒達も彼の迫力に圧倒されたのか、見じろぎ一つしなかった。彼の話は一般論ではない。彼女達にとって、野宿者、おっちゃん達はもはや身近な友人といってもいい存在なのであり、彼らがどんな苛酷な運命に置かれているのかを再認識させられる話に、息を呑むような思いで聴き入っていたせいであろう。

かくさんはいったん黙った。奥歯を嚙み締め、口をへの字に曲げた。ただでさえ四角い顔が、さらにいっそう四角くなった。手許に寄せてあった手擦《ず》れのした黒い鞄をまさぐると、資料の束を取り出した。それは、過去に取り組んだ年末年始の支援活動の際に得た医療データだった。野宿労働者の健康状態、病気や怪我の傾向といった点について、かくさんはそのデータを見ながら、概略を説明してくれた。最前列に陣取った未来の看護師を目指すチカ、ユリコ、シノ、ミカコは真剣に手帳に書き込みをしている。一方、その後方にいたミキは石のお地蔵さんのように動かない。後ろ姿からは判然としないが、何か一点を見詰めているようではあったが、きっとその目は自らの心の内を見据えているのだろう。かくさんの述べた、問題の本質を決して見誤ることなく、かつ自己満足に陥らないようにしようとの厳しい姿勢を、彼女なりに心の中で反芻しているのではなかろうか？　それがミキの長所であり、短所だ。だが、私はそんな彼女の頑固さを愛していた。時がくれば、いずれ柔軟にならざるを得ない。心ならずも妥協だって強いられる。それまでは、自分を貫き通せばいい、と私は思っていたからだ。

「クリスマスから一月の十日頃までの期間で、入院したおっちゃん達は四十六名、その内、十一名が結核って異常に多くない⁉」

ユリコが眉を顰《ひそ》めて、隣のシノに囁いている声が耳に入った。頭のてっぺんで結《ゆ》わえたシノの髪が、縦に大きく揺れた。その直後に、かくさんの口が開いた。

「実は、こうした野宿労働者の健康状態、医療実態を示すデータは、私達ボランティアの診療所で摑んでいるものだけで、それ以外、市でも県でも公の資料は何一つないというのが現実なんだ。つまり、こうしたボランティアも含めた自発的な活動がなければ、野宿労働者の人達は、その生も死も完全に闇から闇へ葬り去られてしまう運命にあるということなんだ」

かくさんはそこで一度言葉を切り、生徒達の顔を一通り見渡した。後ろ姿からだけでも、彼女達の緊張感が私にも伝わってきた。かくさんは続けて言った。

「野宿生活に追い込まれているのは、その個人に原因があると一般的には考えてられている。例えば、小さな子供を連れた母親が、道端でごみ箱を漁っている野宿者に出会ったとき、子供が愚図《ぐず》っていたりすると、しっかり勉強して、いい子にしていないと、将来あんなふうになっちゃうんだよ！　と小声で諭すような場面を昔からよく見かけた。そのときの母親の蔑《さげす》むような眼差し、子供の脅えた表情、そして、当の野宿者に聞こえないように子供に諭すときの囁き声、それらはすべて野宿者に伝わっていて、心に突き刺さっている。野宿者に対する大人の偏見、差別観は、長年に亘って親から子へと伝播《でんぱ》していったものだから、いつしかそんな見方が根深く世の常識となってしまった。でも、本当に野宿に追い込まれるのは、その個人に問題があるせいなのか？　その個人が悪いのか？　違う。大量の労働者が地方から都市へ流れてこざるを得ない社会の仕組みがあって、景気が良かろうが悪かろうが、必ず誰かが職にあぶれ、野宿に追い込まれざるを得ない社会的な背景があることを知らねばならない。

今日もこれから皆さんは、直接そういったおじさん達と会って、話をすることになるんだが、中には『自分が悪いんだ』と言う人もいるだろう。でも、それは根本的には、今説明したような社会的な背景があって、その上に個々人のさまざまな理由があるんだ、ということを認識しておいてほしい」

私からの話は以上です、とかくさんが言うと、すかさずアケミが、

「みんな、姿勢を正して。ありがとうございました」

と号令をかけた。生徒達は全員声を揃えて、

「ありがとうございました」

と礼を述べた。真っ四角だったかくさんの顔が、その途端、くしゃっと潰れて、まーるい笑顔に変貌した。シズカが、

「スマーイル、かくさん、笑顔が可愛い。日頃は、おっちゃん達の味方、正義の味方として全力で闘ってるから、四角い顔になっちゃうんだろうけど、その可愛い笑顔を忘れないでね」

　と茶化した。アケミはシズカを睨み付けたが、シズカにはこたえない。何せ、学校では毎日のようにパーマやピアス、服装違反といった生活指導上の問題から、授業態度の悪さ、成績の低空飛行といった学習面での問題まで、さまざまな教師から説教を食らって暮らしているのだから、アケミに睨まれたぐらい、どうということもない。蛙《かえる》の面《つら》に小便、とはまさにこのことだった。言われたかくさんは苦笑いを浮かべるばかりで、とっさに返す言葉が見つからない。と、そこへ、逃がすものかと看護師志望の四人組が詰め寄ってきた。手帳片手に次から次へと質問責めだ。いったん浮かしかけた腰を元に戻し、かくさんは彼女達からの問いかけの一つ一つに丁寧に答えていった。

　他の生徒達はぎゅう詰めのテントから解放されて、外で大きく伸びをした。大欠伸《あくび》をして、涙目になった顔で、

「実社会は大変な所だ」

　と、レイが溜め息交じりに口にすると、

「そんな社会のせいで、おっちゃん達はもっと大変だ」

と、キミコは応じた。

「『野垂れ死にする自由』だけを与えられた大変な状態にあるおっちゃん達が、まだ元気だった頃、日雇いの肉体労働で造った道路やビルが建つ快適な街で、私達はのうのうと何不自由なく高校生活を送って、たまたま参加した三泊四日のゼミで衝撃を受けつつも、いつか大人になって、おっちゃん達の存在を忘れていく」

レイとキミコのやり取りを聴いた上で、そうシニカルに付け足したのがミキだった。

「そんな大人にならなきゃいいんじゃないの?」

と、ミキの言い草が気にくわなかったのか、食い下がるレイであったが、ミキは冷たい笑顔を張り付けて、こう言った。

「いーや、なる、なる。なっちゃうんだよ。レイもキミコも私も。いつの間にかね。本当に自分のやりたいこと見つけて、それで食べていける人なんて、現実にどれだけいると思う? せいぜいが本当にやりたいことなんて趣味か道楽止まりで、本当の自分をオブラートで包んで、競争社会を生き抜いていく。かくさんも言ってたじゃないか。それが、社会人として、一般市民として、『大人』になるってことじゃない? だから、かくさんが支援活動を始めたっていう横浜の、ナントカって町で感じた、本音を出して正直に生きてる野宿のおっちゃん達の世界とは水と油の関係で、表面上はおっちゃん達のことを蔑んでいるけど、本音のところでは恐れ、憎んでるんじゃないのかな？　競争社会を前提にした世間の『常識』ある『大人』は、あんなふうに正直に、会社なんかに縛られずに自由に生きてみたいと心のどこかでは思ってるけど、見栄も世間体もあるし、みすぼらしく汚なくなっちゃうのはごめんんだ。小綺麗な普通の生活人になりたいと願って、競争から落ちこぼれないよう、世間にしがみついてる。そうするしかないんだ、と思い込んでる。自分は頑張って踏んばってるのに、なんだ、あいつらは⁉　って憎しみにも似た気分、目の前から消えてくれ、という気持ちが生まれてくるのかもしれない。まだ、そんな『大人』になったことないから想像するしかないけど、いい学校、いい会社、いい結婚って上昇指向ばっかりの親や先生達……『大人』を見てると、そんな気がしてくる。いつか、自分もそんな『大人』になるんだろうなあ……って。『大人』にならないと生きてはいけない、と強迫観念にも囚われてしまう。……すっごく厭！」

最後は眉間に皺を寄せ、吐き棄てるように言った。その語気の強さに、レイもキミコもたじろいだ。レイは人差し指でこめかみの辺りをぐりぐりやりながら、ちょっと考え込んだ。

「ミキみたいに難しいことを考えるのは苦手だけど、分かる気はする、何となくだけどね。実社会も大変、おっちゃん達はもっと大変、大人になるのも大変か……。どうしたらいいんだろう？」

レイはさも困惑したように、そう疑問を投げかけた。ミキは固く口を閉ざし、その問いに応えようとする気配はまるでなかった。キミコも問題が難しすぎて、言葉がさっぱり出てこずに俯《うつむ》いて黙り込むしかなかった。この三人のやりとりを傍らで聴いていたチサコが、話の輪の中に入ってきた。

「合唱隊の例を出すのが妥当かどうか分からないけど、結局はバランスなんだよね。ホームレスの人達、そして、一般市民。この二つは、ちょうどS極とS極みたいな関係で、互いに反発しあってる。そこで、その両極を繋ぐ役割を果たしているのが、この支援活動に取り組んでいる人達。中心にいるウメちゃんやさくちゃんみたいに神父だったり、修道士だったり、一般市民で括るのは無理があるけど、所属しているのは、やっぱり一般市民の側だと思う。でも、一般市民が囚われている常識を捨てて、その心はホームレスの人達に寄り添っている。このゼミなんて典型的だと思うけど、高校生を大勢、ホームレスの人達の中へ投げ込んでいく。ボランティア体験でホームレスのおっちゃん達との触れ合いを重ねさせることで、彼らへの反発を減らしていこう。ホームレスへの反発を持たぬ一般市民の数を増やしていこう、そうすることで、互いに理解を深め、共存できる状況を作っていこうというのがゼミの狙いなんだと思う。そのやり方は合唱隊でもよく使う手だから。上手な子がいれば、下手な子もいる。そして中間層がいる。大事なのはその中間層の役割なんだ。下手な子は練習して上達させ、上手な子には合唱そのもののリーダー役になってもらって、合唱隊全体の団結と力量アップを同時に図っていく。下手な子を一気に上手くする方法なんてないからね。中間層が動いて、全体をまとめていく。隊が分裂しちゃったら、それでもう終わりだもんね。

オリエンテーションのとき、ウメちゃん言ってたよね、炊き出しがいらない社会が簡単にできるとは思えない。炊き出しがなくなったら、餓死するおっちゃん達は間違いなく増える。かくさんも苦しそうに言ってたけど、炊き出しをやったからって野宿者がいなくなるわけじゃない、野宿者の問題が解決するわけじゃない。でも、一人でも飢え死にする人を減らしたいから、炊き出しをやめるわけはいかない。だから、今できることは、炊き出しに協力する人を増やしていくこと。炊き出しだけじゃなくて、古着や下着の支給、夜回り、医療活動、それと政治の力を借りるために市や県に働きかけを行うこと。敵対して、分裂しちゃってる市民とおっちゃん達を繋ごうとする人達を少しでも増やしていくことが、今のところ、最も可能性があって確実な方法なんだ、といろいろ教えてもらって私もそう考えるようになってる。

ミキが正直に語ってくれた絶望感やレイの疑問への答えになってるのかどうか、今一つ自信はないけど、ミキが言う競争社会に組みこまれちゃってる『大人』じゃなくて、社会の犠牲になってるおっちゃん達に寄り添い続ける本当の『大人』にならなきゃ駄目だってことじゃない？」

チサコはそう言い切り、毅然とした態度を崩さなかった。レイはポカンとした顔をしている。キミコは分かったような、分からないような曖昧な顔付きながらも、うん、うん、と何度もうなずいている。そして、

「難しくて、よく分かんないところが多いけど、それでも、何か、納得しちゃったわ！」

と、彼女らしい明るい口振りで応じた。しかし、ミキは違った。眉間の縦皺は消えていない。その皺が彼女の心の内を如実に物語っていた。怒っているようではあったが、その怒りの矛先はチサコに向けられているのではなく、納得したくても叶わない頑固な自分自身に向けられているようであった。花火のように飛び散る考えの断片を拾い集めているのか、しばらく間を置いた後に、こう切り出した。

「今はさ、ゼミ合宿で、おっちゃん達の世界にいるけど、この合宿は明日で終わる。おっちゃん達の世界から抜け出て、一般市民の世界へと帰っていくわけだ。公園を取り囲んでる金網の向こう側、年末で忙しそうに行き交う会社員の人達は、長い時間こっちに視線を向けようとはしない。チラッと見ていく人はいるけど、すぐに視線を逸らして、端《はな》っからこっち側の世界なんかなかったかのように脇を通り過ぎていく。見られる側のこっちにいると、そんな視線とその後の無視がすっごく冷たく感じられて、厭な気分にさせられるけど、普段の私達だって同じ、金網の向こう側の住人なんだ。こっち側にいると物凄く冷たく感じられるのに、向こう側にいると冷たさなんてまるで感じない。金網の向こう側の引

力に、気付かぬうちに引きつけられてしまっている。金網のこっち側に心だけでも留まろうとしても、その、チサコが言った、おっちゃん達に寄り添い続ける本当の『大人』になるってのは、言ってることは正しいんだけど、目茶苦茶難しいことのように思えるわけ。強烈な引力に逆らい続けて、こっち側に踏み留まるわけでしょ？　それこそ、ウメちゃんやさくちゃん、かくさんみたいに競争社会に繋がる一切合切を捨て去る覚悟を決める、そういう生き方を選ばなくちゃ無理じゃないの？」

ミキとチサコは必然的に睨み合うような恰好になった。けれども、そこに険悪な空気はない。互いに理想と現実の狭間《はざま》をたゆたいながら、誠実に自分の生き方を模索する静謐な空気が流れていた。だが、対峙しているが故に両者の間に醸し出される緊張感に、キミコとレイは何も言葉を発することができず、その場に釘付けになっていた。

すると、つい今し方《がた》まで、アケミと並んで、相変わらず一人っきりでだるそうに丸太に座り込んでいるエリの様子を遠目から窺《うかが》っていたカホリが、くるりと振り返ると、口許に微かな笑みを浮かべて口を挟んできた。

「ずっと背中で聴いていたんだけど、ミキとチサコの言っていることは、全然矛盾していないし、二人共同じ方向を向いてるよね。ただし、ゼミが終わってから向き合うことになる壁に対する認識が違ってた。二人の個性の違いがはっきりと出ていたから、こう言っちゃ悪いけど、聴いていて面白かった。チサコには、大所帯の合唱隊で副部長として部員を纏め上げてきた体験がある。さすが、説得力があるよ。楽天的といえば楽天的なんだけど、そうでなかったら副部長は務まらないだろうしね。一方で、ミキは人一倍ナイーブで、頭の回転は速いし、誰よりも深く自分自身と向き合おうとして、自分に対して厳しい。だから、理想は理想として理解して認めながらも、その実現に向けてどこまでも突き進んでいく精神的な強さが、果たして自分にあるのか、自信が持てないでいる。ミキのように深く厳しく自分を見詰めたら、誰だって自分の中に弱さを見つけてしまって、自信が持てなくなるのは当たり前だと思うよ。

だからさ、今はとりあえずそれが自分の中間的な結論ということで、まだ最終的な結論を出さなくてもいいんじゃないかな？　十七歳で生き方の結論を出すなんて、無理があるよ。

私達はこのゼミで、それまで見たことのなかった風景を見ちゃったんだよ。あそこで、焚き火に当たりながら、何を考えているのかよく分からない、宇宙人みたいな先生に誘われて、のこのこついてきたお陰で、おっちゃん達の世界を知っちゃったわけさ。一度見ちゃったらもう最後、自分には嘘つけない、この世界から逃れることはできないってこと。後は、一人一人が見てしまった風景をどう自分の物の見方、考え方、生き方の中に取り込んでいくか、焦らずに時間をかけて追究していけばいいんじゃないの？　というか、それしかないじゃん。ねえ、キミコもレイも、そう思わない？」

魂が抜けたように突っ立っていたキミコとレイに、いきなりカホリは話題を振った。びっくりした二人は、同時に、うん、うん、と首を縦に振って同意した。途中からその場に加わっていたユイとシズカが、首振り人形のような二人を見て、吹き出した。

「カホリ、悪いけど、この二人、なーんにも分かってないから」

と、シズカが情けなさそうに言うと、ユイまでもが、

「私もそう思う。古着のチョイスや配給とかは得意でも、難しい議論になるとさっぱりだから」

と、いかにも嘆かわしげに付け足した。

「何だよ、あんた達だって同類だろうが⁉　私だって理解できたことがあるんだよ。おっちゃん達のことを焦らず、時間をかけて追究していこう、追究、そう、追究なんだよ！」

と、キミコが声を張り上げ、ここでもレイが大きくうなずいたものだから、その場にいた皆が笑い出した。ただし、ミキだけは除いて。隣に来ていたアイが、そっとミキに問いかけた。

「まだ何か引っかかるんだ。カホリが言ったこと、私には納得できたけどね……」

それにミキは直接応えようとはせず、

「今日、明日とまだ二日ある。最後までやり切るよ。そして、しっかりと目に灼き付けて帰る」

そう口にしたとき、ミキの眉間に刻まれていた縦皺は消えていた。

「私もできるだけ頑張るから。ミキの後をちゃんとついていくから。だから、お願いだから、置いていかないでよ。ミキは一人で突っ走っていっちゃうことが多いんだから……」

アイの陰から今度はユウキが顔を覗かせ、励ましているのか、それとも励まされたがっているのか、判然としない口調で声をかけてきた。そんな不安そうなユウキの姿を見て、ミキの目は細くなり、口許には微笑が浮かんだ。

「あんたがそばにいてくれると、ほっとする。大丈夫、置いていったりするもんか」

そう告げたミキの声は、先ほどまでとは打って変わって明るいものになっていた。アイとユウキが顔を見合わせ、安堵したかのように笑い合った。


パン、パン、と手を叩く音がした。

「ハイッ、生徒はもう一度集まってー。これからの予定を連絡しまーす」

神父だった。とっさに私は焚き火の前で座り込んでいるエリに視線を送った。どうやら神父の招集の声は、彼女の耳には届いていないようだった。アケミが私を見ていた。こくん、と一つうなずいた。アケミに任せておけばいいか。アケミはエリの許へと向かった。その声は私には聞こえなかったが、エリの耳許でアケミは何事か囁いた。エリは黙って立ち上がると、おとなしくアケミの後を追い、神父の許へと向かった。足取りはしっかりし

ている。意外と大丈夫かな？　と思え、私もついていこうとしたとき、

「先生！」

と、背後から呼ばれた。振り返ると、ゼミの初日に、駅での炊き出しでリーダー役を務めていた小学校の教員、大野先生、オーくんが立っていた。一つお辞儀をして、

「先日は生徒達がお世話になりました。助かりました」

と礼を言うと、オーくんは手を振りながら言った。

「いやいや、さすがに小学生とは違うね。よく動く。こっちで指示したこと以上に、自分で考えて動いてくれた。急に合唱をお願いしたのに、立派に応えてくれたしね。医療相談での問診票記入でも、どんどんおっちゃん達に問いかけて、いつの間にか話に花が咲いていた。大したもんだよ。助けられたのは、こっちのほうだ」

その口吻《こうふん》はまんざらお世辞でもなさそうで、生徒のことを褒められたことが素朴に嬉しかった。そして、さらにこう言った。

「同じ教員のよしみで、一つ頼まれてほしいんだけど……。まずは、こっちに来て」

と、公園の水飲み場へと連れていかれた。そこには、「冬季使用禁止」の札が下がっていた。オーくんはその札を睨み付けながら、一つため息をついた。そして、こう説明してくれた。

「毎年、このテント村を開くときには、市の水道局にかけ合っているんだが、埒《らち》があかな

い。冬場でも凍結の心配はまずなくて、通水は可能だ、と水道局は認めてるんだ。でも、テント村のために公園の水道を使わせるわけにはいかない、の一点張りだ。また、同じ市の農政緑地課という部署が、公園の水道は児童の砂遊び、老人のゲートボールなど、手が汚れたときに洗うもので、それ以外の目的で使わせることはできない。駄目なら、代わりに給水車を出せ、との要望もあるが、それには応じられない、と人を馬鹿にしたような返答を寄こしている。先生、どう思う⁉」

オーくんのついたため息が耳の奥底に残っていた。そこに込められた失意、落胆といった言葉以前の思いに呼応したのか、いささか感情的すぎる感想を漏らしていた。

「厭ーな気分になりました。口の中に苦い唾がいっぱい溜まるような——。絵に描いたような地方官僚答弁に虫酸《むしず》が走ります」

私なりに正直に答えたつもりだった。

「先生は高校に所属しているんだよね。そうすると、いじめの問題はそれほど深刻ではないか？　僕は小学校だから、いじめは日常茶飯事でね。中学生になると、しばしばマスコミでも取り上げるようになったいじめ自殺には今のところ遭遇したことはないんだが、小学校も高学年になると、その直前まで追い込まれる例も珍しくない。いじめる側の心理状態は、遊び感覚の延長線上で、いじめている感覚はなかったとよく言われるけど、絶対にそれだけでは片付けられない。その精神構造の低劣さ、卑劣さ、相手が自分よりも弱いと見るや、嵩にかかっていじめ行為を連続させる度しがたい弱者への差別感情の爆発。子供の場合、そこに熱量が発生するんだが、その熱量を一切奪い去ると、ちょうど水の供給を拒否する市の職員の態度と重なって見えてくる。小学校で勤務しているから、日々の皮膚感覚からそれを感じちゃうんだよね」

　オーくんは、水飲み場の蛇口に手を置きながら、もう一度深いため息をついた。それから俯けていた顔をさっと上げ、私の目を見詰めて、こう続けた。

「でもね、捨てる神あれば、拾う神あり、って言うじゃない。世間はまんざら捨てたもんじゃない。この公園と小路一本挟んだ隣に建ってる、ほれっ、そこ」

　と、目の前に建物の壁面を見せているビルを指差して言った。

「駅前の老舗《しにせ》観光ホテルとして昔から知られている名都ホテル、そこの支配人がこの支援活動の理解者でさ、市が公園の水の供給を拒否していて困ってる、と相談したところ、ならばウチの水を使ってくれ、と言ってくれたんだ。先生はらくさんと地下街の広場での炊き出しに参加しているから、あそこの管理会社の澤田係長のことを知ってるよね。ちょうどあんな感じかな。立場上、本心の多くを語ってくれることはないが、ただの同情といったレベルを超えて、やれるだけのことは協力しましょう、という気持ちの良い対応をしてくれている。

　今からいくつか大きなポリタンクを台車に載せて、ホテルまで水を貰いに行くんだが、先生にもついてきてほしいんだ」

　オーくんの顔付きが和やかなものに変わっていた。

「力仕事ですか？　水の入ったポリタンクの運搬とか？」

　そう訊くと、即座にオーくんは否定した。

「それは男子大学生のボランティアが全部やってくれる段取りになってる。先生には僕と一緒にホテルの支配人に会ってもらいたいんだ。女子高生を大勢引き連れて、この活動に飛び込んでくれた先生がいるってことを、桐生さんも知れば、何か新たな興味を持ってくれると思うんでね」

　野宿者への支援活動に賛同し、参加してくれる層の広がりを桐生支配人に示すことで、何らかのプラスの効果を生もうとしているのか、それともそれ以上の意味があるのか、オーくんの思惑の細かなところまでは、私には読みきれなかった。それでも、私と桐生支配人が出会うことに意味があるとすれば、結構な話だ。

「そこで、先生には悪いんだが、桐生さんへの手土産を買ってきてほしいんだ。ホテルの正面玄関前を通り過ぎて、最初の地下街へと延びている入口を降りて、通り沿いに歩いていくと、左手に和菓子店が見えてくる。あそこの最中《もなか》が桐生さんの好物だと聞いている。実行委員会で予算はとってある。この封筒の中にお金が入っているから、それで買えるだけの分量を買ってきてくれないか。実行委員会名で領収書を貰ってくるのを忘れないでね。

じゃあ、よろしく。その間に、僕は大学生のボランティアに指示を出して、水汲みの作業の準備にかかるから。買ったら、ホテルの正面玄関へ来て。待ってるから」

　そう言い終えると、手を振って、オーくんはあの花水木の木が植わっている側の公園入口の向こう側に停められたワゴン車のほうへ走り去っていった。私は彼から手渡された封筒を手に、教えてもらった地下街の入口へと急いだ。


　ホテルの内部はやや照明が落とされており、落ち着いた雰囲気を醸し出している。床は紅色の絨毯が敷き詰められており、耳障りな足音を吸収していた。カウンターの中央に長身の男性が背筋を伸ばして立っていた。髪をオールバックにし、物腰柔らかな英国紳士といった風情だ。一目で分かった。その人がこのホテルの支配人、桐生さんであることが。オーくんは、さも慣れたような足取りで笑みを浮かべながら近付いていった。

「今年もまた、多くの人が命を懸けることになるこの季節がやってきました。ご迷惑をおかけしますが、よろしくお願いします」

　オーくんの挨拶に、桐生さんは静かに頭を下げた。私は買ったばかりの紙袋を桐生さんの前に差し出し、

「これ、お礼と言っては何ですが、良かったら皆さんでお食べ下さい」

　と言うと、一目その包み紙を見ると、桐生さんは相好を崩して、

「いやー、私は下戸でして、甘い物には目がないんです。特にこの松華堂の最中が大好きでしてね。ありがたく頂戴いたします」

と言って、再び頭を下げた。

「立ち話も何ですから、あちらのテーブルに掛けて話しませんか？」

と、桐生さんは勧めてくれた。傍らにいた女性の従業員に、コーヒーを三つ用意するよう、ソフトな語り口で命じた。何だろう？　この二、三日の間に出会ってきた人々との間に流れていた空気感とは全く異質なものに触れて、妙に新鮮な気分になっていた。テーブルに着くや否や、

「ところで、こちら様は？」

と、桐生さんはオーくんに私のことを訊いてきた。まだ自己紹介もしていなかった。

「カトリックの女子校、聖母子学園女子高等学校で教員をされている伊藤先生です。箴言会館の梅崎神父が昨年から主催されている合宿ゼミを受講され、学校から二十名近くの生徒さんを引率されてきたんです。面白いですよ。さすがにこれだけ大人数の女子高生が加わってくると、炊き出しや夜回りといった支援活動の雰囲気がガラリと変わってしまいましてね。ともかく明るい、賑やか、おっちゃん達の表情も一変してしまい、初めて見るような笑顔が溢れてるんですよ」

と、オーくんはなぜか得意気にそう紹介するものだからおかしくなってきた。

「ほーっ、それは凄い。よくそんなことができましたね。不躾《ぶしつけ》な質問で恐縮ですが、よくもまあ、そんなに大勢の生徒さんの親御さんが、参加を了解したものですねえ？」

と、桐生さんは心底興味深げにもっともな質問をぶつけてきた。私は実情をありのままに説明することにした。

「事前にゼミ合宿への参加を許可するという親の承諾書をとりました。どうしても承諾書を書いてもらえなくて、泣く泣く断念した生徒も少なからずいます。参加した生徒に話を訊くと、すんなりと賛成してくれた親御さんはごく少数で、大半は不承不承《ふしょうぶしょう》許可はしたものの、本心では反対しているというのが実情のようです。中には、私の自宅に電話をかけてきた親御さんもいらっしゃいます。ホームレスの群れの中へ世の中のことなど何も知らない娘が入っていって、本当に大丈夫なのか？　碌に風呂にも入ってない不潔なホームレスに接触して、変な病気を移されるんじゃないか？　結婚もしなければいけない大事な体の娘の人生に傷が付くような目に遭わされるんじゃないか？　などなど、決して笑い事ではなく、それはそれは真剣な問い合わせでした。私も初めての体験だから分かりません、などとは口が裂けても言えるような雰囲気ではありません。時間の許す限り、私の知り得る知識を総動員して説明したのですが、果たしてどこまで納得してもらえたのか、甚《はなは》だ心許ない状況でした」

なるほど、とばかりに桐生さんは何度もうなずいた。運ばれてきたコーヒーを一口啜ると、考え考え、桐生さんは重い口を開いた。

「大野先生から水の供給を何とかしてもらえないか、と依頼を受けたとき、私は即答できなかったんです。帰宅して、遅い夕食を一人リビングで取っていたところへ下の娘がやってきて、『何、悩んでるの？』と訊いてきたんです。そのとき、どうしても決断がつかなくて、娘相手にすべてを喋ったんです。すると、娘は真面目な顔をして、『日頃、ホテルの支配人として最も大切にしている心は、ホスピタリティーだ、って言っているくせに、生きるか死ぬかの瀬戸際で文字通り、生命の水、を求めてきたというのに、お父さんは断わるつもり？　ホスピタリティーの心って、そんなに底の浅いものだったの？　要はお父さんの生き方の問題だし、今日まで築いてきたお父さんの人間としての矜持の問題でしょう』と言われてしまったんです。恥ずかしいことですが、この娘の指摘に私は一言も言い返せなかった。娘は大学で福祉を学んでいるから、こんなことを言えるんでしょうが、胸に響きましたね。生き方や人間としての矜持に比べれば、ホテルの世間体とか、一部のお客様の反応などという目先の心配は取るに足りないものです。翌日訪ねてきた大野先生に、協力させて戴きます、と答えたところ、一目見たときから、桐生さんのことは信じてました、と言うんですよ。この先生はしつこいし、人の弱みに付け込んでくる名人ですよ」

そう言って、桐生さんは晴《は》れ晴《ば》れとした顔で笑った。

「それにしても、大したお嬢さんですね。頭がいいだけじゃなくて、お父さんの揺れる心の内を読み取った上で、その核心となる本心をズバリと突いてくる。とっさに抗弁一つできなかったというのがよく分かります」

　私はお上手ではなく、率直に感想を述べたつもりだった。桐生さんは苦笑を浮かべながら、こう応えた。

「いやいや、頭でっかちで口ばっかりですよ。まだ自分の力では何一つできやしない。これから実社会に出て、福祉の厳しい現場を体験していく中で、なおも私に言ったホスピタリティーの件《くだり》を自らの信条として持ち続けられたならば、そのときは褒めてやりたいとは思いますがね」

　苦笑しながらも、桐生さんはどこか嬉しそうであった。

「あのー、正直に訊いていいですか？」

　そう問うと、桐生さんはもう一口コーヒーを口に運びながら、小さく首を縦に振った。

「先ほどホテルの世間体や客の反応は、目先の心配事とあっさり片付けられていましたが、ホントのところはどうなんですか？」

　食らいつくつもりなどなかった。だが、結局は桐生さんにとって、食らいつかれたも同然の問いになったようだ。物腰の柔らかなベテランホテルマンとしての姿勢は崩さぬまま、桐生さんの口振りは心なしか厳しいものになったような気がした。

「道楽でホテルの支配人をやっているわけではありません。ホテルの経営に結び付く事柄には、どんな小さなことでも敏感になるものです。お客様からクレームを寄せられたならば、無視することは到底できません。野宿者への支援活動として水の提供という限定的な関わりをしているだけとはいえ、それを心良く思われないお客様もいらっしゃるでしょう。それはそれとして受け止めなければなりません。でも、だからといって、おいそれとは譲れない一人の人間としての矜持……覚悟、と言ってもいいかもしれません。板挟みになる苦しみは苦しみとして甘んじて受けながら、それでもなお、思いを貫く覚悟だけは失いたくないのです。

先生も、親御さんが皆心から賛同しているわけでもないのに、数多くの生徒さんをこの活動に引率される上で、覚悟はおありだったんでしょ？」

その問い返しに、私はすぐに応えられなかった。お嬢さんの問いに即答できなかった桐生さんと同じだ。私は上着のポケットに入れたモノの存在を思い出していた。それは自分なりの「覚悟」の形であるとともに、今となっては些細なことに崩れそうになる心の弱さを補い、奮い立たせてくれる役割を果たす「お守り」のようなものになっていた。

「そうですね。覚悟といえば、覚悟なんでしょうが、生徒達の背後には親御さんがいて、その気持ちを考えると、『責任』と言うべきかもしれませんね。家に帰れば、私にも五歳と二歳の娘がいて、『責任』という言葉に辿り着く気持ちの流れはごく自然なもののように思われるんです。そこをしっかり固めておかないと、生徒達と一緒に何が起きるか分からない世界に歩みを進めることなど、一歩もできなくなるような……そんな感覚ですかね」

　なるほど、よく分かります、と桐生さんは静かな声で呟いた。それから、この際だからいろいろ訊いておこうと思い立ったかのように、さらに訊いてきた。ホテルの支配人を務めるだけあって、人間に対する好奇心が人一倍強いのかもしれない。

「大野先生にしても、伊藤先生にしても、余計なことに首を突っ込まず、先生として決められたことをやっていれば、定年退職の日まで生活は保証されるのに、どうして多くの人々からの差別と偏見にさらされている人達への支援ボランティア活動に関わろうとするんですかねえ？　誤解なさらないで下さい。支援活動を批判しているわけじゃないんですよ。立派な活動だと認めた上で、お訊きしているんですから」

　そう言い終えると、水を取り替えに来た従業員に、コーヒーのお代わりを持ってくるよう指示した。

　オーくんは信者ではなかったが、桜庭修道士、さくちゃんと知り合いになり、彼の人柄に惚れて、手の空いたときに活動を手伝うようになったのがきっかけだ、と手短かに語った。

「さくちゃんからのレクチャーで、この問題の本質を知り、深入りしていったんですが、要は人との出会いですかね。あとは、小学校で味わうのとはまるで違う、野宿のおっちゃん達を含めて周囲の人達から自分が必要とされているという実感、充実感とか張り合いとかと言い換えても構わないんですが、それも大きいですね」

　人って大きいですよねえ……と、桐生さんはしみじみと独りごちた後、急に何かを思いついたように、

「伊藤先生はカトリック校の教員ですが、やはり信仰を持っておられるのですか？」

　と、訊いてきた。

　私は言下に否定した。ちょっと言い淀んだのだが、

「リベラル……と称したほうが世間的には当たり障《さわ》りはないんでしょうが、左がかってますね。七〇年安保のような運動の昂揚期とはズレていますが、学生運動に関わり、教師になってからも組合活動を中心に歩んできているといった現状です」

　そう正直に応えた。桐生さんという人の前にいると、なぜか隠し事をしたくないという気分になった。度量の大きい人なのだろう。不思議な人だ。桐生さんは新たにテーブルに置かれたコーヒーカップを持ち上げ、一口含んだ後、私の顔を穴の開くほどにじっと見詰めてから、

「カトリックの女子校に勤め、組合活動家として情熱を燃やし、自らを左派と称する。そして、今度は多くの生徒さんを引き連れて、野宿者の支援活動に関わろうとしている……面白い方ですね。ところで、先生はおいくつですか？」

　と、唐突に訊いてきた。

「三十六歳になりました。生徒からは立派なオヤジ扱いをされてます」

そう応えると、

「いやいや、社会人として一番力の出る年齢ですよ。まだ若者のエネルギーも持ち合わせている。同時に、一通りの経験を積み、周囲の状況もよく見た上で、適切な判断と行動指針を示すことができる。向かう所、敵なし。社会人として、人間として、最も生命力の充実した時期を先生は今迎えているんですよ」

私の目を見据えながら、そう語った桐生さんの目は、私の知らぬ遠い過去に思いを馳せているようでもあった。きっとご自身もそんな日々を送られたに違いない。

こういう際には、いやいや、私なんか……と謙遜めいた返答をするのが通常なのだろうが、桐生さんを前にしてそういう気にはなれなかった。向かう所、敵なし……か。確かに今の私は、やりたい、やるべきだ、と思い付いたことをことごとく実行に移している。もちろん、実行に移すことによって生じるリスクも考えないわけではなかったが、やってしまえば、想定し得るリスクなんてものは、何とかなってしまうものだ、そのときになれば何とかなる、と傲慢かもしれないが、そう考える習慣が身に付いてしまっている。だから、桐生さんの指摘は的確だ、と思えたのだが、だからといって、そうですね、と応えるのはさすがに気が引けた。そこで、こう問い返した。

「でも、いずれそれが通用しなくなるときがやってくるんですよね？」

桐生さんの表情は変わらなかった。黙ってコーヒーを啜っている――と、ふと手が止まり、何かを思い切るようにして、口を開いた。

「やってきますね。その難局をどう乗り越えていくかで、その先の人間的な成熟度へと結実していくんでしょうね。早いか、遅いか、いくつになれば、その時期がやってくるのかは凡庸な私には予言できませんが、覚悟だけはしておいたほうがいい。そのことに怯える必要はないし、それまでは思うがままに突っ走ればいいんです、今の先生のように。私にはそれ以上のことは言えません。」

そう言い終えると、ぐいっとばかりに残ったコーヒーを飲み干した。それがきっかけであったかのように、オーくんが言った。

「ご馳走さまでした。お忙しいのに時間を割いていただいてありがとうございました。水の提供を了解してもらったお礼に伺ったんですが、実はもう一つ狙いがあったんです。伊藤先生に桐生支配人を会わせたかったんですよ。桐生さんのような人と出会えば、まだ若い伊藤先生にはきっと大きな刺戟になる、と私は踏んだんです。先生、実際に会われてどうでしたか？」

オーくんは満面の笑みを浮かべていた。自らの想定しているような反応をするものと、彼は毫《ごう》も疑っていないようだった。私はオーくんの期待しているような紋切り型の返答をいったんすべて忘れることにした。その上で、私が桐生さんと対面して、最も強く感じた思いを口にしなければ、桐生さんのような人に対しては、かえって失礼だろうと思えたからだ。二人に気取《けど》られぬよう、小さく短く呼吸した後で、私はこう応えた。

「文無し公園で、今朝行き倒れになった野宿者のための緊急ミサをしていたとき、公園を取り囲む金網の向こう側を足早に通り過ぎる一般市民の無関心を装った一瞬の冷酷な眼差しに、いい加減にしてくれ！　と呻《うめ》きそうになる深い疲れを覚えたんです。彼らへの怒りではありません。日常的には、私自身が彼らなのです。そうであることに疑いすら抱いていなかったことの気付きによる疲れです。支援活動に迷いを感じている感受性の強い生徒も口にしていたんですが、一過性のボランティアにすぎない私達は、所詮《しょせん》どっち付かずの根無し草みたいな存在です。天変地異でも起きない限り、当面、飢え死にや凍死の心配をしなくても済む一般市民という立場にいながら、その安全な立場にしがみ付いたまま、野宿者に思いを寄せようとする自分の小ずるさ、つまりは、根無し草でしかない自分自身を直視しようとしない自己欺瞞にほとほと疲れていたんです。支援活動の中核で奮闘しているウメちゃんやさくちゃん、そしてここにみえるオーくんといった人達を見ると、凄いなあ、と驚嘆と畏敬の念を覚えずにはいられないんですが……オーくん、ごめんね、正直に言わせてもらいます……ずっとそばにいると、疲れるんです。

　ところが、桐生さんは違いました。纏っている空気感が違うとでも言うんですかね。ホテルの支配人という難しい立場で、年末年始の期間中、ずっとホテルの隣にある公園の給水活動を支え続けるという判断は、決して簡単なものではないこと、よく理解できます。さまざまな毀誉褒貶《きよほうへん》が、桐生さんの耳に届いていることと思います。それでも、自分の信念を貫く、と言い切られた。覚悟、という言葉を使われた。一般市民の一人であるという立ち位置、老舗ホテルの支配人という自らの立場に立ち続けながら、いや、立ち続けるからこそ、貫ける信念、確固たる覚悟というものがある。そんな生き方を桐生さんの肉体を通して学んだ気がします。

我ながら拙い表現で気恥ずかしいんですが、それでいい、と背中を押された感じです。ただし、背中を押された拍子に足許がふらついていますがね」

桐生さんは微笑んでいた。オーくんは、といえば、何かを考え込むような複雑な表情を見せていた。それでも、思いを吹っ切ったように桐生さんに言った。

「長居をしました。これでお暇《いとま》いたします。もう今頃は大学生達が水を汲み終わって、公園に運び込んでいる頃だと思います。明日からもご好意に甘えさせてもらうことになりますが、よろしくお願いします」

オーくんは、ぺこりと頭を下げた。釣られて私も頭を下げた。ホテルの出口まで、桐生さんは見送りに出てくれた。別れ際、憂いを帯びた厳しい顔付きで、低く垂れ込め、素早く流れ去っていく黒い雪雲を見上げながら、こう言った。

「風が強くなってきましたね。今夜辺り纏まった雪になるかもしれない、と地元テレビのニュースで注意を促していました。今夜も夜回りでしょ？　気を付けて下さいね。私は生命の水を提供しているだけですが、伊藤先生、あなたは大勢の、文字通りの生命を預かっているのですから、その点だけはくれぐれもお忘れなく……いや、これは釈迦に説法か、失礼しました。

最前、先生は、私に背中を押されたと仰《おっしゃ》っていましたが、それは私の台詞です。大勢の生徒さんを引率されて、野宿者の、とりわけ苛酷な厳寒期での生きるか死ぬかの厳しい生命の闘いの場に飛び込まれてきたのです。凄いことです。あなたのような先生に会えたことに感謝しています。お気を付けて」

桐生さんは静かに右手を差し伸べてきた。握手したのだが、それは思いも寄らぬほどの力強さだった。

桐生さんに別れを告げ、ホテルの外に出た途端、

「もう一度ホテルの裏手にある水道を見てきます。桐生さんに迷惑をかけちゃ、何ですからね。念には念を、という奴です。じゃあ、後ほど公園で――」

と、オーくんは口早に言うと、私の返事を待たずに駆け出していった。一言詫びようと思っていたのだが、それを口にする暇はなかった。やっぱり機嫌を損じたかな、と勘繰《かんぐ》ってしまったのだが、もはや後の祭りだ。小さくなっていくオーくんの後ろ姿を目で追いながら、人は思いを一つ、また一つと胸の中に重ねて、人生という一瞬の時を駆け抜けてい

くものなのだな、という言葉を苦さとともに脳裡に思い浮かべていた。

五　白魔

真冬の日没は早い。周辺に林立するビル群の窓に灯が点る頃、人工的な都会の灯に追い出された街中の闇が寄り集まるようにして、文無し公園は急速に暗さを増していった。その暗さに引き立てられるように、公園中央に焚かれた焚き火の炎が勢いを強め、赤や青や黄の複雑に絡み合う色相を強調していくように見えた。薪が公園の近くにある卸《おろし》市場から提供された木箱の廃材が大半であったために、火保《も》ちが悪い。頻繁に焚き火の中へ廃材が投げ込まれる。そのたびに火の粉が盛大に舞い上がり、一瞬強まった光芒《こうぼう》に照らし出されて、暗鬱なおっちゃん達の表情が浮かび上がる。箱で差し入れられた蜜柑を手に、腰を下ろした椅子代わりの丸太から、まるで大地に根が生えてしまったかのように一歩も動こうとしないおっちゃん達の姿が目立つ。等身大のブロンズ像、黒い座像のようだった。廃材が投入され、焚き火の炎が大きく、強くなったときのみ、その黒々とした彫刻は、一体化しようとしていた夜の闇から引き戻され、存在確認のためでもあるかのように、瞬時赤みが射した。焚き火の炎を見詰める目に輝きはなく、眼窩《がんか》は暗黒の洞窟のように見えた。その目は炎を凝視しているはずなのだが、果たしてその目に炎は映じているのかどうか、疑わしくなってくる。公園の闇が濃くなるにつれて、黒い座像の数は増していった。公園の外から流れ込んでくるというよりも、すでにそこにあった座像が増殖しているかのような錯覚を覚える。それぐらいおっちゃん達に動きはなかった。

黒い座像の増殖――それは取りも直さず、炊き出しの時刻が迫っていることを意味していた。神父が運転する箴言会館の白いワゴン車が、公園の入口付近に停まったとき、生徒達の動きは一斉に慌しくなった。車から降り立った神父の指示が飛ぶ。事前に分担しておいた仕事に基づき、それぞれの所定位置に生徒達はスタンバイした。メガホンを手にしたオーくんが、おっちゃん達に二列に並ぶよう指示を出している。

「必ず全員に行き渡るようになっていますから安心して下さーい！　慌てなくていいですよー！」

焚き火を二重、三重に取り巻いていた黒い座像が、魂を吹き込まれたように、声もなく動き出した。皆が皆、摺《す》り足で歩くため、ゾロゾロという擦過音《さっかおん》が公園に響く。おっちゃん達の数を確認する仕事を請け負った合唱隊の三人が、密着し始めた黒い群れの隙間を縫うようにして行き来する。

「スミマセン」「ゴメンナサイ」

そう口々に詫びながら、チサコ、ナオミ、マリカが体を小さく縮めて、おっちゃん達にぶつからないように、しかし、正確に数を把握するために真剣そのものの表情で、次第に列の後ろのほうへと姿を消していった。間もなくして三人は揃って駆け戻ってくると、寸《ずん》胴鍋《どうなべ》の後ろで待ち受けていた神父に近付き、チサコが代表して報告した。

「今の時点で百七十八人です。何人かのおっちゃんから、まだ来るよ、と言われました。以上です」

ハキハキとしたチサコの報告に、神父はにっこり微笑んで、ありがとう、と礼を言った。それから、待機していた生徒達に向かって、

「じゃあ、始めるよー！」

と、大声を張り上げた。その声は、すぐにオーくんにも伝わった。ハンドマイクをやや上向きにして叫んだ。可能な限り明るい口調にしようと努めているのがよく分かった。

「お待たせしましたー！　炊き出しを始めまーす！　人数が多いものですから、申し訳ありませんが、お代わりはないと思います。代わりに、差し入れの甘ーい蜜柑と、ホッカホカの焼き芋があります。芋は焚き火の中にくべてありますから、食後のデザートとして担当のボランティアから受け取って食べて下さーい！」

生徒達も炊き出しは今夜で三度目だ。ずいぶんと手慣れた感じになってきている。ただ

し、これまでと異なる点は、食器類の洗いをここで行うということだった。長机の脇に置かれた大きなプラスチック製の水槽に張られた水を使って洗うという段取りだ。使い終わったお椀や箸は、各自セルフサービスで水槽に入れるように、と再三オーくんがハンドマイクで呼びかけている。今のところ、まだ時折吹き抜ける強風に乗って粉雪が飛んでくる程度であったが、気温の下がり具合は昨日までとは雲泥の差、吹きつけてくる寒風は身を切るほどの冷たさであった。そんな極寒の状況下、水槽の周囲に陣取った生徒達は、腕捲りをして、使い終わって運び込まれてくる食器を素手で洗わねばならなかった。かしましくて元気な四人組、キミコ、レイ、ユイ、シズカは水に手を浸《つ》けた途端、ぎゃあぎゃあとわめき立てた。

「お湯ないのー⁉　地獄じゃー！」

と、シズカが情けない声で訴えると、隣の水槽で洗った食器を濯《すす》ぐ担当のカホリが、

「贅沢《ぜいたく》言うんじゃない！　ホテルから分けてもらってる水があるだけありがたいと思え！」

と、ビシッと叱りつけた。そのあまりの剣幕に、シズカは酸欠の金魚のように口をパクパクさせるだけで、何も言い返せなかった。また、いったん洗い始めた手を休めようとはしなかった。いや、休めることができなかったのだ。食べ終わったおっちゃん達が列をなし、次から次へとお椀と箸を水槽に放り込んでいく。洗っても洗ってもキリがない。ひたすら洗い続け、濯《すす》ぎ続けなければならなかった。カホリと一緒に濯ぎを担当したナオミと

マリカが半べそをかきながら、恨めしそうに真っ赤になった手を見詰めて、

「手が痺《しび》れて感覚がなくなってきた。お椀を摑んでも、何かを摑んでる感覚がないよ」

「うん……。水から手を出すと震えてるし、震えが止まらない。思うように指が動かない」

二人のぼやきを耳にしながらも、黙々と、しかし鬼の形相で濯ぎ続けていたカホリが、急に、

「心頭滅却すれば火もまた涼し。冷水もまた温水の如し！」

と、怒ったように呟いた。その呟きを聞きつけて、ナオミとマリカの手が同時に止まった。それから、不審げにカホリの横顔を見た。

「何じゃそりゃあ⁉　修行の末に悟ったのか、それとも狂ったのか？」

「たぶん、後者だと思う……。カホリ、気を確かに持ってね」

と、半ばからかうように、そして半ば本気で二人はカホリに声をかけた。

「ほっとけ！　正気でこんなことやってられるか⁉」

カホリが吐き捨てるようにそう応えると、ナオミとマリカは安心したように、揃って、うんうん、とうなずいた。

炊き出しの配給自体は、吹き抜けるつむじ風のように三十分あまりであらかた終わったのだが、洗いと濯ぎはその後もしばらく続いた。お椀と箸を渡し、そのお椀に雑炊を盛り付け、最後にたくあんを二切れ添えるという流れ作業を担当していたアケミ、チサコ、そ

してエリが片付けを済ませた後、洗いと濯ぎの援軍に回った。アケミはエリの健康状態を気遣って、無理しないようにと注意したのだが、エリは俯いたまま、首を横に振り、濯ぎの水槽の端にしゃがみ込んだ。頑張り屋というか、強情というか、アケミは溜め息をつくしかなかった。援軍に回ったメンバーから、異口同音に、ヒャーッ！　という悲鳴が上がった途端、シズカがさも満足したように、

「そうだろ、そうだろ、そうでなくっちゃ。みんなで仲良く地獄に堕ちようねー！」

と、叫んだものだから、水槽のぐるりを取り囲んでいた生徒達は皆、複雑な泣き笑いの表情になった。

そのとき、突然、焚き火のほうから
「お芋、美味しそうに焼けましたー！　熱々のうちに皆さん、食べてねー！」

と、甲高《かん》い声が響いてきた。声の主はミキだった。身に着けた割烹着《かっぽうぎ》は炭で汚れ、姉《あね》さん被《かぶ》りをしたタオルもまた薄汚れていた。炎で顔は赤く染まり、真っ黒な軍手を嵌《は》めた右手には包丁が握られ、それを天高く突き上げながら叫んだものだから、口の悪いカホリが、

「まるで山姥《やまんば》だな。皆さん、食べてねー、とか言ってたが、私には、皆さん、食べちゃうぞー！　とも聞こえたね」

と言い、さらに包丁を研ぐ真似をして、

「見ーたーなー⁉」

と、山姥らしい声色《こわいろ》まで披露したものだから、その場は笑いに包まれた。

「山姥」の周りには、同じような恰好をしたアイとユウキがいたが、その汚れ具合も同じようなものだった。ビールケースの上に板を置き、その上に輪切りにした焼き芋を並べていった。四方八方から手が伸びてくる。白い湯気が上がり、食欲をそそる。アッツ、アッツ、アッツーイ！　ウマイウマイ、アッツ、ウッマー！……歯のない口に芋を頬張ったおっちゃん達は、一律にアツイとウマイを繰り返しながら、人の良さそうな笑顔を見せていた。包丁片手に「山姥」がアイとユウキに何やら指示した。二人は炊き出しを行った場所へやってきて、食器入れの籠からトレーを引っ張り出すと、再び「山姥」の許へ駆け戻り、新たに輪切りにされた焼き芋をトレーに山盛りにすると、焚き火からやや離れた位置にいるおっちゃん達の間を回り始めた。

「焼き芋、いっかがですかー！　アッツアツのホッカホカ、美味しいよー！」

アイが元気いっぱいに触れ回った。暗がりで俯いたきり、まるで眠っているようなおっちゃんの前に立ち停まると、アイとユウキはその場にしゃがみ込み、

「どうぞ、召し上がれ。一口食べたら、頬《ほ》っぺた落ちちゃうぞー！」

と、アイが愛嬌たっぷりの口調で勧めた。そのおっちゃんはゆっくりと顔を上げ、湯気の上がっている焼き芋を焦点の合わぬ目で眺めた上で、遠慮がちに手を差し伸ばしてきた。もそもそと芋を頬張ると、あめーなー、と呟いた。目尻に皺が寄っている。笑っていた。

でしょー！　とアイが相槌《あいづち》を打ち、おっちゃんの笑顔の何倍もの笑顔を天真爛漫に浮かべてみせたのだった。

丸太の上に仁王立ちした「山姥」は、満足そうにアイとユウキの焼き芋出前を見守っていた。そのそばには焚き火が赤々と炎を上げている。彼女の瞳にはその炎の赤が映り込み、キラキラと輝かせていた。

「まだもう一箱、差し入れの芋が残ってますが、これは夜食分に取っておきまーす！　楽しみに待っててねー！」

と、「山姥」は公園全体に響き渡る甲高い大声を張り上げた。ハンドマイクなど不要だった。焚き火の真っ赤に燃えた炭の中からアルミホイルで包んだ焼き芋を掘り出すべく、鉄の棒を振るっていた大学生のボランティア達が、コンテナの中に山積みになっている廃材を引っ張り出し、勢いよく焚き火の真ん中目がけて放り込んだ。火の粉が一斉に舞い上がり、炎が命を吹き込まれたかのように高く火柱を上げ、周囲を明るく照らし出した。その瞬間、丸太の上で仁王立ちしていた「山姥」が、短く、引き付けを起こしたような声を漏らした。最前まで浮かべていた満足気な笑みは跡形もなく消え去り、明るさを増した焚き火の炎が、その凍り付いたような、怯えた表情を浮き彫りにした。

「シローさん？……シローさんだよね？　どうしたの？　何があったの⁉」

震え声は金切《かなき》り声に変わった。もはや「山姥」ではなくなったミキが、丸太から飛び下り、花水木の裸木の背後に潜む闇に向かって走っていった。飛び下りた瞬間にミキの手から離れた包丁が落下し、トンッ、という幽かな乾いた音を立てて、丸太に突き刺さった。

間もなくして、シローさん、と呼ばれたおっちゃんが、両脇をミキと肩からぶら下げた袋に猫を入れたおっちゃんに支えられて、公園の明るみの中に姿を現した。シローさんは顔面の左側を赤黒く血に染まったタオルで押さえていた。片方の右目も瞼が黒く変色し、腫れていた。恐らくは視野がほとんどない状態だろう。ミキは励ました。

「テントはもうすぐ。頑張って！」

だが、その声は半泣きだった。

ミキはゼミの初日、公園の夜回りで出会ったおっちゃん達の顔と名前をすべて覚えていた。だから、暗がりであったにもかかわらず、焚き火の炎に照らされて、髪を後ろで一つ結びにした特徴のあるシローさんの顔がちらりと見えたとき、すぐに彼であることが分かったのだ。猫の名はミー。ミーを袋に入れて、大怪我を負ったシローさんを一人でここまで支えて連れてきたのは、ジュンゾーさん、彼のことも彼の愛猫であるミーと共にミキはすぐに思い出した。

医療相談用のテントには、生徒達に臨時の講義をしてくれた診療所の代表であるかくさんと看護師の丸岡さんがいた。その傍《かたわ》らに、チカ、ユリコ、シノ、ミカコの将来の看護師候補生達が揃っていて、丸岡さんの指示を受けながら、体調を崩したおっちゃん達の訴える症状を聴き取り、問診票に事細かく記入している真っ最中であった。そこへミキとジュンゾーさんに担がれたシローさんが運び込まれてきたのだ。一目見て、ヒッ！　とミカコが声を出し、座ったままの恰好で後退《あとずさ》った。ユリコとシノは思わず目を背《そむ》け、口にハンカチを押し当てた。ただ一人、チカだけは顔を引き攣《つ》らせながらも、横たわったシローさんに顔を近付け、

「どうしたんですか？　何があったんですか？　答えられますか？」

と訊いた。しかし、その声は震え、裏返っていた。シローさんは薄く口を開け、何かを語ろうとしたのだが、激しく噎《む》せて、顔を覆っていたタオルを口許にずりおろすと痰やら唾やらを吐き出した。口の中も切れているのだろう、血の塊がタオルを汚した。それまでシローさんの顔を覆っていたタオルが退《の》けられたために、彼が負った傷が剝き出しになった。左目の瞼がざっくりと裂け、流血と腫れで全く目を開けられない状態だった。さらに左の眉の辺り、三、四センチはあろうと思われる傷口が、まるで柘榴《ざくろ》のように赤い果肉を見せて口を開けていた。左側の顔面全体が黒ずんだ紫色に変色し、歪《いびつ》な形に腫れていた。この無惨なありように、気丈にも問診しようとしたチカも息を呑み、それっきり口を噤んでしまった。傷口を一瞥《いちべつ》し、かくさんが、シノギだな、とポツンと呟き、一つ溜め息を吐《つ》いた。それから、そばに付き添っていたジュンゾーさんに、何か言ってなかったか⁉　と訊いた。

「昼過ぎてもよー、顔を見せないもんだから、覗きに行ったら、血だらけで丸まっとってよー。てっきり死んでると思ったぞ。口に手をやったら、幽かに息しとったもんで、ああ、生きとる、とホッとしたんだわ。口からも血を流しとって、よー聴き取れんかったけど、夜中、一人でカップ酒飲んで、いい気分で寝ようとしたときに、いきなり襲われたと言っとった。一人じゃなくて、何人もいたらしいが、数は分からん。目を潰されて何も見えなくなり、首を締められて気を失った。気が付いたら、自転車と財布が盗られていたそうだ。ひでーことしやがる……」

ジュンゾーさんはそう語り終えると、顔を伏せ、袋の中から顔だけ覗かせているミーの頭を指先で撫でた。ミーは目を細め、小さく鳴いた。かくさんは看護師の丸岡さんと何やら声を潜めて相談した。丸岡さんはサンダルを引っかけると、テントを出て、神父の許へ走っていった。かくさんはシローさんに、そしてジュンゾーさんに向かってこう告げた。

「これだけ大きな傷口だと縫わなければ治りが遅い。今、ウメちゃんに救急車を呼んでもらうよう手配した。病院のほうは付き添いも含めてこっちで何とかするから。あと、警察への連絡もね。それで、悪いんだが、ジュンゾーさんは公園にあるシローさんの私物を纏めて保管しておいてくれないか？　警察の現場検証が終わってからでいいからね」

ジュンゾーさんは静かにうなずき、シローのこと、頼んます、とだけ応えた。

ミキははらはらと涙を流しながら、しかし、唇を真一文字に固く閉ざした表情で、シローさんの傍らに座り、ずっとその手を取り、さすっていた。テント内で交わされたやりとりは、まるでミキの耳には届いていないようだった。割烹着姿のアイとユウキが、テントのすぐ外にしゃがみ込み、ミキとシローさんとを交互に見詰めていた。かくさんは傷口を消毒した後、他に怪我をしていないか調べるから服を脱がせなければならない。だから、生徒はいったんテントの外へ出てくれないか、と言った。チカ、ユリコ、シノ、ミカコの四人はその指示に素直に従ったが、ミキの耳にはかくさんの指示が届いていなかった。見かねたアイとユウキがミキの名を呼んだが反応はなかった。

　私は問診票を手にしたチカ達と入れ替わるようにテントの中に身を滑り込ませた。ミキの涙はもう乾いていた。代わりに、その目は伸びた爪を血で汚したシローさんに釘付けになったまま、瞬きを忘れてしまったみたいに見開かれていた。シローさんを挟んで、ミキの真向かいに座り、顔を近付けてその名を呼んだ。やはり反応はない。右手を伸ばし、ミキの肩を揺さぶって、もう一度呼んだ。その刹那だった。私の手は激しくはねのけられた。ミキの目はシローさんの手を離れ、私を睨み付けていた。般若《はんにゃ》――凄まじいエネルギーを内に秘めた怒りの表情が、そこに張り付いていた。山姥から般若へ……か。私が言葉を発しようとした途端、般若と化したミキは、私の手を鷲掴《わしづか》みにするや否や、テントの外へと引き摺り出そうとした。問答無用。手を引っ張られるままに、私はテントの外へ出るしかなかった。

「ミキ、ちょっと――」

と、言いかけたとき、ミキは次に私の胸の辺りを押し始めた。そして、力任せに押し続けた。押されるに任せて、私は後退《あとずさ》りするしかなかった。ドンッ！　勢いよく私の臀部《でんぶ》は炊き出しで使った長机にぶつかった。長机が引っ繰り返りそうになるのを、そばにいたアケミやカホリ、キミコ達が慌てて抑え込んだ。

「いい加減にしなよ！」「ミキ、やめな！」

アケミやカホリが口々に叫んだ。でも、般若に化身したミキはその声に耳を貸そうとはしなかった。そして、突然、般若が吠えた。私の耳には一匹の獣の咆哮のように聞こえたのだった。

「もー、厭だーっ！　次は誰の死を見なきゃならないの⁉　じんさん？　カメちゃん？　クリちゃん？……ねえ、教えてよ！　ヒデオは私の何倍も何倍も考えて、何でも知ってるじゃないか⁉　次に誰が殺され、その死を見なきゃならないのか、知ってるんでしょ⁉　教えてよ！　ねえ、教えてよ‼」

後は言葉にならなかった。再びミキの目からは涙が溢れ出し、私の胸を押す手にさらに力が込められた。まさに慟哭だった。辺りを憚《はばか》らぬ激しい嗚咽が、私の心を、全身を貫いた。胸を押すミキの両手の手首を掴むと、つっかい棒を外されたように、ミキは俯くように私の胸に顔を埋《うず》めてきた。周囲を圧するような慟哭が、くぐもった嗚咽へと変わった。

ミキの手首を離し、胸に埋めてきた頭をそっと抱き締めた。シャンプーの幽かな香りとその数倍もの焚き火の匂いがした。ミキは振り解《ほど》こうとはしなかった。おとなしく私に頭を抱きとめられながら、際限なく泣き続けた。ミキの号泣に刺し貫かれた私の頭はカラッポだった。何も考えられず、ただ、ゴメンナ、という言葉をかけた。一瞬ミキの泣き声は止まったのだが、すぐにまた前にも増して激しく号泣し始めた。ゴメンナ、ゴメンナ、と私は繰り返した。

この子はすべてを、本質を理解した。そして、その理解した事柄の不条理に我慢がならず、非力な自分自身に対するものも含めて、怒りを怒りのままに、その怒りの激烈さにふさわしい獣の咆哮の如き慟哭へと転化した。そうでもしなければ、ミキは壊れてしまっただろう。転化されたエネルギーの塊を受け止める者がいなければ、それは虚空を舞うばかりで、着地する場所を見出せず、ついには狂ってしまうかもしれない。……私の妄想にすぎないのだろうが、私にできる唯一のこととして、ミキの頭を抱く両手に力を込めていた。

獣の咆哮がいくぶんか力を弱めたか、と思われたとき、頭上を猛烈なスピードで流れ去る雪雲が吠えた。身を切る突風が吹き、風を孕《はら》み、布地がバタバタと音を立てて、テントは揺れた。風に乗り、数を増した雪片が痛いぐらいに打ち付けてきた。ほぼ思考停止の状態であったが、洗い場を中心に集まっていた生徒達から少し離れた場所、焚き火を取り囲む丸太に腰を下ろす華奢な体が私の視界の端に捉えられた。私に背を向けた恰好で、その小さな体は、いち早くシローさんの姿を見つけたミキと同じように、花水木の裸木の奥に蹲《うずくま》るどこか禍々《まがまが》しい闇を微動だにせず睨み付けていた。

エリ、誰を待ってる……？

私の不安を見透かしたかのように、アケミが近寄っていった。エリの薄い肩に手を添え、顔を近付けるようにして、一言、二言、言葉をかけた。エリがそれに反応した気配はなかった。

エリが座った場所の斜め後ろ、刺さったままになっていた包丁を、アケミはそっと引き抜いた。


時刻は深夜の十二時半を回っていた。今夜は初めて足を踏み入れる、駅の西側にある南北に延びたアーケード街だった。エリが迷うことなくこのアーケード街を選んだからだった。このコースに行くためのワゴン車を運転してくれたのは、大学生の伊勢崎君、ひょろっとした長身で、一見頼りなさそうに見えたが、芯の強いなかなかの正義漢だった。一年生の頃からこの支援活動に加わり、二年生になる現在に至るまで毎週のように活動に参加していた。皆からは、イセやん、と呼ばれて頼りにされていた。

「イセやんは、こんな吹雪の日の夜回りって経験あるの？」

と、隣を歩く彼に訊いてみたのだが、吹き抜ける強風の音に掻き消されて、私の声は風諸共《もろとも》に持ち去られてしまったように思われた。

「いいえ、これほどにひどいのは初めてです。先生もとんでもない日に、生徒達を連れてきたものですね。でも、生徒には忘れがたい思い出になるんじゃないですか?」

と、風の音に抗って大声で応え、容赦なく吹きつけてくる風に顔を歪ませながら笑った。

「生徒には忘れがたい思い出になる」――その言葉に私は動揺した。

私達の前をエリとらくさんが歩いている。炊き出しの時間に、らくさんは文無し公園に姿を見せなかった。野宿者の世界にも、いろいろと面倒臭い人間関係の軋轢《あつれき》があるらしい。らくさんは多くを語ろうとしなかったが、自分があれこれ口を挟むと、面白く思わないおっちゃん達のグループがいるということだった。男三人は皆、可能な限りビニール袋に入った毛布を両手で抱え込んでいた。ポケットにはこれまた入れられるだけの簡易カイロを詰め込んでいた。エリの他に、私とイセやんを風除け代わりにして、アケミとアイ、ユウキの三人の生徒がついてくる。熱いお茶の入ったポットと湯呑みを抱えている他、簡易カイロ、年末年始に文無し公園で開催されているテント村の案内を記したチラシを入れたビニール袋を手に提げていた。

本来ならば、いるべきはずの生徒が一人欠けていた。ミキだ。夜回りの前に、いったん箴言会館に戻ったときに異変が起きた。ミキが横になったっきり、起き上がれなくなったのだ。たぶん心因性の症状だったのだろう。珍しくミキが弱音を吐いた。

「夜回り、行けそうもない。無理に行けば、コースのメンバーに迷惑をかけることになる。ヒデオ……ゴメンナサイ。ホントは、私、弱っ子だったんだ……」

私は横になったミキの頭を撫でてやりながら、こう言った。

「弱っ子であることに気付けるところまで頑張ったミキは偉いよ。誰だって弱っ子だ。普通なら、どっかで誤魔化して自分を甘やかすところをミキはしなかった。壊れる寸前まで、感じ、考え、悩み抜いた。そのせいだ。きっと神様が、もういいよ、少し休みなさい、と仰っているんだよ」

ミキは薄く笑い、こう呟いた。

「神様なんて信じてないくせに。ヒデオこそ無理しすぎて壊れないでよ。私は壊れても、私一人の問題で済むけど。ヒデオはそうはいかないから……」

これ以上会話を続けていると、ますますミキの神経を疲弊させてしまうと判断し、会話を切り上げ、その場を離れた。後で傍らにいたアイから聞かされたのだが、私が離れた後、いつの間にか、ミキは眠ってしまったというのだ。

「ミキはどんな夢を見ているんだろう？」

と、顔を曇らせながら、アイは小さく独りごちていた。今、雪混じりの突風に体ごと持っていかれそうになりながら、足に力を入れ、ぐっと堪《こら》えて歩いているアイは、きっとミキと一緒に夜回りをしているんだろう。それはユウキも同じはずだった。

ミキには言えなかったが、文無し公園でかくさんの講義を聴いた後、ミキが口にした言葉がずっと頭の中で谺《こだま》していた。

――いつか大人になって、おっちゃん達の存在を忘れていく……。

自分もまた世間の「常識」に浸蝕されて大人になったとき、このゼミでの体験は懐しい思い出として残るかもしれないが、そこで出会ったおっちゃん達のことなど、思い出せなくなる日がきっと来る。そんな愚劣な大人になることへの激しい嫌悪感をミキらしい言葉で語ったものだが、それを口にした夜に、顔馴染みになったシローさんがシノギに遭い、血達磨《ちだるま》の姿で運び込まれるという衝撃的な場面に出食わしてしまったことで、ミキの意識に変化が生まれたのではなかったか⁉　大人になっても、忘れたくとも忘れられないおっちゃんの姿を、一人の人間であるはずの野宿者が虫けらのように押し潰されてしまう恐るべき構造によって成り立つ現代文明社会の不全ぶりを、ミキは目に灼き付けてしまった。その体験が幸せなことなのかどうなのか、にわかには断じられない。真実を知ることは大事であり、それを求めることは知的な人間の本能と呼んでも差し支えなかろう。だが、真実との出会い方が強烈であればあるほどに、心の傷になる危険性も考えなければならない。ミキの純粋すぎる心に、この体験は劇薬に等しいものだったのではなかろうか？　そんな不安が心をよぎる。イセやんが何気ない気持ちで語った「生徒には忘れがたい思い出になる」という言葉に言い尽くせぬ動揺を覚えた理由はそこにあった。

自らの思いに沈潜し、風に逆らいながらもボンヤリと歩いていた私の視界から、突如、前を行くエリの後ろ姿が消えた。私は慌てた。横殴りの雪が激しくなり、その場にしゃがみ込んだエリの小さな体を覆い隠したのだった。並んで歩いていたらくさんが、手にしていた毛布を投げ捨て、エリを介抱した。私もイセやんも走り寄った。エリは激しく咳き込んでいた。呼吸もままならぬ息苦しさに、目尻に涙を溜めていた。

「エリちゃんよー、雪はもっともっとひどくなるで、夜回りはやめて戻ろう」

叩きつけてくる雪と風に顔を顰《しか》めながら、らくさんはそう声をかけた。激しく咳き込みながらも、エリは首を横に振るばかりだった。そして、急に立ち上がった。立ち上がった拍子によろけて、らくさんに凭れ掛かる恰好になった。予期せぬ不意打ちに、らくさんは尻餅をついた。

「この先に……キンさんが……いる」

それだけ言うと、エリは再び歩き出した。何という強情さだろう。半ば呆れながらも、今はついていくしかなかろう、と思い直し、とりあえずはエリのやりたいようにさせることにした。エリは止めようとしない私を、駆け付けてきたアケミが怒ったように睨み付けた。その後ろでアイもユウキも戸惑ったような表情を浮かべていた。私はため息をつくしかなかった。突風にふらつきながら、辿り着いたダンボールハウスに、エリはあらん限りの声で呼びかけた。

「キンさん、約束通り来たよ！　エリだよ！」

　屋根代わりのダンボールの蓋が開き、顔半分が髭に覆われたおっちゃんが顔を出した。一重《ひとえ》の目が眠そうだ。何かモゴモゴと喋っているのだが、風音に掻き消されて聴き取れない。耳を近付けて聴き取ったエリは、らくさんに告げた。

「雪で毛布が濡れちゃって、寒くて仕方がないんだって。らくさんが持ってる毛布をあげてくれない？」

　らくさんが毛布を交換している間に、エリは胸に抱え込んでいたポットを傾け、湯呑みにお茶を注ぎ、キンさんに手渡した。幼子《おさなご》のように、こくんと首を折り、礼を言うと、キンさんは少しずつ受け取ったお茶を飲んだ。その手は小刻みに震えていた。エリは横で膝を両手で抱えしゃがみ込み、髭だらけの顔を見守った。たまに咳き込みはするが、不思議なことにそのときは最前のような激しい咳の発作は治まっていた。ふいに、エリが口を開いた。

「体調良くないし、大雪だから、文無し公園に行こ？」

　その声は掠れていた。お茶を啜りながら、キンさんはいやいやをするように首を振った。

「わしは、大勢人がおる所は好《す》かん」

　それだけ言うと、キンさんはエリにもう一杯お茶が欲しいと頼んだ。お茶を注ぎながら、エリはキンさんに訊いた。

「リューさん、いるかな？　姿見た？」

キンさんは首を横に振ったが、いると思う、と応えた。そして、こう呟いた。

「あいつもよー、人がいっぱいおる所は駄目だ。日本人ばっかりでよ。わしらみたいなのはいづらいんだ」

強風の隙間から辛うじて聴き取れたキンさんの言葉に、私はハッとした。そばにいたらくさんは表情一つ変えることなく何も言わなかった。エリはキンさんにポケットに突っ込んできた簡易カイロを四枚押し付け、

「どうにも我慢できなくなったら、日本人だろうが、朝鮮人だろうが、公園に行くんだよ、いいね！」

と、念押しするように言うと、キンさんは髭もじゃの顔を歪めて、笑ったのかもしれないが、うん、うん、と首を縦に振った。

キンさんに別れを告げ、その場を離れた途端、エリが再び激しく咳き込み始めた。息を吸うとき、その細い喉から木枯らしのような音が聞こえた。エリの体の外側でも内側でも、容赦なく身を切り刻む冬の寒風が吹き荒れていた。この場にいるだけでも辛そうなのに、それでもエリは歩くのをやめようとはしなかった。何がこの小さな体を突き動かしているのだろうか？　社会から疎外された野宿者達、その集団の中にいて、さらに二重の意味で疎外され、差別されている在日の野宿者達。彼らへの同情？　シンパシー？　そんな心性

が生まれてくる今のエリが置かれている環境、学校生活における居場所にまで想像は及んでいった……と、そんな私の思考に急ブレーキをかけるようにして、エリは立ち止まり、目の前にあったダンボールハウスの僅かな隙間から中へ声をかけた。

「リューさん、いる？　エリだよ」

するとまるでびっくり箱のように急に蓋が開いた。耳当ての付いた灰色のニット帽を目深《まぶか》に被ったおっちゃんが、歯のない真っ暗な洞窟のような口を開けて笑っていた。エリはまたその傍らにしゃがみ込んで、腰の具合はどう？　足の腫れは引いた？　お茶飲む？と、矢継ぎ早に問いかけるのだが、リューさんは耳が遠いのか、それとも、何らかの障害があって、すぐには返答ができないのか、どこか惚《ほう》けたような顔付きで、ぼんやりとエリの顔を眺めているばかりだった。ここでもエリは公園に行くことを勧めたのだが、リューさんは行くとも行かないとも返答をせず、ただ笑顔を見せているだけだった。

「毛布がずいぶん汚れとるで、新しいのを置いておくでよ。カイロ、腹巻きの中に入れておくと下痢せんで済むで、これ、使って」

と、らくさんは言い、リューさんの足許に抱えていた毛布を一枚置き、その上にカイロを数枚載せた。だが、リューさんは虚ろな目でそんならくさんの動きを追うばかりで、何も応えようとはしなかった。暖簾《のれん》に腕押し、そんな感じがするのだが、エリは一向に気にする様子を見せなかった。エリ自身、他者との意志疎通という点では、決して得意なほうではなかったから、たとえ一方通行の会話でも、気にならないのかもしれない。

リューさんのそばを離れて少し行った先で、またしてもエリは体をくの字に曲げて激しく咳き込み、その場に蹲《うずくま》ってしまった。らくさんが背中を摩《さす》り、言葉をかけるのだが、エリは苦しそうに喘《あえ》ぐばかりで碌に返答もできなかった。

いよいよタオルを投入せねばならない時が迫ってきているな、と思ったとき、横手の路地から、イセやんの名を呼ぶ酒焼けしたような声が聞こえた。その声がするほうに目をやると、一人のおっちゃんがイセやんを手招きする姿があった。黒いキャップを被り、白髪混じりのもじゃもじゃに伸びた髪が、キャップの下からはみ出ていた。指先を切った灰色がかった軍手が、イセやんに向かって、おいでおいで、をしていた。イセやんもそのおっちゃんのことをよく知っている素振りだった。彼は小走りでそのおっちゃんの許へと向かった。おっちゃんは路地の奥を指差しながら、何やら一所懸命に訴えているようだった。後ろ姿ではあったが、イセやんの何度もうなずいているしぐさが見て取れた。彼は私のところへ戻ってくると、おっちゃんからの訴えの概略を説明してくれた。あの路地の奥で、この寒さのせいだろう、動けなくなったおっちゃんが横になっている。イセやんを呼んだおっちゃんの連れらしいのだが、病院で診てもらう金はないし、自分の力だけではどうすることもできず、途方に暮れていた。そこへちょうど夜回りに来たイセやんの姿を見かけ、地獄で仏、とばかりに助けを求めたということだった。

「ちょっと行ってきます。前から気管支が悪かった人なんですが、この吹雪で低体温症になり、動けなくなったんだと思います。生徒さんにも手伝ってほしいので連れていきますが、いいですか？」

と言うので、アケミ、アイ、ユウキと三人を同行させることにした。アケミはエリのことを気にかけて渋るような素振りを見せたが、らくさんもいるから大丈夫、行っておいで、と送り出した。おっちゃんの先導で、イセやんと生徒達は路地の奥へと消えていった。

と、そのとき、らくさんの呼び止める声がした。だが、それはイセやん達に向けてではなかった。見ると、エリが咳き込みながらも立ち上がり、ふらふらと夢遊病者のように歩いていこうとしていた。本当に無茶苦茶な子だ。少々腹も立ってきた。

「エリ、待て！　もうやめよう。ドクターストップだ！」

エリのふらつく後ろ姿に向かって私は叫んだ。しかし、エリは反応しない。私はエリの前方へと回り込み、もう一度強い口調で言った。

「夜回りは終了だ。帰るよ」

エリはいったん立ち止まり、俯いたが、すぐに少し顔を上げ、上目遣《うわめづか》いでこう言い返してきた。

「私は約束したの。どんなことがあっても、今日の夜回りで必ず行くからって。待っていてくれるおっちゃん達がまだいる。だから、終われない！　帰れない！」

強い風と雪を正面から受けて、声を張ったせいなのか、そう言った直後にエリは噎《む》せ、激しく咳き込み始めた。立っているのも辛いのだろう、団子虫《だんごむし》のように丸まって、再びしゃがみ込んでしまった。丸まった体は本当に小さく、小学生のようにも見えた。エリを見下ろし、あれこれ逡巡《しゅんじゅん》しながら顔を上げると、らくさんと目が合った。悲しんでいるようであり、かつ苦笑を浮かべているようであり、いくつもの感情が綯《な》い交ぜになった表情をしていた。その口は薄く開き、何か言いたそうではあったが、ついに言葉が発せられることはなかった。束の間、弱まっていた風が急に息を吹き返し、前にも増して強烈に吹き付けてきた。背中に風を受けていた私は、突き飛ばされたように、前へつんのめった。辛《かろ》うじて踏み留《とど》まると、私もしゃがんだ。俯いて咳き込み喘《あえ》いでいるエリのニット帽のてっぺんに向かって喋るように、こう告げた。内心で下した判断に、最後まで自分自身、自信は持てなかった。

「分かった。そこまで言い募るんだったら、付き合うよ……。ただし、条件がある。僕が、エリをおんぶして歩いていく」

反射的にエリは半分だけ顔を上げた。上目遣いのその目には、不思議な生き物を見るような、にわかには信じがたいといった光を宿していた。

「テーさん、来たよ、エリ。約束してたもんね。欲しいって言ってた湿布薬、持ってきたよ」

　エリの指示通りにダンボールハウスを経巡《へめぐ》っていく。おんぶしているものだから、後頭部にエリの声が響く。

「先生、ここで下ろして」

　しゃがむや否や、エリは私の背中を離れ、目の前の雪を被ったダンボールハウスに駆け寄っていく。獅子頭《ししがしら》の鼻のように横に広がった黒光りする大きな鼻をしたテーさん。目を開けているのか、瞑っているのか、ぱっと見には分からない、切り傷のような細い目をしたチョーさん。工場で働いていた頃、うっかりして手をプレス機に挟まれ、右手の指すべてを失ったというコーさん……。エリの呼びかけた名前からして、全員が在日朝鮮の人達だろう。らくさんが移動する途中で、ポツリと呟いた。

「この界隈の店は、ほとんどの店主が在日だ。飲食はもちろんだし、パチンコ店や雀《ジャン》荘《そう》、ゲームセンター、遊び場の大半がそうだ。だから、俺もあんまりここの連中とは付き合いがない。お互い、顔や名前ぐらいは知ってるが、深く話をした奴はいねーな」

　荒い呼吸をするように強弱を繰り返して吹き抜ける風音と、背中のエリが喉で鳴らす木枯らしの音、激しい咳込みに混じって、そう呟いたらくさんの声は寂しげだった。このとき回ったおっちゃん全員に、エリは、痩せ我慢せずに今夜は文無し公園へ行って、焚き火に当たって眠ったほうがいい、と誘ったのだが、それに応じたおっちゃんは誰一人としていなかった。エリが手にしていたポットのお茶もほぼなくなった。エリをおんぶするため、仕方なくらくさんに毛布をすべて委ねたのだが、いつの間にか、在庫一掃セールで、らくさんは手ぶらの状態だった。また、ポケットがはちきれそうになるくらいに詰め込んできた簡易カイロも残り少なくなっていた。

気のせいか、エリの咳をする間隔が間遠《まどお》になってきた。しかし、その息はまだ荒く、全身から発せられる熱は相当に高くて、エリの両腕はぶらりと力なく垂れ下がっていた。もう本当に潮時だろう。この悪天候でやれる限りのことはやった。ある程度はエリにしたって納得できるのではないか？　そう思い、背中のエリに訊いてみた。

「まだ回りたいおっちゃんはいるのか？　渡せる物もなくなってきたし、もう切り上げないか？」

背中に押し付けられた口許からは、くぐもった喘ぎ声が漏れてくるばかりだった。意識を失っている？　さすがに心配になってきた。アーケード街の歩道の端に寄り、エリの上半身を抱き起こし、その頬を軽く叩きながら彼女に返事を促した。それでも、苦悶の表情を浮かべ、咳き込み、喘ぎ声を漏らすばかりだった。傍らで心配そうにエリの顔を覗き込んでいたらくさんに意見を訊こうとした矢先、らくさんは血相を変えて声を張り上げ、力任せに私とエリの腕を摑み、自分の側へと引っ張った。私とエリは折り重なるように、らくさんの体の上にのしかかった。らくさんの悲鳴にも似た叫び声が響いた。

「危ない！」

　ほぼ同時だった。強風で外れたのだろう、人間の身長と変わらぬほどの大きさの鉄板でできた看板が、団子状に固まった三人のすぐ脇を吹き飛んでいった。看板はいったん路上に着地したものの、雪煙を巻き上げながら、そのまま猛スピードで滑走した後、再び風で舞い上がり、電柱に激突、二つ折りになり電柱に張り付くようにしてようやく止まった。直撃を食らっていたら、ただでは済まなかっただろう。らくさんに礼を言う前に、らくさんのほうから、

「エリちゃん、大丈夫か？　怪我していないか？」

と、訊いてきた。らくさんの体がクッション代わりになったのか、見たところ幸い無傷のようであった。エリの代わりに、私が歩道脇の排水用の鉄板で足を滑らせたらしく、左の足首に若干の痛みを覚えた。軽い捻挫といった程度だろう。そのときもエリは荒い呼吸をするばかりで、自分の身に何が起きたのか、まるで知らぬ様子でぐったりと横たわっていた。

　間一髪、難を逃れたものの、この看板の襲撃が撤退する決意を固めさせた。その旨をらくさんに伝えると、異存はなかった。らくさんに手伝ってもらい、もう一度エリをおんぶしようと立ち上がったとき、ゴーッという風の音、地響きが躰を震わせ、続けざまに聞こえてきたまるで巨人が吹く掠れた口笛のような異様な音が、耳を圧した。とっさに風上の

方角に目をやった。信じられない光景がそこにはあった。言い知れぬ恐怖心が湧き起こった。

アーケード街全体を呑み込む勢いで、猛吹雪が巨大な渦を巻き、螺旋《らせん》状になってこっちへ向かってきていたのだ。あんな化け物のような渦にまともに呑み込まれたならば、木の葉のように瞬く間に吹き飛ばされてしまうに違いない。私は振り向き、風下を見た。五メートルほど先に、この界隈のごみの集積場所になっている大きな青いコンテナが目に飛び込んできた。頑丈な造り、あの陰に逃げ込めば助かるかもしれない。コンテナを指差して、私はらくさんに叫んだ。

「あそこへ逃げよう！」

らくさんはエリがずり落ちないように背中を支えながら、一緒に走った。滑り込むようにしてコンテナの物陰に入った途端、周囲は猛吹雪の渦の中、まるで視界の利かぬホワイトアウトの状態になった。突風に煽られ、路上をごみ箱やら植木鉢やら宣伝用の幟《のぼり》やら、後は正体の分からぬ種々雑多な物が飛びすさり、工事現場で使う鉄製の虎柵までが耳障りな音を立てて大変なスピードで滑っていった。すべての物が凶器と化していた。私達が身を潜ませたコンテナも、不気味なほどにガタガタと揺れた。もし仮にこんな重い物までが飛ばされるようならば、覚悟を決めるしかあるまい、と腹を括った。

「こんな街中で、吹雪で遭難するなんてなあー。俺もこんな目に遭うのは初めてだあ！」

と、台風並みの突風が立てる巨人の吹く口笛に抗いながら、らくさんは大声でわめいた。

コンテナと私の背中に挟まれていたエリの咳がまたひどくなった。この子だけは何が何でも助けなければ……。その思いが猛威を揮《ふる》い続ける白い悪魔に萎《な》えそうになる気持ちを奮い立たせた。それから、上着の内ポケットに忍ばせてあるそれに意識を向かわせた。この程度の試練であっさりと責任を放棄するのであれば、こんなモノはただの紙片《かみきれ》にすぎない――そう思えた途端、エリをおぶった腕に力が蘇ってきたような気がした。

どれほどの時間が経ったのだろう。白い悪魔の猛威は突然止んだ。吹雪の巨大な渦、塊は通り過ぎていったのだ。コンテナが立てていた不快な震動も消えた。雪は降り続いていたが、横殴りの雪ではなくなり、雪が物音を吸収してしまうのか、辺りは静寂に包まれていた。

「らくさん、今のうちに急いで戻ろう。ボヤボヤしていたら、いつまたさっきのような化け物が襲ってくるかもしれない。行こう！」

私はらくさんを急き立てた。まずは、イセやんが停めたワゴン車のところまで戻ることを目標にした。その後のことは、それから考えるしかない。時折強く吹きつけてくる風と雪に背中を押されるようにして、積もった雪に足を取られぬよう注意しながらも、私達は急いだ。イセやんと生徒達が入っていった路地が見えてきた。

「俺、見てくるわ。ここで待っててくれ。すぐに戻ってくるから」

と、らくさんは言い残し、その路地の奥へと走っていった。咳き込むエリ。咳くたびに、背中でエリの全身が強張《こわば》るのがよく分かった。病気を拗《こじ》らせなければいいんだが、と今はそれだけが気がかりだった。戻ってきたらくさんが息を切らせながら、誰もいない、三つダンボールハウスが並んでいたが、どれも藻《も》抜《ぬ》けの殻《から》だった、と告げた。イセやんがそこにいたおっちゃん達と連れていった生徒達をワゴン車に乗せて、公園に向かったに違いない。折り返し、こっちへ戻ってくる……いや、今すぐにでも戻ってきてほしい——それが私の偽らざる本音だった。おぶっているエリの背中をらくさんに支えてもらいながら、再び私は歩き始めた。今のところ、白い悪魔はおとなしい。でも、それは私達を油断させるための策略であるかもしれない。小出しにしてくる吹雪と突風に、身を縮こまらせて耐えながら、先だけを見詰めていた。

そろそろワゴン車を停車させた場所に着いてもいいはずなんだが、と辺りを見回したとき、らくさんが落ち着きをなくしているのに気が付いた。

「先生、もう我慢できん。ちょっと小便してくるから待っとって」

と、いかにも申し訳なさそうにらくさんは言うと、歩道脇の排水口のところまでズボンのチャックを下ろしながら駆けていった。しばらくすると、放尿する音が聞こえ、らくさんの足許から白い湯煙の立ち昇るのが見えた。そして、締め括るように、ブッ！　と一発盛大に放屁した。

「出物《でもの》腫れ物所嫌わず、ってな……」

と、らくさんが小声で軽口を叩くのが聞こえてきた。体を小刻みに震わすらくさんの後ろ姿を眺めながら、ふと理屈ではない人間のおかしさ、といった思いがよぎっていった。

ところが、好事魔多し、それが一瞬の油断に繋がった。ワゴン車の停車場所を確認しようと、らくさんが立ち小便をしている反対側へ、数歩足を運んだところで、周囲が暗かったせいもあるが、迂闊《うかつ》にも排水口の格子《こうし》状になった鉄板の上に足を踏み入れてしまった。その鉄板は凍っていた。物の見事に滑ってしまい、「あっ！」と声を上げながら仰向けに転倒しそうになった。とっさにエリのことを考えた。このまま転倒したら、エリは下敷きになり、怪我を負わせてしまう。私は体を捻《ひね》り、横向きに転倒した。倒れた拍子に左の足首に激痛が走った。突風に飛ばされてきた看板の直撃を避けようとして、三人が縺《もつ》れ合うように倒れ込んだとき、捻ってしまったところと同じ箇所だった。慌てて駆け付けたらくさんが、私とエリを抱き起こしてくれたのだが、痛みのために左の足裏を地面に着けることができない。無理矢理立ち上がろうとして、バランスを崩し、再び倒れ込んでしまった。

エリのおんぶをらくさんに交替してもらい、私は右足でけんけんしながら、この吹き降りの中を進んでいかねばならないのかと想像しただけで暗澹たる気分に陥った。

雪の積もった地面に座り込んだ私を見詰めながら、らくさんも困惑の色を隠せないでいた。転倒した衝撃でエリは呻き声を上げ、体をくの字に曲げて激しく咳き込みだした。らくさんはエリを介抱するためにその場にしゃがみ込み、三人は身動きがとれずに座り込んだまま固まってしまった。

（冗談ではなく、私達はここで凍死してしまうんじゃないのか⁉）

寒さのために判断力も鈍っていたのだろう、私は慄然としてしまって、その場から動けずにいた。すると、らくさんが突然声を上げた。

「あれっ、……先生、あれ、あれ見て！」

うなだれていた私は頭を上げ、らくさんが見据えている先に目をやると、雪で煙る薄闇の中に、ぼんやりと二つの灯が浮かんでいた。そして、急にその灯が強くなった。さらに、幻聴のようにその灯の浮かんだ先から、短く一つ、クラクションの鳴る音が響いてきた。幻覚でも、幻聴でも、ない……。今度はその二つの灯が意志を示すかのように、光度の強弱を繰り返すようになり、次第にその輪郭を明らかにしていった。間違いなく車だった。右側の窓から顔が見え、大きく手が振られた。

「ヒデオー！　らくさーん！　エリー！」

アケミの声だった。筋肉が強張っていた私の全身から力が抜けていった。路地の奥でおっちゃんが夜回りをするイセやんを見つけたとき、地獄で仏のようだった、と語っていたというが、このときの私の気持ちも、まさにそれだった。エリを抱きかかえてくれていたらくさんの顔にも、久方《ひさかた》ぶりに見るような柔らかな安堵の笑顔が浮かんでいた。

ここにも、仏がいた――。

文無し公園近傍に駐車させておいた自分の車に乗り、箴言会館に戻ってきたとき、駐車場には神父の姿があった。ワゴン車に積んであった荷物を下ろしている最中だった。駐車場にも三センチばかりの積雪があり、いく筋もの轍《わだち》と無数の足跡が残っていた。アーケード街のような凄まじいビル風が吹いていないこともあって、まだ雪は降っていたが、優しい降り方であった。目敏《めざと》く私を見つけた神父は、車を降りた私に声をかけてきた。
「どの夜回りコースも雪で早目に切り上げたようで、生徒さん達は全員無事に……無事でもないか、ともかく全員生還しているよ。エリちゃんは二階の部屋で寝ている。熱は高いし、咳が止まらない。ちょっと心配だねえ。アケミちゃんが枕許にいて看病しているよ」

箴言会館の玄関を開け、ストーブの点いている厨房に入っていくと、すでに着替えを済ませていたカホリが私の顔を見て、大慌てで二階へ駆け上がっていった。そして、二階の部屋から大声で私を呼んだ。エリのことに違いない。冷え切った体をストーブで少し温めたかったのだが、そんな悠長なことを言ってはいられない。呼ばれて、一目散に二階の部屋へと入っていった。枕許で洗面器に水を張り、タオルを濡らして、エリの額に当てていたアケミと目が合った。
「さっき計ったら、四十度近くある。呼吸は見ているこっちが辛くなるくらい荒いし、咳き込み始めると止まらなくなる。呼びかけても返事ができない状態だよ。大至急病院へ連れていったほうがいい。このままにしておいたら、大変なことになりそう」

そう告げたアケミの声は緊張し、震えてもいた。私は階段を駆け下りて、神父を捜した。厨房から直接外へ出られるようになっている物置き兼土間で神父は作業をしていた。

「ここから近い救急病院はどこですか？　受け入れてくれるようならば、すぐにエリを車に乗せて、私が連れていきますから」

と訊くと、神父は片付ける手を止めて、兎のポポちゃんを放し飼いにしている自室へと向かった。私もその後を追った。部屋に入ると、相変わらずポポちゃんが畳を齧《かじ》るポリポリという音に混じって、受話器に向かって入院の受け入れを要請する神父の声が聞こえてきた。

「先生、中央病院、場所は分かるよね？　当直医が出て、今すぐ連れてきてもらって大丈夫です、と請け合ってくれた」

神父はいつも通りの落ち着いた声音でそう言った。礼を言い、ついでに、エリを車に乗せるのを手伝ってほしい、と頼んだ。まだ歩くと左足首が痛む。甘えついでに、湿布薬とサポーターはないか、と訊いてみた。事情を簡単に説明すると、すぐに出してくれた。

「これ、足首を固定できるサポーターだよ。貰い物だから遠慮なく使って」

と言い、湿布薬に添えて、私の手にポンと載せた。

神父の手を借りてエリを車に運び入れようとする後を、アケミがエリのバッグと毛布を一枚持ってついてきた。

「エリの荷物はこれで全部だと思う。私も付き添うから」

と、有無を言わせぬ口調で言ってきた。その言葉に付け足すように、

「俺も行くからよー」

と、らくさんの声が土間から聞こえてきた。いつの間に来ていたのだろう、神出鬼没のおっちゃんだ。「家」が雪で潰れていないか、クン太が寂しがっていないか、心配だから、いったん戻る、と言い残して、らくさんは文無し公園を出ていったのだが、この雪の中を、しかもこの短時間で箴言会館までやってくるなんて、驚くべき健脚だ。車の後部座席に、毛布で包んだエリを抱きかかえるようにしてアケミが、そして、助手席にらくさんが乗り込んだ。私は神父に言った。

「エリを無事親御さんに渡すまで、病院から離れるわけにはいきません。今日のプログラムには参加できないでしょうから、後のことはお任せするしかありません。申し訳ありませんが、よろしくお願いします」

するると、神父が皆まで言うなと言葉を遮るようにして、

「分かってます。こっちのことはご心配なく。それに、何かあったら、このしっかり者のカホリ君が何とかしてくれるでしょう」

と言って、傍らに立っていたカホリの肩を軽くポンポンと叩いた。

「ヒデオ、後ろの座席に積んであるの、替えの上着でしょ？　今着てるの、雪でベッタベタだよ。そんなの着てたら風邪引いちゃう。乾かしておいてあげるから、着替えていきなよ」

と、眉根を寄せて、カホリが言った。確かにカホリの指摘通りだった。雪の舞う屋外での着替えは寒かったが、さっさと済ませた。濡れた上着をカホリに手渡した。

「じゃあ、行ってきます」

車に乗り込み、イグニッションキーを回す。エンジン音に負けまいと、神父が大声で、

「路面凍結してるだろうから、くれぐれも運転には気をつけて――」

と言った。カホリとまだ起きていた生徒達が手を振って見送ってくれた。


カホリは土間に一人立ち、受け取った上着に付いた水気を落とそうと、襟近くを両手で持って、二度、三度と叩《はた》いた。弾かれた水滴が目に入り、思わず顔を背けたとき、視界の隅に三和土《たたき》に落ちる白い物を捉えた。白い物――封筒だった。カホリはその表に筆で書かれた文字を見て、愕然とした。慌てて拾い上げると、周りに誰かいないか、キョロキョロ見回した。幸いにして人気《ひとけ》はなかった。急いで封筒を上着の内ポケットに戻した。

どうしよう？　カホリは独りごちた。頭は混乱していた。落ち着け、私、とカホリは自

らに言い聞かせた。考えが纏まらぬまま、厨房に入り、へたり込むようにして丸椅子に腰を下ろした。厨房の壁に掛かった時計は、午前四時を指していた。

薄暗い病院の待合室に置かれた長椅子に、アケミとらくさんが並んで頭を寄せ合うようにして眠っていた。孫娘と爺ちゃん、そんな風情だった。らくさんは口を半開きにして、口の端から涎を垂らしていた。持っていたタオルで拭ってやった。石油ストーブが一台点いていたが、待合室の中は冷え切っていた。エリの体を包んでいた毛布を広げて、二人に掛けてやった。首から下は毛布で隠れ、二人の首だけが見えている。何だか田園地帯の道端で見かけるお地蔵さんか、道祖神のように見えなくもなかった。

ストレッチャーに乗せられたエリが、観音開きの救急治療室の中へと消えていって間もなくしてから、診察に当たった当直医から病状についての説明を受けた。

「急性肺炎を起こしてます。それと元々《もともと》この患者さんは気管支が弱かったようですね。抗生剤を使いましたから、直に《じき》熱も下がってくるでしょう。体力も落ちてるようなので、栄養点滴をしています。肺炎といっても初期の症状ですので、一晩……といっても、間もなく夜も白んでくる時刻ですが、様子を見てみましょう。一週間ほど入院して治療を続けることになりますが、それほど心配する必要はないですよ」

その見立てに私の気持ちは少し楽になった。私の体も疲弊し切っていて、悲鳴を上げていた。泥のように深く眠りこけたいと欲しているのだが、頭の緊張が解《ほぐ》れずにそれを許さなかった。エリの自宅に電話したが、留守電になっていた。エリが提出したゼミの申し込み用紙に、父親の職場の連絡先が記されていた。こんな時刻に電話しても通じないことは分かっていたが、念のために電話してみた。案の定、留守電になっていた。両方に用件を吹き込んでおいたが、連絡がつくのはいつになるのか、見当がつかない。というのも、エリの父親は長距離トラックの運転手で、遠くへ配送に出かけている可能性が高かったからだ。仮に会社から連絡が行っても、すぐには戻って来られない遠隔地にいることも考えられる。エリは父子家庭だった。エリが小学生だったときに離婚している、と担任から聞かされていた。どこから仕入れた情報なのかは知らないが、一人娘のエリと父親を残して、母親は別の男と逃げたらしいとも教えてくれた。その出来事以来、エリは変わってしまったと言う。他人とのコミュニケーションを取ろうとせず、仲の良い友達もいなくて、一人で過ごすようになった。父親ともまともな会話にならない。それで父親はエリに手を焼いていて、保護者面談の際に相談を受けたことがあった、とのことだった。夜回りで見せたエリの行動の背景に、そんな生い立ちがあることは容易に想像できた。しかし、それでエリの心の全貌を理解できたとは到底思えない。思いたくはない。人は、分かりやすい、分かりたいと願う物語に当て嵌《は》めて、それで理解できたのだと思い込むことで、早々に片付けてしまいたいと考えるものだ。でも、夜回りで見せたエリの強靭と称する他ない一途さ、おっちゃんと約束したんだから、と体が壊れるまで恐怖すら覚えた猛吹雪の中を突き進み、その約束を守り抜いた意思の強さを、自分好みのちっぽけな物語の箱に押し込めるのは、人間に対する冒瀆《ぼうとく》、人間の尊厳を踏みにじる愚行だ、と私には思えた。

人間を舐《な》めるな！　高校生を舐めるな！

エリは言葉ではなく、自らの体を投げ出し、行動に移すことで、意識することなく、それを私に示してくれたのではなかったか⁉　お前は、この体験、エリの捨て身の行動から、何を、どのように学ぶのか？　私は試されているのかもしれない……。

当面、私にやるべきこと、やれることはなくなった。頭の芯がズキズキと痛んだ。さらには、忘れていた左足首の痛みもぶり返してきた。痛みがあるのは生きてる証拠、と子供の頃に母親がよく口にしていた言葉を思い出した。確かに生きてるよ、決して要領のいい、楽な生き方じゃないけどね……と心の中で呟きながら、アケミとらくさんが眠っている前に置かれた長椅子に腰を下ろした。全身が鉛のように重かった。エリの父親なり、勤めている会社なりから伝えておいたこの病院に連絡が届くのを待つしかない。病院の受付の窓口の上のほうに掛かっていた時計は、もう直午《じき》前六時を指そうとしていた。

眠っているつもりはなかったが、どうやらうつらうつらとしていたらしい。いきなり声をかけられ、慌てて目を覚ました。目の前に小太りの中年の看護師さんが立っていた。

「患者さんのお父様から先ほど電話がありました。容態については伝えておきました。まだ出先の公衆電話からかけておられるということで、高速道路を使って病院へ直行するつもりだが、大阪、京都の辺りが大雪のため、所々通行規制されていて渋滞も発生している。到着がいつ頃になるか、よく分からない、とのことでした」

そう言い終えると、一礼して受付の横のドアを開けて姿を消した。目線を上げて時計を見ると、九時を少し回っていた。アケミとらくさんに起きる気配はなかった。ただ今、爆睡中といったところだ。目を覚ましたら、お腹が空《す》くのではないかと思い、近くのコンビニへ行って軽食と何か飲み物でも買っておいてやるか、と思い立った。自分自身に空腹感はまるでなかった。疲れが溜まっているのと睡眠不足とで、今食事をすると、元来胃腸の強くない私は下痢をするのではないか、という予感がした。立ち上がって正面玄関へ向かおうとしたとき、また左足首に痛みが走った。なるべく左足首を床面に着けないように、壁伝いにゆっくりと歩いていった。外はどんよりとした曇り空で、空気は凍《い》て付いていたが、雪は止んでいた。ときどき雲の隙間から薄陽が射してくることもあった。明けない夜はない、止まない雪もない、といったところか……と無理矢理にも気持ちを明るいほうへと持って行こうと努力してみたのだが、それが私の性分なのだろう、目はどうしても、真っ黒な腹を見せている、いつまた雪を降らせるか分からない、流れゆくぶ厚い雪雲ばかりを追っていた。

昼の一時を過ぎた頃だった。待合室の正面玄関がよく見える位置にある長椅子で、目を覚ましたアケミとらくさんがサンドイッチをパクつき、私がミルクのたっぷり入った缶コーヒーを喉に流し込んでいたときだった。ドドドドド……という重低音が腹に響いてきて、黒くて巨大な影が正面玄関のガラス扉の向こうに姿を現し、横付けにして停まった。荷台の腹にエリの父親が勤める運送会社の名前が見えた。運転席の前方を回り込み、一人の男性が大股で正面玄関に向かってきた。角刈りにえらの張った四角い顔、不精髭《ぶしょうひげ》が伸び、眉が太くて濃く、左右の眉がくっつきそうだ。大きな口がへの字に曲がり、固く結ばれていた。玄関のドアを開けて、待合室に入ってきたその男性は見上げるような大男、プロレスラーかラガーマンか、といった堂々たる体格をしていた。茶色いボアの襟が付いた黒い革ジャンに洗い晒《ざら》しのジーパン、安全靴なのだろう、ブーツ仕様の黒いガッチリとした靴が、一歩一歩床を踏み締めるように近付いてくる。飲みさしの缶コーヒーを長椅子に置き、その大男に歩み寄った。正直に告白すれば、恐ろしかった。

俺の大事な娘を、よくもこんな目に遭わせてくれたな、許せん！

と一喝され、そのグローブのような掌で横面《づら》を引っぱたかれるのではないか？　一瞬ではあったが、そんな想像からいつ殴られても良いように、私は奥歯を強く嚙み締めた。正対した父親は、私よりも優に頭一つ分以上背が高かった。革ジャンの下に何か着込んでいるせいもあるだろうが、ファスナーを首のところまで上げたためにより強調された胸板の広さ、厚さは圧倒的で、今にも革ジャンが張り裂けそうなくらいにパンパンに張り詰めていた。互いに名乗り合った。私は緊張から声が掠れていた。その直後、父親は両掌を太腿《ふともも》の横にぴったりと付け、背筋を真っすぐに伸ばした姿勢で深々と頭を下げたのだった。何かを耐えているかのような抑制した口振り、しかし、腹の底から響いてくる野太い声でこう言った。

「本当に申し訳ありませんでした。ウチの娘のわがままから、先生にまでこんな大変な目に遭わせたに違いありません。一度言いだしたら、聞かない子ですから。父親として恥じ入るばかりです。父親失格です。どうか許して下さい……」

一喝され、張り飛ばされるかもしれない、と覚悟していただけに、その父親の言葉にホッとするあまり、腰から下の力が抜け、その場にへたり込みそうになった。それでもなお、緊張感が全くなくなったわけではなく、すぐには言葉が出てこない。すると、朝方、父親から電話のあったことを伝えてくれた看護師さんが現れて、父親に声をかけた。

「お父様ですね？　こちらに来て下さい。お嬢さんは目を覚ましていますから。先生から病状について詳しい説明もありますので、どうぞ」

と告げて、父親を救急治療室の中へと誘導していった。父親は私とアケミ、らくさんに一礼して、看護師さんの後に従った。

「ヒデオ、目茶苦茶ビビッてたでしょ？　お父さんに怒鳴られるとでも思った？」

と、アケミが私の顔を覗き込むようにして悪戯っぽく目を輝かせながらからかってきた。

「大きな親父さんだったなあ。ちっちゃなエリちゃんからは想像もつかん。さすがにあんなでっかいトラックを転がして、全国走り回っているだけのことはある。先生ばっかりじゃねえ、俺もちょっとおっかなかったよー」

と、らくさんも笑いながらではあったが、情けない声を出した。

父親が集中治療室を出て、再び私達の前に姿を現したとき、その逞《たくま》しい両手にはエリが抱きかかえられていた。いわゆる、お姫様抱っこ、という奴だ。けれども、普通のお姫様抱っこでは、女性が相手の首に両手を回し、満面笑みで仲睦まじさをアピールするものであるが、エリは違った。うなだれて、お腹の上で両手を重ねていた。表現は悪いが、工事現場で大型ブルドーザーが細い木片を軽々と持ち上げているという感じだった。父親は改めて私の前に進み出ると、厳粛な面持ちでこう言った。

「娘に強く言われました。先生は悪くない。私がわがままを言い、先生は私のわがままを叶えてくれたんだ、と。吹雪の中で具合の悪くなった私を先生がおんぶしてくれて、おっちゃん達のところへ連れていってくれた。だから、肺炎を起こして、病院に担《かつ》ぎ込まれたのは、百パーセント私のせいで、先生は全然悪くないから、と。エリが訴えるようにこんなにも話をしてくれたのは久しぶりのことでした。それだけでも私には嬉しかった。先生、それと……アケミちゃんとらくさんでしたよね。本当にありがとうございました。あなた方は、娘の命の恩人です。万一、一人娘のエリの身に何かあったら、私もどうなってしまっていたか……。私にとっても命の恩人です。このご恩は一生忘れません。

エリはいったん退院させ、自宅の近くでウチのかかりつけ医のような老先生が院長をやっている病院に転院させることにしました。転院させたほうが何かと便利ですので、一週間も入院して治療を続ければ大丈夫です、とこの病院の先生は太鼓判を押して下さいました。早速、今から連れて帰ります。本当にお世話になりました。先生も、アケミちゃんも、らくさんも徹夜で娘の面倒を見て下さった。さぞやお疲れだろうと思います。くれぐれも気を付けて、お帰り下さい。ホントに……ホントに、ありがとうございました……」

最後のほうは涙声で震えていた。一礼して、エリを抱っこしたまま、その場を立ち去ろうとしたとき、アケミが声を上げた。

「エリ、あんたからはないの？」

その声は意外なほどに厳しかった。エリは相変わらず俯いたまま、蚊の鳴くような声でポツリと呟いた。

「ありがとう……」

アケミの目はエリの血の気のない顔をじっと見詰めたまま動かない。

「はあ？　それだけ？」

アケミは容赦なかった。

「……ございました」

今にも消え入りそうな声だった。

「人から何かをしてもらったとき、とりわけ命に関わるようなとき、きちんとお礼の一つも言えない人間は最低だからね。エリ、覚えておきなよ！」

と、毅然とした態度で、アケミはそう言い放った。叱責されたエリ以上に、しょげかえってしまったのが父親だった。その両目にはいっぱい涙が溜まっていた。

「アケミちゃん、ありがとう。厳しくエリを叱ってくれたことに感謝します。私には負い目があって、エリのこと、腫れ物を触るように扱ってきたのかもしれない。だから、今のアケミちゃんのように、人としての正しい道をきちんと教えてこなかったように思えて、反省しています。先生、素晴らしい生徒さんをお持ちですね。羨ましいです」

父親の言葉に嘘はなかった。だから、私も嘘偽りなくこう応えた。

「私も一人の父親です。娘が二人いますが、どこまできちんと教えられているのか、まるで自信はありません。親父というのは駄目ですね。学校では、しょっちゅうこのアケミというオカンから叱られてばかりです。もうお分かりのことでしょうが……」

初めて父親の顔に笑顔が浮かんだ。ごっつい見てくれとは違って、優しい笑顔だった。

父親はエリをトラックの助手席に乗せ、静かにドアを閉めた。小さな体故に、窓からは辛うじて横顔だけが見える。俯くばかりで、見送りに出た私達のほうを一度たりとも見ようとはしなかった。不服そうなアケミに、恥ずかしいんだよ、とらくさんが優しく諭した。運転席に乗り込む前に、今一度、父親は深々と頭を下げた。エンジンがかかる。十トン車の大型エンジンの音は、地響きとなって私の内臓を揺さぶってくる感じだった。

真っ黒な巨大な車体が去っていくのを目で追っているうちに、私の身と心を縛り上げていた緊張感が解《ほど》けていくのを覚えた。それと併せて、新たにもう一つ、悩ましい葛藤が心の内に芽生えていた。このままエリのお父さんの気持ちに甘えてしまって良いのか？　エリを病院送りにしてしまったことの責任に頬《ほ》っ被《かぶ》りをしてしまって良いのか？　おっちゃん達との約束を守りたいというエリの願いを叶えてやろうとした自らの決断に間違いはなかったとの思いも消えずにあったものだから、この本音の相克に容易に答えを出せずにいた。

トラックの姿が見えなくなっても、しばらくの間、病院の正面玄関前で立ち尽くし、眉間に縦皺を寄せていた私に、アケミが忍び寄り、顔を近付け、声を潜めてこう言った。

「また何か、一人で面倒臭そうなことを悩んでいる最中に申し訳ないんだけど……、らくさんのこと……覚えてる？」

意表を突かれ、私は大きく目を見開いて、アケミの顔を見返した。

「完全に忘れてた……」

みるみるアケミの顔付きは険しくなり、頬っぺたが膨らんだ。今にも、飼い主であるオカンのアケミから怒気を孕《はら》んだ声で、ハウス！　と命じられそうな気配がしたものだから、大急ぎでらくさんの許へ向かった。らくさんは待合室にある玄関前の長椅子に腰を下ろしていた。さすがのらくさんにも色濃く疲れが滲み出ていた。私は黙って、その筋《ふし》くれ立った手に、千円札を二枚握らせた。

「何だ……？」

らくさんは、イソギンチャクのような皺の寄った小さな目を瞬《しばた》かせながら、私の顔を訝しげに見詰めた。

「今頃、なんだ⁉　って怒られそうだけど……エリのために買いに走ってくれた体温計、その代金です。いろいろあって、つい忘れてしまっていて……」

なぜか、しどろもどろになっていた。

「あー、あれか。いいよ、あれは俺が勝手に買ったもんだから、先生から金を貰う筋合いはねえよ」

と、らくさんは普段通りののんびりとした口調で言った。

「ごめんな、らくさん。失礼な言い方だけど、らくさんにとって、この金額は安いものじゃない。らくさんの善意だから、というんで、はい、そうですか、というわけにはいかないんだよ。黙って受け取ってくれないかな？……いや、お願いします。受け取って下さい」

私は金を握らせた手を両手で握り締め、頭を下げた。らくさんの顔には困惑の色が広がっていたが、いつしかそれも消え、いつもの穏やかな表情に戻っていた。

「……分かった。俺が受け取らねえと、先生を苦しめることになっちまうんだな。分かったよ。ありがたく頂戴しておく。先生の言う通り、俺みたいな人間にとって、この金は大金だ。助かるよ……」

らくさんにそんなことを言わせてしまったことに罪深さを覚えたものの、私の心には安堵感が広がっていった。すると、唐突にらくさんが口を開いた。

「俺、帰るわ。クン太が寂しがってるしよ。『我が家』で一眠《ひと》りしてくるわ。さすがに眠いしよー」

そう言うと、長椅子から立ち上がり、病院の外へ出ていった。外ではアケミが待っていた。らくさんはアケミの前に立ち、にっこり微笑むと、歯のない口を開けてこう告げた。

「アケミちゃんよ。あんたみたいなしっかりした優しい高校生には初めて会ったよ。一緒にいた生徒さん達もみんなそうだ。嬉しかった。出会えたことが嬉しかった。いつまで生きられるか、分からんけどよー、俺にとっては一生の思い出、宝物だ。感謝してるよ。じゃあな、元気でな」

そう言い終えると、らくさんは飄々《ひょうひょう》とした足取りで病院前の横断歩道を渡っていった。

アケミは涙で声を詰まらせ、ただ手を振るばかりだった。らくさんにはまた会えるだろう、と思い、去っていくらくさんに向かって、私は何も声をかけなかったが、その直後に後悔の念が湧いてきた。また会える？　ホントだろうか？　だが、そう思ったときには、すでにらくさんの姿は消えていた。

待合室の公衆電話から箴言会館に連絡を入れた。すぐに神父が出た。無事にエリを父親に渡し終えて、用件は済んだ。今からアケミを連れて箴言会館に戻る、と伝えたところ、受話器の向こうで神父は小声になり、こう言った。

「嵐が過ぎ去ったのも束の間、また新たな嵐が、こっちで吹き荒れてるよ。先生、覚悟して帰ってくるんだね」

と、意味深な言葉を残して、神父は一方的に電話を切った。嵐？　まるで見当がつかない。それよりも気になったのは、神父の口調だった。やれ嵐だの、やれ覚悟だの、と警戒心を煽るような言葉を用いながらも、どこか楽しんでいるような口振り、気配を感じたからだった。神父……ウメちゃん、あなたは今、何を考えているんだ⁉

六　光芒

ゼミ最終日のプログラムは、経験交流会をメインに、今夜の炊き出しに向けての雑炊の具材の刻みまでであった。連泊しての三日間のハードスケジュールに疲労困憊していることだろう、そんな配慮から最終日のプログラムは比較的軽いものになっていた。具材の刻みが終われば、ゼミはお開きになる……はずだった。玄関を開け、厨房に目をやったとき、生徒達が全員揃っているのが見えたものだから、疲れ切ってはいたが、私は空元気《から》を出して、ただいま！　と大声で挨拶しようとした。ところが、厨房に勢揃いした生徒達の雰囲気が変だ。

「ただ……い……ま」

私の挨拶は尻すぼみになっていった。アケミはいち早くその異変に気付いていた。アケミは躊躇することなく、生徒達の輪の中心に陣取っていたカホリに目をやった。カホリの目は真っ赤に充血していた。開口一番、カホリは厨房の流し台の前、大テーブルの中央に置かれた丸椅子に座るよう、私に命じた。四の五の言わせぬ強引さであった。カホリはポケットに入れていた封筒を、すっと私の目の前に差し出した。とっさに言葉が出なかった。

カホリは重い口を開いた。

「病院へ行くとき、濡れた上着を着替えるよう、ヒデオに言ったよね。車が出発した後、土間で一人、受け取った濡れた上着をはたいたんだ。そのとき、この封筒が三和土《たたき》の上に落ちたっていうわけ」

カホリはそこで少し間を置いた。そして、こう続けた。

「一つ、確認してもいい？」

今さら隠し立てしても仕方あるまい。私はうなずくしかなかった。

「ヒデオはこのゼミが終わったら、学校を辞めようと考えていたの？　もし、そうだったら、話が全然変わってきちゃうからさ」

その声は冷静そのものだった。そんなはずはない、と確信していることが、カホリの喋り方や態度からよく伝わってきた。

「カホリが推察している通り、そんなことは考えていなかった」

私もできる限り平静を装って応えた。

「……となれば、この退職願の意味するものはただ一つ、このゼミで何か不祥事が起きたり、私達の身に何かアクシデントが生じてしまったりしたとき、引率教員として責任を取るため、この退職願を用意していたということだよね」

私は返事をせず、黙ってカホリの充血した目を見返した。すると、大テーブルの縁《ふち》で両腕を枕代わりにして突っ伏していたミキが、急に顔を上げ、捲し立て始めた。

「そして、アクシデントは起きてしまった。ヒデオがそばに付き添っていたにもかかわらず、同じ夜回りコースに参加していたエリが肺炎を発症し、入院騒ぎになった。夜回り前から体調が悪かったのに、猛吹雪を突いての夜回りへのエリの参加を許したヒデオの判断は、果たして正しかったのか？　生徒の健康、安全を第一に考えるべき教師の立場からして、ヒデオに落ち度はなかったのか？　落ち度があったと認めるならば、何らかの責任を取らなければ事は収まらない。大人の社会、学校という社会とは、そうしたものなんでしょ？　ヒデオもその点は重々承知していて、このゼミが終わった後で、教頭先生か、直接校長先生にその退職願を提出し、自ら責任を取ろうと考えている――要はそういうことなんでしょ？」

ミキはいらいらしていた。早く話の本筋に入れよ、という苛立ちと、そういう責任の取り方をしようとしている私への苛立ちとが相乗効果をなし、そんな物言いに繋がっていると私には思えた。感情に任せて、短兵急《たんぺいきゅう》に事を進めようとするミキの態度に、カホリは不快感を隠そうとせず、上目遣いでミキを睨み付けた。ミキは平然たる様子でカホリの目を見返していたが、その隣にいたアイは、カホリの三白眼《さんぱくがん》に怖れをなし、俯いてしまい、ユウキはアイの体にしがみ付き、今にも泣き出しそうな情けない表情になっていた。

「ちょっと待ってよ」

　一触即発の空気を漂わせていたカホリとミキの間にアケミは割って入った。

「吹雪が強まっていく中、ますます体調を悪化させていったエリに、ヒデオはドクターストップをかけたんだよ。でも、その指示にエリは一切耳を貸さなかった。おっちゃん達と約束をした、夜回りには必ず行くから、と。どんな忠告に対しても、エリの答えはその一点張りだった。あのとき、力ずくでエリの夜回りをやめさせていたら、エリの心は壊れてしまったんじゃないか、とその場に一緒にいたらくさんは思ったそうだ。きっとヒデオもそんなエリの心理状態を直感したんだと思う。ヒデオはしゃがんで、エリに背中を向け、その背中におんぶしていくという条件を飲むならば、エリの指示通りにおっちゃんの所へ一軒一軒訪ねていってやると言ったんだ。エリはヒデオにおんぶされて、約束したお目当てのおっちゃんを目指して、アーケード街の奥へ奥へと入っていった。でも、どんどん吹雪はひどくなっていった。同行したらくさんの話によると、風に吹き千切《ちぎ》れたトタン板の看板が猛スピードで飛ばされてきて、あわや直撃を食いそうになる危ない目にも遭った、猛烈な吹雪が渦巻きになって襲いかかってきたとも……。間一髪、物陰に身を隠し、難を逃れることができたんだって。らくさんがあの口調で、『命がいくつあっても足りねえ。怖かったよー』って、そのときのことを思い出して真顔で語ってた。そのうちに、エリの意識は朦朧《もうろう》としていった。このままだと遭難してしまうかもしれん、と本気で心配してたって、らくさんは言ってた。後は死に物狂いでやってきた道を戻り、ワゴン車で救助に向かった私達と出会うことができたってわけよ。ワゴン車のライトに照らし出されたときのヒデオとらくさんの顔、放心したような、心の奥底から助かったー！　って安堵した顔、私は忘れない。それぐらい、生きるか死ぬか、というギリギリの状況での夜回りをヒデオ達は体験したんだ。

ミキは、それを単純に判断ミス、教師としての落ち度、って片付けてたけど、私には納得できない。そんな○や×で片付けちゃいけないことがある、と私は思うんだ」

アケミがそう言った途端、ミキは大テーブルを力一杯に叩き、立ち上がった。そして、物凄い勢いで食ってかかってきた。

「誰がそんなこと言った⁉　世間体ばっかり気にする大人の社会、学校という社会では、そういう基準でしか物を見ない、と言ってるんだ！　ヒデオも先生だ、当然そういう価値観に縛られていて、だから、事前に退職願を書くという行為に出たんだって言ってるだけじゃないか！　私がそんな下らない、どうでもいい価値観を持ってるわけないじゃないか！冗談じゃないよ、全く！」

前屈《まえかが》みになった上体を支える両腕が、ぶるぶると震えている。怒りに紅潮した顔、まだ何か言い足りなさそうに、その唇は戦慄《わなな》いていた。アイとユウキも慌てて立ち上がると、ミキの両脇に回り込み、その肩を抱いて、しきりに宥《なだ》めにかかる。ユウキはべそをかきながら、声にはならぬ声を上げてミキの腕を引っ張っている。二人は何とかして座らせようとするのだが、ミキはアケミを真正面から睨み付けたまま、金縛りにでも遭ったかのように全身を硬直させ、その場に立ち尽くしていた。

そんなミキとは対照的に、アケミは意識して冷静さを保とうと努めていた。それでも、緊張しているのがよく分かる。一つ、唾を呑み込み、アケミは一語一語確かめるようにして喋り出した。

「分かった。責任の取り方というのは、大人社会で通用している一般論について語ったものであって、ミキの意見を述べたわけではないし、ミキ自身はそんな世間の価値観に否定的であることもよく分かった。……でも」

その瞬間、ミキの眉がぴくりと動いた。アケミはその反応に気付かぬ振りをして、言葉を続けた。

「でも、ヒデオがそんな世間一般の価値観に縛られて、事前に退職願を書いた、というミキの解釈が私にはしっくりこないものがある——」

「ヒデオが変わった先生であることは知ってるけど、ヒデオだって一人の先生だ。何か起きたら責任を取って学校を辞めるというルールを無視して自由に生きることはできない、って言っただけだよ」

と、今度は沈んだ声で、ミキは口を挟んだ。すると、カホリが、

「最後までアケミの言うことを聴こうよ。一々《いちいち》口を差し挟むのは良くない」

と、ぴしゃりと注意した。不機嫌そうな表情を崩すことはなかったが、ミキはカホリの注意に従い、口を噤んだ。アケミはカホリとアイコンタクトを取り、再び喋り始めた。

「なぜ、事前に退職願を書いたの？　それについては、ここにヒデオがいるんだから、直接説明してもらえば済むことだろうけど、あの吹雪の夜回りの場面にいた私の実感からすると、それは違う、もっと別の意図がヒデオにはあるんじゃないか、という気がしてならないんだ。ヒデオ自身に語ってもらう前に、私の考え方をまずは聞いてほしい。夜回りを強行すれば、エリの病状は悪化するのを見越した上で、それでもなお、あえてヒデオはエリにやらせたんじゃないの？　このゼミの間にあの子と付き合ってみて、痛感したのは、その頑固さが並外れているということ。他人の意見を受け入れる以前のレベル、意見を聴くこと自体ができない。何て言ったらいいか……表現は不適切かもしれないけど、実感として、ちょっと病的なものさえも感じたんだよね。自らの意思を持ってない場面でのエリの行動は、魂の抜けたお人形さんのように、命じられるままにただこなしていくというものだった。ところが、これをやりたいと心に決めた途端、エリは豹変した。やりたいこと以外は一切目に入らない。それを実行したら、自分がどうなってしまうかなんてことも眼中にない、異常な打ち込み方だった。何かに取り憑かれてるんじゃないの？　とちょっと空恐ろしくなることさえあった。これもらくさんに聞いた話だけど、危険だからこれ以上夜回りを続けるのはやめよう、と説得しても、エリは頑として応じなかった。説得する声そのものが耳に入ってない感じだったって言ってた。『おっちゃん達と約束したんだ。だから、私は行かなきゃならない』——そればかりをエリは繰り返していたんだって。私には、そのときのエリが全身から醸し出していた空気みたいなものが分かる気がする。ヒデオもその空気を感じ取ったに違いない……たぶんね。

ここから先は私の勝手な想像にすぎないんだけど、ヒデオはそんなエリの頑固さに根負けしたんじゃないか、と思う」

そう言うと、アケミはこちらを一瞥《いちべつ》した。答え合わせでもしたいのかもしれないが、私は極力ポーカーフェースを貫いた。まずはアケミが、その考えを語り尽くすべきだ、と考えたからだった。アケミは不満そうだったが、諦めてさらに言葉を続けた。

「荒れ狂う猛吹雪を目の前にして、体は限界に達していたはずなのに、微塵も動じないエリの信念というか……うーん、上手く言えないんだけど、いろんな思いが入り混じった、エリ自身にも理解できていない、ともかく、そんなエリの胸の中で渦巻いている強烈なエネルギーをヒデオは信じた、懸けてみよう、って決意したんじゃないか、と私は想像してるんだ。きっと、そのとき、退職願のことなんか、責任を取って辞めるとか辞めないとかいった世間一般の価値観なんか、忘れちゃってたと思う。今、エリに対して自分のできること、少しでも体力を温存するため、吹きつけてくる風雪を防ぐため、エリをおんぶして移動するという方法を思いついた。それぐらいしか、今の自分に、何かに突き動かされているエリに対してやってやれることはない、と教師としての限界に気付けたんじゃないかな？

それは決して悪いことじゃない。授業中に、脱線しながら、ヒデオはよく語ってたじゃない。生徒に誘導尋問のような質問をしておいて、その答えを出せたら正解、という出来損ないのクイズ番組みたいな授業はつまらない。教師も生徒も答えが分からずに、一緒になって答えを探っていく授業が面白いんだって。仮に答えなんかなくったって構わない。教師と生徒が対等にああでもない、こうでもないと言い合って、答えに近付いていこうとするプロセスこそが授業なんだって。

病身でありながら、おっちゃん達との約束を果たすために、猛吹雪の中へ突っ込んでいこうとしたエリを止めるんじゃなくて、自分も一緒になって飛び込んでいく……いや、違うな……エリの後を追っかけていこうとしたんだ。生徒にアクシデントが起きたら責任を取るのが当然、その方法として退職という道を選ぶ、そんなパターン化した価値観にヒデオは縛られてなんかいない。縛られていたら、エリにゴーサインを出すはずがない。私にはそう思えるんだ」

そこまで一気に喋り切った直後、アケミは前途に立ちはだかる障害物に気付いたように、言葉に急ブレーキをかけた。ミキは見逃さない。意地悪そうな目付きをアケミの顔に向けた。

「ね、結局はそうでしょ？　アケミだって気付いてるんだ。事前に退職願を書いていたという事実と、エリにゴーサインを出した決断との矛盾についてね。さっきアケミは、退職願を書いた理由というか、目的は別にあるに違いないって言ったよね。でも、それがどんなものか、分かってないはずだ。理由や目的は別にあると考えないと、矛盾が起きてしまうから、とりあえずそう言っているにすぎない。違う？」

　アケミは握り締めたハンドタオルを眺めたまま、何も応えない。ミキはアケミの顔を凝視しながら、その鋭い視線はアケミを貫き通して、一言も発していない私のほうに向けられていた。緊張しながら黙って、カホリ、ミキ、アケミの議論に耳を傾けていた他の生徒達の意識も、一律に私のほうに向けられているのを感じ取っていた。そんな共通する意向を代弁するかのように、カホリが口を開いた。

「そろそろ語る番だよ」

　カホリの目は、真っすぐに私の目を射抜いていた。固唾《かたず》を呑んで、生徒達全員の目が私に集中している。その後ろを、神父が丸々と太った兎のポポちゃんを抱いて横切っていった。気のせいかもしれないが、その横顔には微笑が浮かんでいたように見えた。ポリポリ、ポリポリとポポちゃんが一晩中、神父の部屋の畳を齧《かじ》る乾いた音が、耳の中に蘇ってきた。表情にこそ出さなかったが、心の中で、ふと、小さな泡《あぶく》のような笑いが浮かんできて……

消えた。

「野宿をしたその日、オリエンテーションの最中に見た夢のことは話したよね。鉄パイプで襲われたのも自分、また襲ってきた連中の中に、血の滴り落ちる鉄パイプを握り締めた自分がいたこと。そして、鉄パイプが一斉に振り下ろされる瞬間に叫んだ言葉、私はホームレスじゃない！　一般市民だ！　――何よりもこの言葉に傷付いたこと。自分の外側にいる差別者を非難し、糾弾するのはたやすい。だけど、内なる差別者を自己批判することは容易ではない。何時何時、何かのきっかけで、ホームレスの人達を憎悪し、市民社会から排除し、存在そのものを抹殺するために、鉄パイプを握るやもしれない。そんな危うい自己を引き摺ったままに、僕はみんなに、おっちゃん達の置かれた悲惨な状況を説明し、それがいかに不当で不条理なものであるか、一般市民の差別感と偏見が、そのひどい状況をどれほどに助長し、強化しているかを、授業を潰してまで語り、その現実を身をもって知るためにこのゼミへの参加を呼びかけた。状況を語り、参加を呼びかけるたびに、僕は自らの心身の平衡が崩れ、ガラガラと壊れていくような感覚に襲われた。こんな状態でゼミに参加する、自分だけが参加するのではなく、大勢の生徒達を引き連れて参加するなんて、絶対に無理だ、と考えるようになっていった。

そんな折、ゼミに入る前々日だったかな、自宅の机の抽斗《ひきだし》を探っていたとき、偶然目に留まったのが、封筒と便箋だった。見た途端、何か閃くものがあったように思えたけど、それだけのことで、正直言って何も考えていなかったな。ミキやアケミがあれこれ語ってくれたけど、世間の価値観だの常識だの、何かあったときの責任の取り方だの、ほとんど頭に浮かぶことはなかった。強いて言えば、書き終わって、封をしてしまってから、そういった類《たぐい》のことを考えたぐらいかな？　しかも、深刻にではなく、ただボンヤリとね」

「なーんだ。私が学校をズル休みして、ゲーセンで遊んでたときに捕まって、指導部室で反省文を書かされたときと変わんないじゃん。私もあのときは、この用紙の最後の行まで反省を書け、って言われて、ウザイなあと思いながら、仕方なくただボンヤリと字を書き並べてたもんね。『すみませんでした。二度とこんなことはしません』これ以上何を書けって言うのさ？　訳分かんなーい、って感じだった」

と、大テーブルの隅で、仲間のキミコ、レイ、ユイと固まって、頬杖を突きながら話を聴いていたシズカが、間延びしたような声で割って入ってきた。

「反省文書かされたときの自分とヒデオを同列に扱わない！　次元が違う話なんだからねえ、まったく！」

そばにいたキミコが、さも呆れたというような口振りでシズカを非難した。だが、その顔は笑っていた。レイもユイも一緒になって、

「シズカはバッカじゃないの⁉　反省文と退職願を同じに考えるところが信じられないわあ⁉」

と、からかい気味にはやし立てながら、どこか楽しげであった。それまで緊迫した空気が続いていただけに、シズカの発言は場を和ませた。集中し、緊張した面持ちだった生徒達の顔に一気に笑顔が戻った。ただ一人、ミキを除いてのことだったが。私は話を続けた。

「訳が分からなくても、反省文を紙いっぱいに書かなければ、先へは進めなかったシズカと同じで、退職願を書き上げなければ、間近に迫っていたゼミに突っ込んでいけなかった。ホームレスの人達を、自分とはかけ離れた世界に住むノッペラボーのお化けの群れと捉えている間は、気が付けば、自分の手に鉄パイプが握られていた、という可能性はゼロにならない。仮に一人であってもいい、ノッペラボーの化け物ではなく、顔も名前もある、路上で暮らすようになった現在に至るまでの間に、自分と同じ一人の人間としての人生を歩んできたんだという事実を教えてくれる人と出会えたならば、自分の手に血塗られた鉄パイプを発見するようなことはなくなるのではないのか？　甘いかもしれない。でも、たとえ淡くて漠然とした期待であったとしても、そんな人との邂逅《かいこう》を抜きにして、自分という人間の崩壊を食い止める術《すべ》はないと考えたんだ。そうした奇跡と呼んでいい出会いを求めて、ゼミに参加した。そう考える上で、またゼミに参加する上で、退職願を用意しておくことは必須条件だったように思う。こんな曖昧で矛盾だらけの先入観を抱《いだ》いた自分が、ゼミに参加してもなお、自らの手に鉄パイプを見つけるような破目に陥ったなら……みんなに夢や理想や希望を語る教師で居続けることはできない。そんなご大層《たいそう》なことを口にする資格はない。人間として完全に崩壊してしまう前に、自ら潔く教職から身を退《ひ》こうと考えた……言葉にすると、どうしても薄っぺらくなっちゃうなあ……。退職願を書きながら、生徒の身に何かが起きたら、教師として責任を取る、という考えが浮かばなかったわけではないけれど、それ以前の問題で、責任を取るも取らないも、そもそも教師であり続けることが自分には許されるのかどうか、という点に最大の関心事があった、ということかな？　責任を取ろうと考えている時点では、前提として教師であることの主体性は揺らいでいない。ところが、その主体性そのものにすでに揺らぎが生じていたのだから、そんな土台のぐらついた教師に、実質、責任を取ることなど可能なのか？　意味があるのか？　という問題になってくる。そんなことを繰り返し考えていたように思う。なぜだか分からないけれど、今となっては、ずいぶん遠い記憶であるように思えるんだけどね……」

　ミキの目は私に向けられていたが、その視線の先にもはや私はいなかった。その目は何も見詰めてはいない。どこまでも、果てしなく内向の錘《おもり》を心の底に下ろそうとする者だけが持つ目だった。一輪挿しの花が萎れていくのを早送りで見るように、みるみるミキはうなだれていった。

　人差し指を丸めて、こめかみをぐりぐりと抉《えぐ》るようにして、カホリが話し出した。

「ヒデオの語ってくれたことのすべてを理解できたとは全然思えないけど、退職願に込めた思いの輪郭だけは、何となく分かったような気がする。……でも、その上でなお、不安が残るんだ。退職願は、退職願だ。エリがこんなふうになってしまった以上、ヒデオが学校へ退職願を出してしまうんじゃないかって心配しているんだ。ヒデオとアケミが病院から帰ってくる前、ウメちゃんに無理を言って時間を貰い、そのことでずいぶん議論してたんだ。エリの容態が私達には分かってなかったし、今度のことでエリの親がどう思っているのかも分かっていなかった。だから、話し合っていても、あっちこっち脱線せざるを得なかったんだけど、ともかく今回の件でヒデオに退職願を出させることだけは阻止しようということでみんなの意見は一致した。私達は知ってる。ヒデオは体調の悪いエリのことをずっと気遣ってた。そんなヒデオがよく考えもせずに、エリの夜回り参加を認めるはずがない。絶対、問題はエリの側にある。問答無用でエリの夜回り参加をやめさせるようなやり方をヒデオはしないだろう。結局、エリの強情さに負けたに違いない。事の成り行きはそんな具合なのに、言わばヒデオが悪者になって、退職に追い込まれるというのは納得がいかない。もしも、ヒデオが退職願を出すと言ったら、みんなの力を合わせて、全力で止めよう。その一点で議論は纏まったんだ。

ぶっちゃけ、ヒデオはエリの一件で責任を取ろうと退職願を出す気でいるの？　本心を教えてほしい」

カホリは充血した目で、改めて私の顔を見詰め直した。答え次第では私にも覚悟があるからね、という並々ならぬ圧を覚える迫力満点の顔付きだった。ミキは顔を大テーブルに向け、ここからは頭頂部しか見えなかったが、私の返答を聴き逃すまい、と全身を耳にして緊張しているのが分かった。他の生徒達も判で押したように瞬き一つせず、私の口許をひたすら凝視していた。

どう応えるべきなのか？　この場に充溢している空気、予定調和を第一義に考えるならば、答えに迷うはずもなかった。だが、そうすべきではない、その内なる声が安易な判断を許さなかった。もう一度、教師として、一人の人間として、自分の心の奥底から響いてくる内なる声に耳を傾け、それを聴く者の反応の如何《いかん》に影響されることなく、本当の結論を出すべきだと考えていた。頭の中を整理すべく私は黙りこくった。長い時間が流れたようにも思う。逆に、あっという間の時間であったようにも思えた。

そのとき、アケミがもう辛抱できないとばかりに、早口で捲し立て始めたのだった。さっきまでの極力冷静さを保とうとしていた態度が嘘のような豹変ぶりであった。

「私はずっと病院にいたから、エリのことも、迎えに来たエリのお父さんのことも直にこの目で見ている。ヒデオとのやりとりもすべて聴いていた。だから、分かるんだ。病床で意識の戻ったエリは、お父さんに繰り返しこう言ったという。『先生は全然悪くないから。私のわがままでこんなことになったんだ』って。あんなに一所懸命に訴えてくるエリを、お父さんは久しぶりに見た、と驚いていた。そして理解したんだ、真実を。お父さんは何度も何度もヒデオに頭を下げていた。『お世話になりました。一人娘の身に何かあったら、私だってどうなってしまっていたか……だから、私にとっても命の恩人です』お父さんはそこまで言ったんだよ。あのお父さんが、エリのことで、学校に何かクレームをつけるとか、ヒデオの判断に抗議する、処分せよと申し入れるとか、絶対にない！　断言するよ。あるとすれば、学校や校長先生に心からのお礼の言葉を伝えると思うよ。うん、絶対にそうだよ、そうに決まってる！」

アケミは明らかに興奮していた。自分の目で見たエリやお父さんの様子について、微に入り細を穿《うが》って皆に語った。その興奮はたちまちにしてその場にいた多くの生徒達に伝播していった。ずっと涙を堪《こら》えて話に加わっていたチカやユリコが、耐えきれずに涙を流しながら、

「それなら大丈夫だよね。ねっ、もう大丈夫だよね」

と、互いの手を取り合い喜び、すぐ後ろにいた仲間のシノやミカコとも喜びを分ち合っていた。合唱隊のリーダー、チサコも頬を紅潮させて、

「先生が退職願を出さなければならない理由なんて、どこにもないよ」

と、同じ合唱隊メンバーのナオミやマリカに呟き、力強くうなずき合っていた。

ユウキが俯いたままのミキの体を抱き寄せようと、そっと両手をその肩に置いたとき、ミキの体がびくっと震え、不自然に揺れた。上体が起き上がり、ミキは天井を見上げるような姿勢をとった。何が起きたのか分からず、ユウキはミキの肩から手を離し、おろおろ

とした表情になった。アイは小声でミキの耳許で何事か囁いたのだが、ミキは無反応だった。天井を見上げていた首がかくんと折れ、同時にミキを見詰めていた私と目が合った。アケミの熱弁に、一時《いっとき》活気を取り戻しかけていた場の雰囲気が一変した。もう考えるのに疲れた、そんな気怠《けだる》さを感じさせる口振りで、ミキが口を開いた。

「ヒデオが退職願を出さねばならない理由の半分は消えた、と考えてもいいわけだ。残るは半分。血の滴る鉄パイプを握り締めたヒデオ自身の幻影。その幻影が消えてなくならない限り、ヒデオは教師を続けることが苦しくて、教師をやってちゃいけないと思ってる。心の底のほうに巣食っているホームレスのおっちゃん達への差別感と、同じ人間としてホームレスのおっちゃん達にも人間らしい暮らしをする権利はあるんだ、という正義感とに分裂したまま、このゼミに私達生徒を連れて参加せねばならなくなった苦しさから、退職願を書いた、書かずにいられなかった――。そういう理解の仕方でいいんだよね？」

ミキはそう私に訊きながらも、目の焦点は定まってはいなかった。私の心の内を透かして覗き見しようとしつつも、同時にその視線は、自らの心の内に吸い寄せられているような……。

「いいよ。退職願を書き上げたからといって、幻影が消えたわけでも、分裂がなくなったわけでもなかったけどね。でも、書いたことで、ゼミに入っていく心の踏ん切りはついたように思う。ゼミに参加し、自らの目で見、自らの体で感じ取る中で、幻影や分裂が消滅してくれれば、いいんだが、と願っていた。変な言い方だけど、ゼミに参加している間、退職願は『お守り』みたいな役割を果たしてくれた。何を言っているのか、伝わりにくいだろうけど、頭で考えてそうなったのではなく、上着の内ポケットに入れて、いろんな活動を体験していくうちに、いつしか『お守り』になっていったんだ……」

私の言葉を遮るようにして、ミキは訊いてきた。性急に厳しく問い詰めるような険のある物言いではなかった。私の語る言葉に沿って、自らの考えの流れを確認していたミキが、その必然的な帰結として、どうしてもその点だけは訊いておきたい、という自然な心の動きが伝わってくる柔らかな問いかけ方だった。

「それで、退職願という『お守り』の力も借りて、今、ゼミを終えるに当たって、幻影と分裂は希望通りに消滅したの？」

柔らかな口調であったが、問題の核心をズバリと突いてくる問いかけだった。

どう答えれば、今の私の気持ちを最も正確に伝えられるのか思案しているうちに、一つの言葉が唇の隙間から漏れ出てしまった。それは紛れもなく私の言葉ではあったが、私の気持ちのすべてを表すものではなかった。独《ひと》り言《ごと》――そんな感じだった。

「分からない――」

その途端、カホリが弾けるように立ち上がり、真っ赤に充血した目を吊り上げて、押し殺したような声を出した。

「聴きたくない！」

勢いよく立ち上がったせいで、座っていた丸椅子がけたたましい物音を立てて、カホリの後方に転がった。

「たとえそれが本音だったとしても、そんな答えは聴きたくない！　私はどんなことがあっても、退職願を出させないからね！　それだけは覚えといてよ！」

カホリのドスの利いた声が、場の空気を圧した。アケミが転がった丸椅子を元に戻し、

「カホリ、座って。落ち着こうよ。まだヒデオはすべてを語ってない。すべてを聴いてからでも遅くはないでしょ？」

と声をかけた。だが、その声は小さく、小刻みに震え、そして掠れていた。アケミの受けた動揺がそのままに表れていた。私は慎重に言葉を選びながら、話を続けることにした。

「分からない、と言ったのは、否定的な意味ではない。ゼミに入る前に抱いていた幻影、分裂に囚われてしまい、身動きがとれなくなるようなことはずいぶんなくなった。そんなものはすっかりなくなったよ、と言いたいところなんだが、そこまで言いきれる自信は、残念ながらまだない。

でも、医療相談や炊き出し、古着の支給、そして夜回りと、みんながおっちゃん達と触れ合う姿を間近に見て、自分の中のおっちゃん像は激変していった。子供のような嬉しそうな顔をして笑うおっちゃん達を初めて見た。家族のように親しげに話し、細やかな気配

りをしてくれるおっちゃん達の隠れた内面を垣間見られたのも、新鮮な驚きだった。おっちゃん達もみんなに出会えたことを心の底から喜んでいた。喜びとともに、相互の人間不信は急速に薄れ、もっと近しい関係になろう、なりたいと願い、相手の望むことをしてあげたいと行動するようになる。短い期間だったけど、おっちゃん達は生きる希望を、今、生きていることの喜びを感じ取れたんじゃないか、と思ってる。僕一人の力じゃ、そんな幸せな光景を見ることは、絶対に無理だった。みんなには心から感謝してる。親からの反対を押し切って参加してくれた人もいる。その強い思いは、出会ったおっちゃん達の胸にも届いたことだと思う。このゼミに参加するまで、僕の意識の中では、おっちゃん達はホームレスの人達という一つの塊でしかなかった。恐怖の対象ですらあった。だからこそ、おぞましい幻影に取り憑かれることにもなった。だけど、みんなのとてつもない人間力、閉ざされた心の扉を開けられる強くてしなやかな力によって、おっちゃん達は単なる一つの塊から解き放たれて、一人一人の人間という本来の姿を取り戻して僕の眼前に立ち現れた。僕と同じ人間、僕が生きる権利を有しているように、おっちゃん達一人一人にも生きる権利がある。それを主張し、あらゆる手段を講じてそれを守ろうとすることに何の遠慮がいるだろうか⁉　僕の心を縛りあげていた分裂の鎖は、ずいぶん緩いものになったと思うよ。当然のことだけど、生きる権利を持った一人一人の人間となったおっちゃんの頭上に、問答無用に鉄パイプを振り下ろすような真似は、もはや僕にはできないだろうと思っている――」

　アケミの制止で沈黙を守っていたカホリが、もう無理！　とばかりに噛み付いてきた。目の充血はいっそうひどくなっていた。

「そこまで……そんなことまで言えるようになったのに、まだ退職願なんて必要なの⁉　私には全然分からない！」

　そう吐き棄てると、顔を両手で覆い、肩を震わせ始めた。アケミは体を丸め、俯いて、手にしていたハンドタオルを目に押し当てていた。私は可能な限り丁寧に心の中をまさぐるようにして、言葉を絞り出した。

「初めに『分からない』って言ったよね。それはこういうことなんだ。言葉にすれば、幻影も分裂も解消してしまったも同然のことになってしまうんだが、今でもなお、この瞬間にも、幻影や分裂の陰りというか、気配が、何の前触れもなく胸の中をよぎっていくのを感じるんだよ。なぜ？　って訊かれても、『分からない』……」

　自らの胸の内に意識を集中させていたものだから、全く気付かなかったのだが、私の横に神父が立っていた。重そうにポポちゃんをもう一度抱き直すと、私の目の前に置かれていたテーブルの上の退職届を空いたほうの手で取り上げ、改めて私に差し出した。神父は無表情だった。その意図がまるで読めない。それでも、私は差し出された退職願を受け取った。

そこで、思いも寄らぬ異変が起きた。受け取ったときの感触が紙ではなく、冷たく硬い物、目で確認するまでもなく、紛れもなくそれは鉄パイプだった。私の心は凍り付いた。その直後に、誰に向けるのでもないドス黒い殺意が湧き上がってくるのを自覚した。意思とは無関係に、私の五本の指は鉄パイプを固く握り締めていた。鉄パイプを凶器と化するその五本の指が視界に入った刹那《せつな》、その上に薄汚れた手が包み込むようにして覆い被さってきた。冷え切った手、掌はがさついていた。手が伸びてきたほうに目を向けると、シローさんだった。文無し公園の医療班テントに担ぎ込まれてきたとき、シノギに遭ったシローさんの顔面は熟した柘榴《ざくろ》のような血塗《ちまみ》れの無惨な傷口を見せていたのだが、今は跡形もなく消えていた。トレードマークの一つ結びにした髪を揺らしながら、何事か語りかけている。でも、その声は聞こえなかった。シローさん、治ったんだ、良かったね、と言おうとして、言葉が出てこないことに気が付いた。私の手に置かれたシローさんの手に、さらにもう一つの手が重ねられた。不思議なことに、シローさんの手を突き抜けて、新たに添えられた手の温もりが直に伝わってきた。唐突に猫の鳴き声がした。ミーの声に併せて、瀕死の重傷を負い、動けなかったシローさんをたった一人で文無し公園まで担いできたジュンゾーさんが、ぬっと顔を現した。ジュンゾーさんも何か喋りかけているようなのだが、声は伝わってこない。そこへまた別の手が伸びてきた。男にしてはほっそりとした指だ。

手の主《ぬし》を辿ると、細面にどじょう髭を生やしたタチさんだった。顔の下には、ピンクの豚がとぼけた表情を見せていた。片方の手には、しっかりとカップ酒が握られていた。タチさんの背後から、ゲンちゃんがおどけたように、ひょいっと顔を覗かせ、タチさんのほっそりとした指に、毛深くて太短い指を絡ませた。ゲンちゃんは口を尖らせて、タチさんに盛んに文句を言っているようなのだが、やはり声は聞こえない。タチさんが手にしていたカップ酒をゲンちゃんが取り上げようとする。そうはさせじ、とタチさんは手をいっぱいに伸ばして、頭上高くカップ酒を捧げ持ち、抵抗する。タチさんは笑っていた。タチさんの掌から伝わってくる熱が高まったように感じられた。カップ酒を奪おうと力を入れたせいか、ゲンちゃんの掌の熱はそれ以上に上がったようだった。二人は隣り合ったダンボールハウスで寝泊まりし、毎日こんなふうにじゃれあいながら助け合い、厳しい暮らしをやり過ごしているのだろう。私の耳に二人の声は届かなかったが、そのかけ合う様子が、私の心を和ませていった。

　果たして今、私の手は何を握り締めているのか、その上に積み重なったおっちゃん達の手の圧と温もりによって、もはや判然とはしなくなっていた。おっちゃん達の手は、さらに四方八方から伸びてきて積み上がっていった。一人一人の手の温もり、感触はそれぞれに違う。その違いが、言葉を超えて、おっちゃん達一人一人がそれぞれに自分の生を生きていることを教えてくれる。ホームレスとレッテルを貼り、一括りにされてしまうような塊など存在しない。気が付けば、胸の中で蠢いていたドス黒い殺意は消えていた。それにしても、一体何人のおっちゃん達の手が積み重なり、私の手を包み込んでいるのだろう？

そして、最後に、あの手が、そっと置かれた。猛吹雪の夜回りで、突風に吹き飛ばされてきた看板の直撃から間一髪、私とエリを引き寄せ、救ってくれたあの手だ。顔を見なくても、その手の感触は我が身に刻まれており、手の主《ぬし》が誰であるかはすぐに知れた。

「先生よー」

不意に、特徴のあるその声だけが聞こえてきた。はっとして、その声のするほうを見ると、らくさんがしきりに私に向かって話しかけていた。けれども、その声は届いてこない。何？　らくさん、何だって？　そう訊き返そうとしたのだが、声にはならなかった。

声……言葉……自分を守るため纏っていた鎧《よろい》は邪魔なんだよね……。自分の手に数えきれないほどに重ねられたおっちゃん達の掌《てのひら》から伝わってくる熱、感触に意識を集中した。私は目を瞑った。一切の視覚情報を遮断した中で、手を伸ばしていたおっちゃん達の顔に変化が生まれたのを、はっきりと感じ取った。思い思いに喋っていたその口許の動きは止まっていた。その代わりに、どのおっちゃんの顔にも柔らかな表情が浮かんでいた。愛憐、慈愛、寛容……いかなる言葉をもってしても、説明しきれぬ柔和そのものの表情であった。それに気付いたとき、おっちゃん達の掌から伝わってくる熱、感触が、それ以上の力を秘めた何かに変わった。声でも言葉でもない。急速に、足踏みを続けていた私の思いが、一つの方向性をもって収斂《しゅうれん》していった。そして、私の思いは一つの行動をとるべく、当然のこととして私の体を突き動かした。何の逡巡もなかった。

私は静かに目を開いた。退職願を持った私の手だけがそこにはあった。微かな風にも吹き飛ばされそうな重みも内実もない、ただの紙切れであった。立ち上がると、洗い場の前に佇《たたず》んだ。丸々《まるまる》太ったポポちゃんを何度も抱き直しながら、神父は厨房の奥からガラス製の大きな灰皿を手に持ち、私の佇んでいるシンクの真ん中に灰皿を置いた。ガタンと灰皿がシンクに当たる音が、静寂に包まれた厨房全体に響いた。寂《せき》として声なし。息をすることも忘れたように、生徒達は私の動きを見詰めていた。上着の下に着込んだ厚手のシャツのポケットから、百円ライターを取り出した。吹雪の中を長時間歩いたせいか、なかなか火がつかない。ライターを下向きにして、二度、三度と振ってから着火したら、先端だけが黄色い小さな火が点いた。封筒の端をその火に近付けると、煙とともにたちまちにして炎が燃え上がった。赤い火、黄色い火、青い火、火はさまざまに色を変えながら、封筒全体に燃え広がっていった。私は熱さに耐えられる限り、封筒の端を指先で摘《つま》み、神父の置いた灰皿の上に掲げ続けた。

鉄パイプを片手にぶら下げた人影が、一瞬炎の中に浮かび、足許から黒い炭となり、首の下辺りまで灰になったとき、私は指を離した。封筒は火に包まれ、人影はすべて灰となって、ガラスの灰皿の中へ没していった。しばらく灰皿の中を眺めていたが、大した感慨は湧いてはこなかった。灰皿に転がる灰の塊は、ただの白い灰でしかなかった。

＊

いつからこんな所を彷徨《さまよ》っているのか、記憶がない。始まりもなく、終わりもなく、ただその一点だけを意識して踏み締めて歩いて行く。その一点、とは言ったが、漆黒の闇が広がっているばかりで、足許に大地があるのかどうかさえも定かではない。しかし、一歩足を踏み出せば、固い床面らしき一点に、足裏は置かれた。足裏の固い感触、ただそれだけが、今の私に与えられている周囲の状況に関する情報であった。その情報を寄《よ》る辺《べ》に、次なる行動を起こし、新たな情報を手に入れようとする。新たな情報といっても、足裏の固い感触ばかりで、何ら新鮮味はなく、発見の喜びなど皆無であったが、それでも致し方なくそんな刑罰の如き行為を繰り返していった。繰り返して何になるのだろう？　考えると絶望感ばかりが募ってくるので、考えることは強制的に頭の中から排除する。一歩、一歩、新たな足裏の固い感触を得るために、足を前方へ踏み出していく。……前方？　本当に私は「前方」へ歩みを進めているのか？　雪山で遭難し、吹雪で視界を失うと、人は利き足の関係で、真っすぐに歩いているつもりでも、円運動を描くように、同じ場所をぐるぐる回り出すという。今の私はそうなっているのではないか？……いやいや、やめよう。余計なことを考えると碌なことがない。思考とは無縁な心理状態を保ちつつ、「前方」を信じて、足を踏み出していこうと改めて決意した。何という心に張りを生まない決意であることだろうか……それ、それ、また考えてる！　やめておけ！　と、闇に閉ざされ、その姿形を確認できない、身体を失って自我と意識だけになった自分と呼ぶしかない者に向かって命令した。ああ、それにしてもこんなシーシュポスの神話を地でいくような徒労をいつまで続けなければならないのだろう？　と溜め息を吐《つ》く。それ、また！　思考の堂々巡りは止めろ！　現状への不平不満を抱くのは禁止、来るかどうか分からない未来への希望を抱くのも禁止だ！　と、自らに強く戒めた……途端に揺らいだ。

　あれ？　あれは何だ？　と「前方」の闇に目を凝らす。突然小さな光が点ったのだ。暗転した舞台上に、ピンスポットが当てられたような感じだった。まさか⁉　と半信半疑ながらも、その小さな光に禁じたはずの希望を見出して、私は思わず知らず小走りになった。小さな光の輪の中にいたのは、アケミ……そして、らくさんだった。長椅子に座り、二人は仲の良い祖父と孫娘のように、頭を寄せ合って眠っていた。二人の体は毛布に包まれて見えない。その姿は、まるでお地蔵さんか、道祖神か……デジャビュ、いや、この幸せな光景を目にしたのは、二度目だ。二十六年前、初めてゼミに参加したときに目にして以来、二十六年の時空を超えて、同じ光景を再び目撃するなんて、どういう……⁉　二人の背後から、いきなり強烈な光が発射され、目が眩《くら》み、何も見えなくなった。そして、続けて、全身を凍て付かせるような冷風、突風が吹きつけ、私は立っていられなくなり、その場に四つん這いになった。凄まじい光と風に目が開けられない。呼吸さえも困難だった。しばらく四つん這いになったまま、私は耐えた。すると、呼吸をするかのように光と風が一瞬弱まった。私は目の上に掌を翳し、今一度アケミとらくさんに目をやった。いない……いないのではない。二人の人影が、すっかり雪に埋まって座っていたのだが、長椅子にではなく、直に地面に座っているようだった。雪に覆われ、その顔をすぐに識別することは困難だったが、それでもその人影が誰なのかは時を置かずして理解できた。エリと在日のホームレス、キンさん。キンさんの顔半分を覆っている髭には、すっかり雪が纏わりつき、サンタクロースのようであった。私はすぐには体が動かず、四つん這いの姿勢で、雪に埋もれた二人の姿に目を留めることしかできなかった。だが、そんな平穏な時間は長くは続かなかった。私を囲繞し、死んだように滞っていた闇に息が吹き込まれた。邪悪な息であった。闇が不気味な捻り声を上げ始めた。その直後、再び雪に埋もれた二人の背後から目を射る強烈な光が発せられ、同時にたちまちにして低体温症を引き起こし、命の危険に見舞われそうな凍て付いた突風が吹き出してきた。闇にくっきりと吹雪の描く巨大な渦巻き模様が見えた。物凄い力で体が地面から引き剝がされ、浮き上がったのを感じた。あっという間に仰向けに引っ繰り返され、凍結した道？　固い床のような暗闇をどこまでも滑るように吹き飛ばされてしまった。小さな光は希望であったはずなのに、今やビッグバンの如くに爆発した光と風と吹雪は、絶望以外の何物でもなくなっていた……。

希望、絶望、希望、絶望……私は一体何にこだわっているのか？　鉄パイプを手にした幻影は、白い灰になったのではなかったのか？　こだわりの正体が見えず、私の体は凍った地面をどこまで滑り続けながら、次第に意識は遠退いていった。

＊

……遠くで雨音が聞こえる。ふと我に返り、意識が戻っていることに気が付いた。薄暗がりの中で私は横臥しているようだが、最前まで彷徨《さまよ》っていた漆黒の闇の世界は抜け出しているらしかった。カーテンを通して漏れてくる弱々しい光が意識に滲《し》み込んできて、やっと今の自分が置かれた状況を理解することができた。全身を冒す気怠さに抗うべく、すっぽり潜り込んでいた布団をはねのけた。肌寒い。客観的に今の自分を見れば、奇妙な夢を見、目覚めたばかりでぼんやりしているのだ、と評するところだろうが、当人としては、そんな単純な話で片付けることはできなかった。こんな夢とも現《うつつ》とも軽々に断じられない、過去の出来事のリプレイと称する他ない体験は初めてではなかった。二十六年前、高校の教員をしていたときに、生徒達と一緒に参加したホームレスの人達への支援活動、「生命と尊厳のゼミナール」は、今もって、終わってしまった過去の出来事、ノスタルジーの対象として処理できずにいた。ベッドの端に腰を下ろし、心と体から抜けていこうとしない現《うつつ》そのものの夢？　の余韻に浸《ひた》りながら、過去として片付けられてしまうことを拒否し続けている思いの核心を探ってみるのだが、ようとしてその正体は摑めなかった。しかし、身の内で何かが、ある思いがざわついている。じっとはしていられない気分だった。三月に入ったとはいえ、まだまだ寒い日が続いており、篠突《しのつ》く雨に濡れるのは気が進まなかった。それでも、家に籠ってぐずぐずしてはいられない。

何かが怠惰な私の背中を盛んに押してくる。傘を差し、長靴を履いて、出かけるしかないか……。

（見る前に跳べ！）

九年前に鬱病と診断されたのだが、鬱の症状が出るようになった頃から、車を運転することにひどい億劫さと疲労を覚えるようになった。特に長時間のドライブをすると、決まって得体の知れない恐怖感に襲われるようになり、軽度のパニック症状を引き起こすようになった。運転をする際は、ハンドタオルが必需品になった。いったん発作に襲われると、掌は脂汗《あぶらあせ》でびっしょりになり、頻繁にタオルで拭わねばならない。また、走行する先の一点を見続けることが苦痛で堪《たま》らない。とりわけ、トンネルは最悪だ。閉塞感で呼吸困難に陥った。息苦しさから大声でわめきたくなる。一人で運転しているときには、実際に何度も絶叫した。そんな体の変調もあり、外出はよほどのことがない限り、徒歩になった。

　この日も、最寄りのＪＲの駅まで雨の中を三十分近くかけ歩いていき、街の中心地である駅前の繁華街まで各駅停車の電車に乗った。電車に乗るのは久しぶりだった。電車も得意ではなかったが、車よりはましだった。車内は思っていた以上に混んでいた。雨の日特有の湿り気を帯びた人いきれと暖房のせいで気分は良くない。乗客を見回すと、老若男女を問わず、手許のスマホを一心不乱に見詰めている。十数年前に、家族から、安否確認のために、という大義名分の下、強制的に持たされたガラケーで、今もってメール機能すら使ったことがなく、専ら昔ながらの電話としてしか使っていない「スマホ難民」の私の目には、そのスマホが「位牌《いはい》」に見える。多くの人達は、その位牌の表面を上へ下へと指先を滑らせている。その奇妙な行為は、スマホが全知全能の神、デジタル化された神に繋がる唯一のツールとなった現代に生み出された新たな宗教儀礼にも見えてくる。恐らく、大半の人達は信仰と無縁に生きているのだろう。信仰心のない人達が、指を上下に滑らせるという奇妙な宗教儀礼を飽きもせず繰り返しながら、その手にした位牌の先にどんな聖域を見出しているのだろう？　視線の先に広がっているに違いない、本来のサンクチュアリとは対極にある欲得の渦巻く世界の虚無におぞましさを覚えて、私は目を背けた。彼ら彼女らに背を向けた恰好で、乗降口の手摺りに凭れ、車内の不快な熱気で曇ったガラスを掌で拭い、相変わらず雨の篠突く車外へ目をやった。しばらく雨はやみそうになかった。冷たい雨空の下、これから私は何を目にすることになるのか？　皆目見当もつかなかった。にもかかわらず、私はそこへ出向いていかねばならない。それ以外の選択肢を与えられていなかった。

ホットコーヒーを片手に、ガラス張りの店の前を走る広い通りのよく見えるテーブルに腰を下ろした。全国展開している有名チェーン店の喫茶店、通り沿いの窓際の席はすべて一人掛け用で、テーブルも椅子も小さく、高く設計されていて、お世辞にも長居をしたいと思えるような造りではなかった。店のターゲットは明らかに若者達、客の中にはその上の層もいるにはいるのだが、主には外回りを担当するサラリーマンであろう、席に着くなり、手持ちのノート型パソコンを開き、顧客向けの資料を作るつもりなのか、表だのグラフだのが目立つディスプレイを見据えながら、忙しなくキーボードを操作する姿が目立つ。私のような還暦を過ぎた老兵が、これといってすることもなく、背負ってきた古びたナップサックから「紙の本」を取り出し、いかにも時間潰しのためにふらりと店に立ち寄った、という人種は私の他に見当たらなかった。まさに場違い。私にしても何も好《す》き好《この》んで、こんな居心地の悪い店にやって来たのではない。お目当てのモノを見るためには、といっても、何の根拠もない、ただの直感にすぎないのだが、この店に入るのが最適であったという事情に因るものであった。

二十六年前、この喫茶店のある場所に、どんな建物があったのか、いくら思い出そうとしても浮かんではこなかった。この二十六年の間に、駅前は再開発の波を受けて、すっかり様変わりしてしまっていた。ゼミの前夜に生まれて初めて野宿を体験したビルも、名前だけは昔のままに残っていたが、建物自体は全面的に改装されてしまった。昔のようにあのビルの一階の軒下に、今もダンボールを組み立て、野宿をしているおっちゃん達はいるのだろうか？　ビルの周辺を直に歩いて確認したことはないから、断定的なことは言えないが、駅前地域の活性化を図るという再開発の狙いから考えて、野宿者排除の方向性で動いていることは間違いないだろう。

来年に迫った東京オリンピックに向けて、企業誘致のいっそうの強化と併せて、外国人観光客の増加を見込んで、駅から降りればスムーズにホテルや買い物施設、飲食店に立ち寄れるように、駅周辺全体の導線まで完全に作り直してしまおう、との一大プロジェクトが急ピッチで進められている。さらには、その後に控えているリニア新幹線の開通を睨んで、その勢いをさらに加速していこうという地元政財界の思惑は、この街並みの激変ぶりから充分に読み取ることができた。彼らの思い描くは、オリンピックバブル、リニアバブル、か……。歳月は流れ、アナログ世界はすっかり博物館入りし、ＩＴ化、ＡＩ化といった科学技術の進歩はまさに日進月歩の様相を呈してはいても、それを使いこなすべき人間のほうはその進捗《しんちょく》ぶりに見合うだけの高尚な理知を手に入れているのか、甚《はなは》だ疑問であった。

相も変わらず、経済の右肩上がりの上昇を願い、あわよくばかつてのバブル景気とはいかないまでも、ミニバブルぐらいは起きてくれないものか、と祈るばかりの拝金主義に冒された旧態依然とした輩《やから》が世の中を跋扈《ばっこ》している。

その陰で、おっちゃん達はいっそう高齢化し、最後のセーフティーネット、生活保護を受給して、命を繋いでいくにはあまりに苛酷すぎる野宿生活から脱出することはできているのだろうか？　支援活動から遠ざかって久しい今の私に、彼らの現状を伝えてくれる情報はない。

私の座っている席の、大通りを挟んだ向かい側に建っていた老舗ホテル「名都ホテル」は跡形もなくなっていた。代わりに、黒塗りの壁に囲まれたシックでモダンな意匠が目を惹く建物が建っていた。一見しただけでは、どのような目的を持った建物なのかは分からない。看板らしい看板も見当たらない。建物の外に設置された二階へと繋がるエスカレーターの乗り口に、今日上映されている作品を記した案内板が、あえて目立たぬように立てられていた。複数のスクリーンを兼ね備え、同時に何作もの作品を上映している映画館であった。

かつて年末年始に「文無し公園」に設営されたテント村に、自らの責任において水の供給をしてくれたホテル支配人、桐生さんの凛《りん》としたたたずまいが目に浮かんできた。ホテルの廃業とともに、恐らくは桐生さんもいずこかへと姿を消してしまっただろう。当時、すでに五十年輩であった桐生さんが、今もご存命であるならば、どこで、何をされているのだろう？　そして、今、何を想っておられるのだろうか？　時の流れの無常さを思わずにはいられなかった。

小路を挟んでホテルの隣にあった公園、「文無し公園」は今も存続しているようであったが、この日、公園の周辺ぐるりは金属製の高い塀に囲まれ、工事が行われており、中の様子を窺い知ることは叶わなかった。大通りを挟んだこの席からは、辛うじて看板に大文字で記された「公園整備」の文言だけが読み取れた。公園を潰して何か別の建物を建設するわけではなさそうで、ひとまず安堵した。雨ということもあり、工事現場に出入りする人影はなく、中に入っている重機も稼働しているようには見えなかった。あの文無し公園がどのような姿に生まれ変わるのか？　楽しみというよりも不安のほうが勝っていた。

雨に煙る金属性の塀をぼんやり眺めていたら、視界が白っぽい灰色に覆われたせいで、最近になって突然見えるようになった黒い胡麻粒《ごまつぶ》状の物が、視線の動きに合わせて浮遊し出したのに気が付いた。正確に数えたわけではないが、十粒以上浮遊しているのが見える。視野を塞いでしまうほどではないが、いったん気にし出すと結構気になった。心配になり、眼科を受診し、半日検査に費した結果、「飛蚊症《ひぶんしょう》」と診断された。担当医の説明に因れば、眼球の中に詰まっている硝子体《しょうしたい》というゼリー状の物質に、何らかの原因で濁りが発生し、それが網膜に影を落とし、虫や糸屑《くず》がゆらゆらと浮遊しているように見えるとのことだった。網膜裂孔《れっこう》や網膜剝離《はくり》といった重篤な病気を引き起こす危険性もあるが、検査したところ、その心配はない、と言われた。治療法はあるのか？　と訊いたのだが、飛蚊症は症状であって、老化に因るものだ、と事もなげに言われてしまった。日《ひ》にち薬で、次第に慣れてくるから、とも言われてしまい、それで診察は終了。帰りに目薬一本出るわけでもなく、見える胡麻粒の数が増えたら、また来て下さい、と助言にも慰めにもならないアリガタイお言葉を戴いて病院を後《あと》にした。いずれ慣れるから……残念ながら、未だに慣れることなどなかった。原因は老化だ……知っている。二の句の継げないそんな決め台詞のような言葉は、至る所で聞かされてきた。そんな言葉を聞かされるだけだと分かっていたら、半日潰してまで病院に来ることなどなかったろうに。

ところが、この日の飛蚊症はいつもとは明らかに様子が異なっていた。いつもなら、眼球の動きに合わせて、黒い胡麻粒は浮遊するのだが、この日はそうではなかった。逆に胡麻粒の浮遊する動きに誘導されるように私の視線は動いた。だが、もっと大きな違いは、黒い点が突如として数を増し、発光し始めたということだった。

文無し公園を取り囲む鈍くて白っぽい色の塀を見るともなくぼんやりと眺めていたところ、どこから現れたのか、霧が流れてきて、瞬く間にその濃さを増し、公園を、そしてその隣の映画館をすっぽりと覆い隠すほどになった。異変とともに、私の身の内のざわつきもまた大きくなっていった。私の目はその濃霧に吸い寄せられたままだった。すると、今度は少しずつ霧が晴れ、そこにあったはずの風景が、かつてあった風景へと変貌し、懐しい姿を現し始めたのだ。まだ薄絹のベールのような霧は漂っていたが、文無し公園にもはや塀はなく、代わりにいくつものテントが見えてきた。ゆっくりと流れる霧に滲《にじ》むように、公園の中には火が焚かれ、周囲を赤く染めていた。黒っぽい影が、その焚き火の光を背に右へ左へ忙しく動き回っている。その数多《あまた》の黒い影の蠢きの中から、見覚えのある人影が一つ飛び出してきた。その人影は一切辺りを憚《はばか》ることなく、私に向かって、頭上で大きく両手を振った。そして、こう叫んだのだ。

「ヒデオー！　何やってるのー⁉　洗いの人手が足りないんだから、そんな所でサボってないで、こっちへ来て手伝ってよー！」

ミキ⁉……ミキは高校卒業後、福祉の勉強をするために大学へ進学していった。大学在学中の詳しい消息を私は知らない。しかし、大学卒業を目前に控えた時期だったと思うが、オーバードーズ（薬物の過剰摂取）で命を落とした。あまりにも若すぎる死だった。遺書らしき物は残されてはいなかった。そのために、過失によるものなのか、覚悟の上での自殺なのか、ついに分からずじまいのまま、ひっそりと家族葬で送られた、と後《のち》になって聞かされた。

私は大慌てで、ナップサックに本を突っ込み、転がるように店の外へと飛び出した。感傷に浸っている心の余裕などなかった。霧の流れる公園に雨は降っていないようだったが、大通りを挟んだこちら側、喫茶店の周辺は相変わらず冷たい雨が篠突いていた。大通りを渡る横断歩道の信号機は赤、通りにはひっきりなしに車が往き来し、とてもではないが、信号を無視して通りを突っ切ることはできそうもなかった。私は傘を差すのも忘れて、濡れるに任せるがまま、信号機の下でミキに向かって大きく手を振り出した。

「今、そっちに行くから、待っててー！……それまで……それまで、消えるんじゃないぞ！」

必死になって涙が零れるのを抑えながら、そう大声で叫んだのだが、声がミキに届いたのかどうか、心許《こころもと》なかった。大通りを挟んでこちら側の私のいる時代は二〇一九年、向こう側のミキがいるのは一九九三年。たとえ信号が青に変わっても、果たして私は向こう側に渡れるのだろうか？　二〇一九年、間もなく元号が変わる、平成の次は何だろうか⁉と、にわかにマスコミは騒ぎ出し、世論を煽《あお》ろうとしているが、そんな問題の本質がすっぽりと抜け落ちた内容空疎で、しかも胡散臭《うさんくさ》いカラ騒ぎなど、今の私にはどうでも良かった。二十六年の隔たりを乗り越えて、ミキの許へ駆け寄れるのか？　それだけが気がかりだった。

そのとき、ミキの横にもう一つ、人影が加わった。やはり大きく手を振りながら、その人影はこう叫んだ。

「先生よー、生徒さん達がみんな待っとるから、早く来てやんなよー！」

目を細め、歯のない口を大きく開けて笑ってる。聞き慣れた口調が懐しくて堪《たま》らなかった。らくさん——あれからしばらくの間、元気にホームレスの支援活動を続け、ホームレス仲間の相談役、世話役として頑張っていたが、仲間内での小さな諍《いさか》いが元で、突然姿を消してしまったと聞いている。愛犬のクン太は病気で死んだ、とも聞かされた。

その隣、らくさんの陰に隠れるようにして、小柄なおっちゃんが突っ立っていた。ボサボサ髪を抑え付けるようにキャップを目深《まぶか》に被っている。口髭を蓄えた口許を固く結び、怒ったような表情を浮かべている。ガジローさんだ。知らなかったとはいえ、それでは済まされない私や生徒達の働いた無礼に、真っ先に噛み付いてきたおっちゃんだ。公園の花水木の根元で息絶えた見ず知らずの野宿者の死を、誰よりも深く哀しみ、悼み、行き倒れという死の無念さを我が事として受け止め、激しい憤りを抱いていたのが、ガジローさんだった。彼がぶつけてきたストレートな激情に、私はただただ頭《こうべ》を垂れるばかりだった。意図することなく、彼は身をもって私や生徒達にホームレスのおっちゃん達が置かれた厳しく非道な現状と、にもかかわらず俺達も一人の生身《なまみ》の人間なんだ、ということを教えてくれた。貴重な体験をさせてもらいました、ありがとうございました、とその小さな体に向かって、このとき、私は心の中で改めてお礼を述べたのだった。

彼はその後、心不全で倒れ、緊急搬送された病院でひっそりとその生涯を閉じた。誰一人として彼の本名や身許について知る者はいなかった。

そんなガジローさんの肩をしっかり抱いている人影が見えた。霧の中から浮かび上がったその顔、神父のウメちゃんだった。仏頂面《ぶっちょうづら》のガジローさんに、一言、二言、何事か声をかけていた。あの日、箴言会館の掲示板の前に立ち、昨年末に実施された第一回のゼミのポスターを見ていたとき、周辺の掃除をしていたウメちゃんと出会い、言葉を交わしていなければ、私や生徒達がゼミに参加することはなかった。すべてはあのときの邂逅《かいこう》が始まりだった。私にとって、ウメちゃんはまさしく運命的な邂逅の人であったと断言できる。

ガジローさんの肩を抱きながら、今、ウメちゃんは私の顔を眺めやり、にんまりとほくそ笑みながら手を振っている。その笑顔の裏には、長年に亘り、この支援活動に中心的存在として関わり続けてきた彼ならではの深い思いが秘められているのを、事あるごとに私は感じ取っていた。その一端を口にするとき、ウメちゃんの顔は真剣そのものであり、時には抑えきれない怒気を露《あらわ》にすることもあった。また、語りきれない思いを抱いたとき、あるいは、言葉では語るべきではないと思い至ったとき、ウメちゃんはいつも彼特有の陰翳を帯びた含み笑いを浮かべていた。ウメちゃん、神父、私のような者と出会ってくれたことを感謝します。あなたに導かれていなければ、その後の私の人生は全く違ったものになっていたことでしょう。生きる上で、人との出会いはいかに大きな意味を持つものなのか、それを強烈に実感させてくれたのが、ウメちゃん、あなたでした……。

霧が風に乗って大きく動いた。今では映画館が建っているはずの場所に、あのホテルの外観が現れた。入口の前に、支援活動のボランティアリーダーを務めていた小学校教師、オーくんの姿が見えた。彼もまた笑顔で私に向かって手を振っていた。霧がさらに流れ、オーくんの横にいる人影が垣間《かいま》見えた。その立ち姿からすぐに分かった。背筋のすっきりと伸びた美しいシルエット、ホテルの支配人、桐生さんだった。優しい眼差しで真っすぐに私の顔を見詰めているのが分かる。目と目が合った直後、桐生さんはこの角度しかないというお手本のようなお辞儀をした。ホテルマン一筋の己《おの》が人生を生き抜いてきた人間としての矜持《きょうじ》が、その一挙手一投足から見て取れる、人生の先輩と呼ぶにふさわしい人だった。

桐生さんが頭を上げたとき、足許に一段と濃い霧が流れ込み、たちまちにしてその美しい立ち姿を消し去った。オーくんもまた渦を巻きながら滞留するようになった霧に呑み込まれていった。それは、公園の入口に立ち、私に呼びかけていたミキやらくさん、そして、ガジローさんやウメちゃんの姿もことごとく消し去ってしまっていた。まるで真夏によく目にする盛り上がる積乱雲のように、渦巻く霧はいよいよ勢いを増し、濃淡の斑《むら》さえもなくなり、巨大な一塊《ひとかたまり》の雲となってどっかりとその場に居座った。そのために、公園もホテルも、懐しい人々もまたその全貌は完全に覆い尽くされてしまった。

うねりながら、僅かな隙間から漏れ出ようとする霧を再び取り込み、次第に内部の圧力を高めていっているように感じられる、一箇の生命体と化した巨大な雲の塊を目前にして、私は言葉を失った。言葉という噴出口を失った思いのいっそうの強まりが、私を見るという行為に集中させたのかもしれない。穴が開くほどに生命を宿した雲の塊を凝視し続けた。視界は真っ白だった。それまで目の前で繰り広げられていた不可思議な現象に目を奪われて、気付かなかっただけかもしれないが、最近になって顕著に現れるようになった飛蚊症の症状が出ていることに、そのとき気が付いた。黒い胡麻粒がいくつも視界に紛れ込んできた。しかし、そのときの症状は、いつものとは違っていた。眼球の動きに合わせて浮遊するのが常であった胡麻粒が、眼球の動きとは無関係にその場に留まっていた。そして、一瞬だが、私は目に強い刺戟を覚えた。痛みではない。やはり、刺戟としか形容しようのない強い違和感だった。視界に留まっていた胡麻粒の黒がみるみる色を失い、白っぽくなってきたと思った矢先に、ついには輝き始めたのだ。目を射抜くような眩《まばゆ》い光ではない。優しい光だった。次の瞬間、いくつもの光の粒は、一斉に空に打ち上がっていった。まるでロケット花火のように、互いに飛び出るタイミングを計っていたように、白い軌跡を残して空を切り裂く光る点となって上昇していった。

だが、本当に私の眼球を発射台代わりにして飛び立っていったのか？　あまりに突然の出来事に、正確に認識し得たとは思われず、眼前に鎮座する雲の塊から打ち上がっていったようにも見えなくはなかった。

当初はほぼ同じ方向に飛翔していった一群の光であったが、上空高く到達した後に、それぞれが自らの意思を持っているかのように、各自が目指す場所へと方向を変えた。光の一つが、駅舎に隣接する海外有名ブランドのビルに到達し、その壁の中へと吸い込まれていった。その途端、ビルはたちどころにして姿を変えた。有名ブランド店に改装される以前に建っていた百貨店の姿を取り戻していたのだ。そして、そのビルの一角だけ、雨がやみ、空を覆っていた厚い雨雲が切れ、一条の陽光が百貨店を明るく照らし出した。光が吸い込まれていった壁に、小さな可愛らしい虹が架かった。その一部始終を目撃した私の胸にも、幸せな小さな虹が架かったように感じられた。けれども、その幸せは長くは続かなかった。瞬く間に虹は掻き消え、百貨店は元のブランド店に戻り、再び上空からは冷たい雨が降り始めたのだった。小さな虹が架かったとき、耳鳴りのように何かボソボソとした声なのか、物音なのか、判然としないものが聞こえたような気がしたのだが……気になるのだが、分からずじまいだった。

また、別の光の玉が、市街地を取り巻くように建造された高速道の橋脚部分に衝突し、そのコンクリートの太い柱の中へ吸い込まれていった。たちまちにして高速道の橋脚は、造られたばかりの頃の汚れ一つない建造物へと姿を変えた。雨が止み、日差しが射し込み、やはり可憐な野に咲く花のような小さな虹を架けたのだが、それもまた短命な美しい夢のように雲散霧消し、すぐに元通りの汚れの目立つ高速道の橋脚に復し、雨に濡れそぼってしまった。このときもまた、耳の内奥でかぼそい声が響いたのだが、聴き取れなかった。そんな美しくも儚《はかな》い光景が、街のあちらこちらで見かけられた。だが、私以外にその奇跡と呼ぶべき光のショーに気付き、足を止め、見入る者など誰一人としていなかった。

駅前の広い交差点の角に建つ、アミューズメントビルが消滅し、記憶の片隅に幽かに残っていた古い雑居ビルが突如として屹立《きつりつ》するのを目にしたときだった。小さな虹が架かるのに合わせて、耳の奥のほうで響く、くぐもった声を何とか聴き取ることができた。

「あそこに見えるビルなあ、俺が建てたんだ。今と違って、体も元気でよ、力には自信があったんだ。毎日、人一倍働いて、監督からも目をかけてもらってよ、いくらでも稼ぐことができた。ホントにいい時代だったなあ……」

誰から聞かされたのか、思い出せないが、二十六年前、文無し公園で一緒に丸太に腰掛けて、身の上話やら昔話を聞かせてくれたおっちゃんの台詞だったことだけは覚えている。

「そうかー、凄いなあ、おっちゃんがいなかったら、あのビルは建たなかったんだ」

そのときの私は調子を合わせて、さも感嘆したように相槌を打ったのだが、実は内心、複雑な気持ちになっていた。ゼミの期間中におっちゃん達からその手の自慢話を聞かされたのは、一度や二度ではなかった。しかも、その自慢話をするときのおっちゃん達の顔は、判で押したように、遠い目をして、どこか恍惚《こうこつ》とした表情を浮かべていた。おっちゃんがビルを造ったといったところで、建物全体からすれば、ごく一部分のことだろうし、本当に技術を要するような難工事をおっちゃんが任されたとは思えない。それなのに、どのおっちゃんも興に乗ったときに語りかけてくるのが、この手の自慢話だったのだ。男一匹、この世に生を享《う》けて、最も自慢できることがそれかよ⁉　と悪態の一つもつきたくなり、本心ではその手の話に乗っていけなかった。だから、話を聞かされるたびに、私の心の底に如何《いかん》とも処理しがたい澱《おり》のようなものが、次第に溜まっていったような記憶がある。それはゼミが終わった後も、ずっと引き摺ることになった。あの日から二十六年もの歳月が流れたにもかかわらず、今もって本音のところでは解決できていない、腑に落ちていない事柄の一つであったことを、今はっきりと自覚した。

しかし、このあまりに不可思議な、連発式のロケット花火のような光のショーを間近で見たことによって、私の捉え方は百八十度変わったと断言することができる。そういう人生があってていい……と。我が家を、家族を失い、人生のどん底を経験した男達が、人間であることの誇りを取り戻そうとする切ない願いから、ビルや高速道路といった大都市の建設に自分も参加したんだという物語を自慢話として語ってもいいのではないか。人間であることの誇りをことごとく暴力的に奪い取られ、挙げ句に人間であることさえ否定されて、最後はごみ同然に扱われ、棄てられていくおっちゃん達が、最後の最後に咲かせる花として、あの小さな虹。短時間で儚く消えてしまう、だからこそいっそう美しく、深く記憶に刻まれることになる虹はふさわしい。

光――魂が最後に放つ煌《きらめ》きが織り成した虹の残像を思い浮かべながら、私は心の中で独りごちた。

「良かったね、おっちゃん。あんたが自慢してたあのビルに小さな虹を架けることができたんだ。あの虹はおっちゃんにふさわしい。小さいけれど、可憐《かれん》で可愛らしくって、その美しさは格別だ。生徒に向けてくれたはにかんだような笑顔もそうだった。あんな美しい虹を架けられる人生を送ることができた人間なんて、この世にそんなにいないよ。金持ちや権力者は、もっと派手で馬鹿でっかい、何時間経っても消えやしない虹を望むんだろうけど、そういう連中は意地汚なくて、権勢欲、名誉欲の塊みたいな卑しい奴らだから、きっとどんなに立派な虹を架けたところで満足なんかしやしない。もっともっと、金をいくらかけても構わないから、世間の貧乏人共がびっくり仰天するような虹を架けろ！　とわめき散らすんだろうな。そんな下卑《げび》た我利我利《がりがり》亡者共に虹の本当の美しさなんて一生分かりっこない。それに比べて、おっちゃんは上等だよ、小さな虹の美しさが分かってる、身をもってそんな虹を架けたんだから。しっかりこの目で見届けたよ、綺麗だった、忘れないよ……ありがとう……」

　ありがとう、という言葉を繰り返し使ううちに、朝方からずっと続いていた心のざわつきがずいぶん治まってきたように感じられた。だが、完全に消えたわけではなかった。もう一人、私の心の中での居場所を見つけなければならない人間がいた。そんな意識が高まり、今一度、文無し公園に目を向けようとしたとき、弾丸のように凄まじい勢いで、まっしぐらに私をターゲットにして飛んでくる光の玉が見えた。避《よ》ける余裕などありはしない。光の玉は、寸分違《たが》わず、私の眉間を撃ち抜いたように感じられた。全身が硬直し、思わず目を瞑ってしまったが、痛みは疎《おろ》か、何の感触もなかった。肩透かしを食ったような気分に陥ったとき、頭の中で声が響いた、はっきりと。

「遅い！」

聞き間違えようのない声、ミキだった。ミキの魂は、彼女の性分そのものに弾丸のような光の玉となり、私の眉間を貫通した後、背後の建物、全国チェーン店の喫茶店に吸い込まれていった……はずだ。目を瞑ってしまった私が、その瞬間を目撃できるわけがない。しかし、そう考えるより他に、考えようはなかった。とっさに振り向いた。そこにはもう喫茶店はなかった。昭和レトロの香りを漂わせた古い時計店が建っていた。そうだ、時計店だ！　この場所に建っていたのは時計店だった――瞬時に記憶は蘇った。店の奥のほうで、オーナーらしき年輩の男性が木製の脚立に上がり、大きな振り子時計のねじをゆっくりと巻いていた。しかし、その後ろ姿が見えていたのは束の間で、逃げ水のように遠退いていった。時計店の出入口、開き戸の上に飾られた丸い時計の辺りに陽が射し、小さな虹が架かっていた。他のおっちゃん達と同様、ミキの魂もまた小さな虹を架けたことに、私は喜びを覚えた。大学を卒業する間際に、若い命を散らせたミキ。まだ何者でもない、これから何者かになろうとしていたミキの魂が、小さな虹を架けるという奇跡を起こしたのだ。ミキは彼女自身の力で、私の心の中に自分の居場所を探し当てていた。

「余計なお節介だったかな……？」

ミキに問うたつもりだったが、もうミキの声は聞こえてはこなかった。そのとき、私は泣いていたかもしれない。感情の流れに身を委ねていた。涙を流しているという自覚はなかった。それでも、私は真上を向き、降りしきる冷たい雨に打たれ、顔だけでなく、全身ずぶ濡れになることで涙を隠そうとした。

ふと視線を感じ、仰向けていた顔を正面に戻したら、喫茶店の窓際の席に座り、パソコンを手許に置いたサラリーマン風の青年と目が合った。キーボードを打っていたに違いない手は不自然な形で止まり、不審げな眼差しを私に向けていた。その眼差しに対して、私は笑顔で返していたかもしれない。意図したものでも、照れ笑いでもない。もっと言えば、青年の不審そうな眼差しに対する返しでもなかった。私を突き動かし、篠突く雨を侵してまでこの場所までやって来させた心の中のざわつきが鎮まっていたのだ。その鎮静が生んだ自然な表情が笑顔だったのだろう。

そして、遅ればせながら、古い時計店が消え、元通り喫茶店に戻っていたことに、このときやっと気が付いた。確認せずとも分かっていたことなのだが、再度、文無し公園に目をやった。圧倒的な存在感を放っていた、一箇の生命体のような雲の塊はすっかり姿を消し、工事用の塀が公園全体を覆っていた。当然のことだが、老舗ホテルも消え、現在の映画館が何事もなかったかのように、その場所に建っていた。

　何事もなかったかのように……何事もなかった……野宿者を取り巻く環境、彼らに向けられる嫌悪感と憎悪、二十六年前も今も何も変わってないように思える。それを放置したまま、二十六年前に体験したこと、そこから生まれ、ずっと引き摺ってきた思いだけに、一つの区切りを付けようとする態度は、卑怯で身勝手すぎるだろう。そうした批判があれば、甘んじて受ける。だが同時に、二十六年前の自分と、病を得、職を失い、その点のみに絞るならば、おっちゃん達と大して違いがあるとは思えない、社会的にはもはや何者でもなくなった現在の自分との間に存在する乖離《かいり》は大きい。身の内に起きるざわつきに耐える心の体力には限界がある。引き摺り続ける胆力も同様だ。心は平気で嘘をつくが、体は正直だ。悲鳴を上げていた。その体が私をここまで連れてきた。体が発する言葉に耳を傾け、虚心坦懐その言葉に従おうと思っている。相変わらず傘を差さずに、私は三月の凍て付くような雨に全身をさらし続けた。下着までずぶ濡れだろう。スニーカーも変色し、足を動かせばグチュグチュと厭な音を立てている。寒さで歯の根が合わず、しきりに歯が鳴っている。現状を変えようとせず、身の内に立ち上がる声のみに従おうとする自己中心主義の代償であるとも思え、納得していた。しかし、それ以上に言葉の力が決定的であった。止みそうもない雨空を見上げ、自然と溢れてくる笑顔のまま、身の内で言葉を反芻した。

言葉に今し方見たばかりの小さな美しい虹が架かった。虹の周辺にだけ射し込んだ陽の幽かな温もりに、緊張していた嘘吐《つ》きの心に僅かばかりの緩みが生じた。その刹那、歯が立てる音が止み、唇の隙間から漏れ出た言葉があった。言葉のあまりの意外さに、正直驚きながらも、言葉の静謐さが全身を包んだ。この言葉に辿り着くために、私はここへやってきたのだ。笑いながら、泣いていた。

小さな虹の架かったその言葉とは――成仏

（了）

著者プロフィール
伊藤 秀雄（いとう ひでお）
1957年愛知県名古屋市生まれ。
愛知県立大学文学部国文科卒業。
聖霊中学校・高等学校で25年間教鞭を執る。
2013年鬱病を発症し退職。
愛知県在住。
著書に、『1973-74　高校生　飛翔のリアル』（文芸社、2019年）がある。

1993　女子高生とホームレス

2020年３月15日　初版第１刷発行

著　者　伊藤 秀雄
発行者　瓜谷 綱延
発行所　株式会社文芸社
〒160-0022　東京都新宿区新宿１－10－１
電話　03-5369-3060（代表）
03-5369-2299（販売）

印刷所　株式会社エーヴィスシステムズ

ISBN978-4-286-21446-7